Cafuné

カフネ

阿部暁子

講談社

Akiko Abe

カフネ

カバー写真　Nana*

装　幀　岡本歌織（next door design）

第一章

1.

死んだ弟の元恋人は、すでに十九分遅刻している。

四月頭の土曜日、午後一時近く。八王子《はちおうじ》駅北口のカフェはにぎやかだ。奥のソファ席では肩をくっつけ合った若い男女がクリームとベリーをたっぷり盛ったパンケーキを楽しんでおり、その斜向《はす》かいでは中年の女性数人のグループが本日のランチの八王子ナポリタンとハンバーグのセットを食べながらひっきりなしに笑い声をあげ、二人掛けのこぢんまりしたテーブル席では、上品な老夫婦がコーヒーを味わっている。

薫子《かおるこ》が案内された奥の窓辺の席は日当たりがよく、ハーブティーの水面で光の粒がきらめいていた。日当たりがよすぎて暑いくらいで、ライムグリーンのブラウスの上に羽織っていた紺のジャケットを脱ぐ。きちんと畳み、荷物置きのかごに入れていたバッグに重ねてから、テーブルに置いていたスマートフォンをとり上げた。メッセージアプリを起動してみる。やはり「少し遅れます」などの一報は入っていない。

『今どちらですか？　ご都合が悪くなったのならご連絡ください』

　普段なら末尾に文章の印象をやわらかくするクローバーや花などの絵文字を付けるのだが、彼女へのメッセージには一度も付けたことがない。相手がそういうものを一切使わないので、こちらも必要最低限のテキストだけ送るようになった。

「あ」

　送信したばかりのメッセージに既読マークがついた。九ヵ月前に一度顔を合わせただけの相手だが、彼女の姿はくっきりと記憶に残っている。すらりとした長身に、どこか不敵さを感じさせる立ち姿、そして鋭い眼光。

　五秒待ち、十秒待ち、三十秒待った。液晶画面上部のデジタル時計が一分進んだ。じわりと眉が吊り上がる。

　なぜ何も返してこない、小野寺《おのでら》せつな。

　メッセージを見ることができているなら、事故に遭ったりしたわけではないのだ。ならばなぜ十九分、いやすでに二十分だ、遅刻するに至っているかを説明するべきではないか。私だったらそうする。遅刻したことなんて四十年間の人生で一度たりともないが、きっとそうする。

　イライラしてパンプスの踵《かかと》で床を蹴りつけた途端、赤ん坊の泣き声があがった。

　びっくりして隣のテーブル席を見ると、友人とランチセットを食べていた若い母親が、テーブル脇に停めたベビーカーから小さな子を抱き上げた。ふっくらとまるい顔は、まだ男の子なのか女の子なのかわからない。皮をむいた白桃のようになめらかな頬が涙に濡れていくのを見ると、自分がとんでもなく嫌な人間に思えて薫子は顔を伏せた。

まだ二十代とおぼしき若い母親と連れの女性は、甘い声で赤ん坊をあやす。意識するまいとすればするほど、赤ん坊の声はくっきりと耳に届いてしまう。

薫子は見ていることを悟られないように、母親の腕に守られる赤ん坊をうかがった。

いつものように、あの子をさらう方法を考える。今回はこの通り、人目が多い。赤ん坊をひったくって逃げるのは無理だ。外に出る前に捕まってしまう。

こういうのはどうだろう？　まずはにこやかに、若い母親に声をかける。

「少し代わってみましょうか？」

彼女はきっととまどいを浮かべてこちらを見るだろう。それでもたっぷりと年上のほほえみを浮かべながら両手をさしのべれば、まだ母親になって日が浅いと見える彼女は、赤ん坊をおずおずと渡してくる。薫子が堂に入った手つきで赤ん坊を抱きとり、やさしく揺らしながら一言二言歌うような調子であやすと、あら不思議、赤ん坊はぴたりと泣きやみ、愛らしい声をあげて笑いさえする。

尊敬と羨望のまなざしを向けてくる母親に薫子は聖母の微笑を返し、赤ん坊を抱いたままゆったりとドアに向かう。あまりに自然にそうするので、誰も怪しまない。赤ん坊を風に当ててやるそぶりで外に出れば、カフェの前の路肩にはちょうどよくタクシーが停まっている。薫子は優雅に手を上げて合図し、うやうやしく後部ドアを開けたタクシーに乗り込む。あとは簡単だ。自宅マンションの住所を告げて、支払いはスカートのポケットに忍ばせたスマートフォンですればいい。

そこまで空想した時には、赤ん坊の泣き声はやんでいた。いつも妄想のあとにやってくる空虚な気分をハーブティーでごまかしながら、薫子はつぶらな瞳の赤ん坊を見つめた。あの子に出るはずのない母乳を与える自分の姿、寝不足の目をこすりながら夜泣きする子をあやす姿を思い浮かべる。やがて乳児は立って歩いておしゃべりする幼児になり、手をつないで保育園に向かう自分、運動会で走る子に渾身の声援を送る自分、小学校の入学式で号泣する自分の姿が映画のように頭の中を流れていく。きっと小学校に通うようになっても、最初は心配で昼休みに様子を見にいってしまう。そしてある日子供に気づかれて「お母さんやめてよ」と迷惑そうに言われるのだ。

「一人目の時は赤ちゃん泣くたびに大あわてだったのに、今は落ち着いてるよね」

「慣れだね。慣れないとやってけないもん、ほんと」

ぎょっとして妄想映画の上映が止まった。初心者と思っていたら実は中堅だった若い母親の、二人も産んだという子宮のあたりを凝視していると、目の端に影が映った。

「遅れてすみません」

どこの作業員だ?

北欧風の内装の上品なカフェで、テーブルの横に立った女はかなり浮いていた。ブルーデニムのつなぎ服に、ごつい黒のコンバットブーツ。髪は頭の高い位置でおだんごに結っており、小ぶりな逆三角形の顔は化粧っ気がない。戦闘機の整備士が、ひと仕事終えて基地からふらっと出てきたような雰囲気だ。

体育の成績は良かっただろうと思わせる身のこなしで向かいの椅子に腰を下ろした彼女は、メニューを一瞥することもなく水を運んできた女性スタッフに声をかけた。

「ミルクティー、お願いします」

「かしこまりました」

薫子は自分のカップもほとんど空になっていることに気づいた。ハーブティーを、と言いかけてやめる。別に、もうカフェインを気にする必要も、体を冷やさないようにと温かいものばかり飲む必要もないのだ。

「すみません、私もアイスコーヒーを」

「かしこまりました」

笑顔で一礼した女性スタッフの後ろ姿を見送ってから向かいに顔を戻すと、二十分遅刻してきた相手は、椅子の背もたれに寄りかかった上に腕組みしていた。悪びれるどころか、何だ、この態度のでかさは。

「おひさしぶりです、小野寺さん。お忙しいところ、お呼び立てしてごめんなさいね」

「そうですね。このあと予定があるので、三十分以内で済ませてもらえると助かります」

連絡もなしに遅れてきたことをチクリとやったつもりが、まるでこっちが無理やり時間を取らせたかのような返答だ。いや、こちらが会ってくれと頼んだのは確かなのだが、それにしたってもっと言いようがあるだろう。

盛大にイラッとしていると、腕組みしたまま小野寺せつなが口を開いた。

「春彦《はるひこ》さんは、どうして死んだんですか?」

店内に流れていたクラシックがジャズに変わった。陽気な伴奏に合わせて、バイオリンの甘い音色がマイペースに、ほがらかに歌う。

まるで、春彦のような曲だ。

「心不全だったの。本当に突然のことで」

「それは死因じゃありませんよね。人間死ぬ時は誰だって心臓が止まるわけだから心不全になります」

切りこむような口調にひるみ、その反動でむかっ腹が立った。

「あなたね、そういう重箱の隅をつつくことを言う前に、ご愁傷様のひと言でもかけるのがマナーってものじゃないの？」

「それはお姉さんから連絡をいただいた時に書いたと思いますけど」

「あらそうでした？　ごめんなさいね。ですが今後、あなたの親しい方が私のように突然家族を亡くした場合は、顔を合わせた時にもう一度心をこめて言ってさしあげるのがいいと思いますよ。あなたに一グラムでも思いやりの心があるならね」

そこで女性スタッフが「ミルクティーとアイスコーヒーでございます」と注文の品を運んできた。まず薫子の前にアイスコーヒーを置いたのは、見た目だけで薫子のほうがだいぶ年上だとわかるからだろう。

「せつなさん、俺と同い年で誕生日も同じなんだ。面白いよね」

彼女を南陽台《なんようだい》の実家につれてきた時、春彦は快活に話した。せつなと話すうちに目に見えて機嫌が悪くなっていた両親も、春彦が笑った途端に頬をゆるませ、薫子も「じゃあ私と同じ戌年ね」なんて張り切って相槌《あいづち》を打った。春彦には人の心をなごませる力があった。そばにいるだけで幸福な気持ちにさせてくれる不思議な空気が。

薫子は気持ちを静めるためにアイスコーヒーにミルクとガムシロップを入れ、ストローでひと口飲んだ。相手はひと回りも年下だ。私が大人の対応をしなければ。

「ご連絡した時にもお伝えしましたけど、春彦は生前に遺言書を作成していました。あの子が遺した株や預金なんかの財産を、両親や私を含めた相続人に、このように分けてほしいという指示が書かれています。小野寺さん、あなたも春彦が指定した相続人になっているんです」

小野寺せつなは黙っている。

「あなたは春彦の配偶者でも親族でもないので、正確には相続人ではなく、受遺者というんだけど。私は春彦から遺言の執行者に指名されています。私は法務局に勤めているので、多少はこういったことの知識もあるから、あなたの手はなるべく煩わせないように手続きするつもりです。ただ、やっぱりあなたにも確認してもらわなければいけないことが諸々あるので、一度改めて機会を作ってもらって一緒に――」

「いりません」

頬を引っぱたくような、鋭く速いひと言だった。

「いらないって」

「もらう理由がないですから。相続とか面倒くさいし」

「面倒って、あなたね、何なのその言い草は！」

ふやぁ、と泣き声があがった。ぎくりとして隣のテーブルを見ると、母親が赤ん坊をベビーカーから抱き上げ、やさしい声をかけながらあやす。けれど赤ん坊はますます泣き声を張り上げるばかりだ。突然の大声にぶたれて、痛くて怖いと訴えている。

母親は友人に目配せをすると、赤ん坊をベビーカーにそうっと寝かせて腰を上げた。母親と友人とベビーカーが通りすぎる時、薫子は水滴の浮かんだアイスコーヒーのグラスに視線を固定して息を殺した。

「ごめんなさい、びっくりさせちゃって」

真摯な声に驚いて顔を上げた。母親はとんでもないという表情で小野寺せつなに手を振り、薫子にも、すみませんというように小さく頭を下げていった。

数秒静まった店内に、明るいざわめきが戻ってきた。中年女のヒステリックな声も、赤ん坊の泣き声も、何もなかったことにされて軽快なバイオリンジャズが似合う春の土曜日が修復されていく。

薫子は荷物置きのかごからバッグをとり上げ、常に持ち歩いているスケジュール帳を開いた。

「遺産相続については項目ごとに期限が決まってるんです。まずは三ヵ月以内に、借金なんかのマイナスの遺産もプラスの遺産もすべて相続するか、マイナスの遺産からプラスの遺産を差し引いた限定承認をするか、それとも相続放棄するかを決定して、家庭裁判所で手続きしなければいけないの。まあ春彦には借金なんてありませんでしたから、あなたは春彦が遺したものをそのまま受け取ってくれたらいいです。可能ならすぐにでも手続きを進めたいところですけど、あいにく今は年度初めのあれこれで私も忙しいので、できれば四月の中旬に改めてお時間を取ってもらえますか?」

「勝手に話を進めないでください」

「心配しないで。あなたは私の言うとおり書類に名前を書いたり判子を押したりするだけでいいの。相続税も払う必要はありませんから」

「そういうことじゃなく、本当に心からいらないんです。私は放棄しますから、あとはそちらでよしなにやってください」

薫子は、どんどん水位を上げていく苛立ちを鎮めるために腹式呼吸をした。

「小野寺さん。もしかしたらちゃんと理解してもらえていないかもしれないので、もう一度言うわね。春彦が死んだの。まだ二十九歳だったのに。春彦はわざわざ遺言書を用意していて、あなたに自分の財産を分け与えたいという意思を遺していた。つまり、これはあなたに対する春彦の人生最後の真心といっていい。それをいらないだなんて、失礼ですけどあなた、血の色がモスグリーンやコバルトブルーなのかしら?」

「その二色ならモスグリーンのほうが好きですね」

「茶化さないで!」

「血の色とか吹っかけてきたのはそちらじゃないですか。私ももう一度言わせてもらいますけど、遺産なんてもらう理由がないです。お姉さんだって聞いてるはずですよね。私と春彦さんは、もう何の関係もありません」

ふっと、今のせつなのようにテーブルの向かいに腰かけた春彦の姿がよみがえった。スーツのジャケットを脱いで紙製のエプロンを着けた恰好は、二週間余り前の三月十四日、二十九歳の誕生日のお祝いに焼肉屋につれていった時のものだ。

春彦が好きなコブクロを焼いてやりながら、あの子とはどうなの、とお決まりの話題として訊ねた。結婚とか将来とか、そんなものを含めたニュアンスで。キムチで真っ赤になった冷麺をすすっていた春彦は、淡い茶色の目を細めて微苦笑した。

「せつなさんとは別れたんだ」

驚いた。両親にはすこぶる不評な小野寺せつなだったが、春彦と彼女は仲睦まじく見えたし、春彦の幸せが一番だ、姉として精いっぱい応援しよう、と思っていたのだ。

「どうして？　私たちに紹介したってことは、結婚を考えてたんでしょう？」

「んー」

「まさかあの子が浮気したとか」

「ないない。せつなさんはほかに好きな相手ができたら、そういうわけだから今すぐ別れてくれってきっぱり言う人だから」

「そういうわけで別れろって言われたの？」

「いや、違う違う」

眉を吊り上げる姉に、困ったように笑いながら両手を振った春彦は「説明が難しいんだけど」と続けた。

「俺も思い切ってやりたいことがあるし、せつなさんにはできるだけ楽しく自由に生きてほしい。だからこれが一番いいって思ったんだ」

納得できたわけではなかったが、もともと不思議なところのある弟なので、それ以上は追及しなかった。

「でもあなた、あの子のこと好きそうだったのに」

「今もそうだよ。せつなさんには、とびきり幸せになってほしいって思ってる」

春風のようにほほえんだ弟は「うるさいこと言われそうだから父さんと母さんにはまだ話してないんだ。薫子さん、機会があったら二人に穏便に伝えておいてくれる？」とちゃっかり面倒ごとを姉に押しつけ、真っ赤な冷麺をおいしそうにすすっていた。

春彦がひとり暮らしのマンションで息を引き取ったのは、その夜だった。

人ひとりが死んだ時、生じる雑務は膨大だ。しかも春彦は死因がはっきりしない状態で急死したため、警察とのやり取りや、春彦が勤めていた会社への説明など、なおさら大変だった。悲しむ暇もなく奔走して吹き飛ぶように数日が過ぎた頃、東京法務局から通知が届いた。春彦が生前に遺言書を本局に預けており、死亡時にそれを通知する相手および遺言の執行者として薫子を指定していることを知らせるものだった。

千代田《ちよだ》区の東京法務局で弟の自筆証書遺言書を閲覧し、両親と自分のほかに小野寺せつなの名前が記されているのを見た時、まず驚き、次に胸が苦しくなった。少なくとも春彦にとって、彼女は関係を清算したあとでも心に残り続ける存在だったのだ。

もっとやってあげたかったことも、ちゃんと伝えておけばよかったと思うことも、あとからあとからこみ上げてきて涙が止まらなかった。せめて、春彦の最後の願いは叶えてやりたい。その一心で高齢の両親に代わって煩雑な手続きをこなし、最愛の息子を失って抜け殻のようになった二人の様子を見に実家に通うかたわら、小野寺せつなと連絡を取る方法を探した。

手掛かりは春彦の遺品のスマートフォンくらいだったが、これは当然ながらセキュリティロックが掛かっている。メーカーのサポートサービスに問い合わせると、丁寧な説明を受けたが、要するに遺族であってもロックの解除には応じられないということだった。確かにユーザーの個人情報をおいそれと開示するわけにはいかないだろう。それで今度はデジタル遺品の専門業者に相談した。スマートフォンのロックを初期化してデータを閲覧することは可能らしいが、それには二十万円前後の料金がかかる上に、数ヵ月の時間を要するという。料金はさておき、そんなに時間をかけることはできない。困り果てた時、ふと思い出した。春彦を発見してくれた会社の同僚だ。春彦と親しかった友人ならば、弟が交際していた相手のことも知っているのではないか？ 急いで彼に連絡を入れると『個人的な連絡先はわからないが彼女の勤務先なら知っている』という返事をもらった。安堵のあまり、肺がつぶれてしまいそうなほどのため息が出た。

『カフネ』という家事代行サービス会社にすぐさま連絡を入れた。身元を名乗り、自分の携帯電話番号とメールアドレス、勤務先を伝えて、小野寺せつなさんから連絡が欲しい、なるべく早くお願いしたい、と伝言を頼んだ。せつなからメールが来たのは翌日だった。春彦の死を伝え、用件を伝え、直接お会いしたいと伝え、彼女からの返事を待ち、日程を調整し、やっと迎えた対面の日が今日。苦労の末に、今こうして春彦の遺言を伝えたのだ。

それを、この女は。

「あなた、冷たすぎるんじゃないの。別にあなたに何かをさし出せと言ってるんじゃない、ただ春彦が遺したものを受けとってほしいと言ってるだけよ。どうしてそれをそんなに嫌がらなきゃいけないの？ あなたは何も損をしないじゃない」

「損とかの問題じゃなく、自分がもらう理由のないものはもらいたくないと言ってるだけです。プレゼントをさし出されたら絶対に受け取らなければいけないんですか？　そんなことはありませんよね。受け取るかどうかは私が決めていいはずです」

「ええそうね、そうでしょうね。でもね、それでもあの子はあなたに贈り物を残したかったのよ。それが人生最後の願いだったの。だったら黙って受け取っておけばいいじゃない、それが生きてる人間の甲斐性ってものじゃないの？　せっかくの気持ちをこんなに粗末にされて、あの子がどんなに悲しむか」

「死んだ人間は悲しみませんよ」

赤い血が流れる人間のものとも思えない、冷淡な声だった。

椅子の脚が床を擦る乱暴な音がして、薫子は自分が立ち上がっていることに気づいた。胃の中で胃液の代わりにマグマが煮えたぎっているようだ。何もかも手当たり次第に壊したい。たとえばこの木目調のテーブル。あるいは小野寺せつながまだ一度も手をつけていないミルクティーの花柄のカップ。そうでなければ、今すぐ奥の厨房に乗り込んでいって食器を片っ端から床に叩きつけたい。

ここしばらく鳴りをひそめていた怒りの発作が心拍を加速させる。少し体をゆらしただけで爆発してしまいそうだ。だめだ、落ち着け。

「――あなたのこと、わからないわ。どうしてそんなに春彦をないがしろにできるの？　別れたっていっても、一度は愛し合って一緒にいたんでしょう？」

「それは今、関係なくないですか。前はどうだったとしても私と彼は合意の上で関係を終わらせたし、それなのに今さら人生最後の願いがどうのなんて理由で蒸し返されたくない。それだけです」

薫子は、立ち上がった相手から見下ろされても眉ひとつ動かさない女を凝視した。この女は、春彦にもこんな情のない目を向けたことがあるんだろうか。もしかして最後に会ったあの夜、春彦は姉に心配をかけまいと無理をして笑っていただけで、本当は深い傷を負っていたのではないか。この女のせいで。

「ねえ、春彦が死んだのは、あなたが原因なんじゃないの？　そうなんでしょ⁉　あなたのせいで春彦は――」

ぐらりと視界が大きくゆれた。

え、と声をこぼした途端、視界がテレビの砂嵐みたいな細かい白黒にどんどん浸食されていく。え、何これ？　いたずらに引っかかったような気分で膝を折りながら、意識が途切れた。

2.

「救急車を……！」

「ちょっと待って。目、開けそう」

はっとまぶたを上げると、若い女性スタッフと小野寺せつながこちらをのぞきこんでいた。

「大丈夫ですか、お客様」と訊ねるスタッフは薫子もたじろぐほど狼狽していたが、小野寺せつなは冷ややかな無表情だ。愛想とかいうものは母親の子宮に忘れてきたのだろう。それにしても顔が近いわね、と思ったところで自分が彼女に抱きかかえられていることに気がついた。

「な、何が」

「倒れたんですよ。頭打たなくてよかったですけど。意識もしっかりしてるみたいだし、救急車はいいです。すみませんが、タクシーを呼んでもらえますか」

はい、とスタッフが小走りでホールの奥へ向かう。薫子はあわてて立ち上がろうとしたが、途端に立ち眩みに襲われた。膝が折れかけたところを小野寺せつなに支えられる。

「タクシーが来るまで横になってたほうがいいんじゃないですか」

「いいです、大丈夫だからっ」

「お客様、ちょうどタクシーが通りかかりまして停まってもらえました」

スタッフに頷いて応えた小野寺せつなが、テーブルのすみの伝票を取ろうとしたので、薫子は飛びつく勢いでそれを死守した。

「結構です、呼び出したのは私なので」

「そうですか？　ごちそうさまです。お騒がせしてごめんなさい」

近くのテーブルの客に軽く頭を下げながら、小野寺せつなは薫子の肩を支えて会計のほうへ歩いていく。薫子はバッグをきつく抱きしめながら足を動かした。なるべくうつむかないようにはしたが、頬が火傷《やけど》したように熱かった。

外に出ると、店のすぐ前にハザードランプを点滅させたタクシーが停まっていた。薫子が後部座席に乗り込むと、小野寺せつなまでが続いてきたので動揺した。

「ちょっと、なんであなたまで」

「たった今倒れた人をひとりにできるわけないじゃないですか。かかりつけの病院って近くにあります？　今日は土曜日だし、もし休みならそのへんの内科クリニックでも」

「大丈夫よ、病院なんて」

「一瞬でも倒れたんですよ、ちゃんと調べたほうがいいと思いますけど」

「結構ですから本当に！」

早口で運転手に自宅マンションの住所を伝えた。ここからなら車で十五分程度だ。

車が走り出すと、小野寺せつなはスマートフォンをとり出して通話を始めた。

「トキさん？　ちょっと色々あって、十四時からの及川《おいかわ》さんのところ、一時間遅らせてほしいの。……うん、ごめんなさいって伝えてくれる？　ありがとう」

薫子は車窓の景色に集中して彼女の声を耳に入れまいとしていたが、「一時間遅らせてほしい」のくだりでぎょっとして、弟の元恋人の腕をつかんだ。

「私は本当に平気だから、あなたは帰って。仕事に遅れるなんて絶対にだめよ、約束を違《たが》えるってことはあなたの信用に関わるのよ」

「信用はとり戻せるけど、健康はそうはいかないでしょう。こういう時に間に入ってコーディネートしてくれる人がいるから大丈夫ですよ」

小野寺せつなは、それ以上の会話はする気がないというように腕組みして目を閉じた。ビューラーなんて一度も使ったことがないようなまっすぐな睫毛《まつげ》が、目の下に淡い影を作る。化粧に頼らなくてもきれいな肌に、胸が焦げるような羨望と嫉妬を感じた。

肌だけじゃない。きっとこの子は、卵巣も、子宮も、まだ若々しいのだろう。

死んだ弟の元恋人について、薫子は詳しいことは知らない。知っているのは、春彦と生年月日が同じということ、料理関係の仕事をしていることくらいだ。

春彦が「父さんと母さんに付き合ってる人を紹介したいから薫子さんも来てくれる?」と連絡してきたのは、体が溶けるほど暑い去年の七月だった。突然のことにびっくりしつつも、もちろんよと答えた薫子は、夫の公隆《きみたか》と一緒に南陽台の実家を訪れた。

「お料理のお仕事をなさってるって、どちらのお店で働いていらっしゃるの?」

せつなを質問攻めにしたのは母だった。父と結婚して退職するまでは地方局のアナウンサーだった母は、六十代半ばの年齢が信じられないほど若々しいが、あの日、せつなに向ける笑顔は華やかを通りこして凄《すご》みすら漂っていた。

「店では働いていません。依頼をもらったお宅に行って、そこでユーザーさんの要望に応じて料理を作ります」

せつなの返事を聞いた母は眉間に線を刻み、「怪訝《けげん》」の見本のような表情を浮かべた。

「なんだか家政婦みたいね」

「細かい違いはありますが、やっていることは近いと思います」

母は眉間のしわを渓谷のように深くし、テーブルの隣に座る父に目配せをした。

こちらは年相応の贅肉がついて貫禄を漂わせている父は、客人の前でそんな顔をするものじゃないと目顔で母をなだめ、せつなには寛大な笑顔を向けた。

「今の若い人たちは色んな働き方をしているしね、料理ができるというのは素敵なことだと思いますよ。春彦はずっと妻が世話を焼いてきて家事はからきしですから、家のことがちゃんとできる人が面倒を見てくれると安心だ」

「俺も洗濯と掃除くらいはできるよ」

「でもそういうのは、女の人のほうがやっぱりうまいからな」

「性別は関係ないと思いますよ。うまくやってる女性は、女だからできるわけじゃなく、試行錯誤して考察して実践をくり返すうちにうまくできるようになっただけです。男性も同じことをすれば、同じようにできるはずです」

これをもう少し友好的に言っていたら印象は違ったのだろうが、小野寺せつなは眼光の鋭さが際立つ真顔だったし、口調も淡々としていた。四十以上も歳の離れた父を前にして一切ひるんでいないところが不敵で、いっそふてぶてしくもある。父の顔から笑みが消え、薫子はひやりとした。父は定年退職するまでは会社で人事部長を務めていた人で、女性の登用や産休育休からの復帰を支援してきた。だから働く女性に理解は示すが、しかし、わきまえない女は嫌いなのだ。

「お義父さん、幸田露伴《こうだろはん》がお好きでしたよね。露伴も家事に通じていたそうですよ」

爽やかな弁舌で割って入ったのは、薫子の隣に座っていた公隆だ。

「露伴は先妻を亡くして再婚していますが、二番目の妻はあまり家事が得意ではなかったようなんですね。それで露伴が娘の幸田文《あや》に家事を教えることになったんですが、露伴ははたきを掛けるのがとても上手かったと幸田文は書き残しているんです。文豪でも家事をするのかと驚きましたね」

「うん、露伴は実に緻密に人を描くからね。日々の生活をよく知っているからこそ、できることなんだろうね」

公隆を気に入っている父は鷹揚《おうよう》な笑顔をとり戻し、せつなを見やった。

「小野寺さんの手料理を食べてみたいな。春彦にも作ってやってるんだろう？」

「そうね。私もプロの方のお料理、ぜひ食べてみたいわ」

父に続いて強力な笑顔を貼りつけた母までが畳みかけるので、薫子は胃のあたりが重くなった。小野寺せつなの態度は、恋人の両親に挨拶にきた立場としてどうかとは薫子も思う。だが、それを生業《なりわい》にしているプロに、息子の恋人だからといって無償でその技術を提供させようというのはどうなのか。

「お母さん、お寿司を頼んだって言ってたでしょう？　そろそろ届くと思うし、ほかに料理なんていらないじゃない」

「おつまみ程度でいいのよ。お父さんも公隆さんも飲むでしょうから、何かお酒に合うものをお願いできる？　小野寺さん」

「かまいませんが、三千円いただきますよ」

この時の父と母の顔について、のちに春彦は「鳩が豆鉄砲食らうってああいう顔のことなんだね」とおかしそうに語った。

「え、何のこと？　三千円？」

「それが私の時給なので。本当は交通費もいただくんですけど、ご挨拶にうかがった身ですから、今回はおまけしておきます」

父も母も絶句していたが、母のほうが立ち直りは早かった。鉄壁の笑顔を忘れ、噛みつかんばかりの形相になった。

「あなた、私たちからお金を取る気なの？」

「プロの料理が食べたいと、今お母さんがおっしゃったのでは」

「言ったわよ。でもそれとお金がどう関係あるの？　普通はこういう時にお金を取ろうなんて考える人間はいないわよ。あなた、ちょっとおかしいんじゃないの？」

「どのへんがおかしいんでしょうか。対価をもらって、それに見合う仕事をするのがプロだと私は思いますが」

「そういうことじゃなくて……！　あなたは私たちに春彦と付き合っていることを認めてもらいに来たんでしょう。だったら減らず口を叩いてないで、少しは私たちに気に入られようとするべきじゃない！　本当ならこちらから頼む前にあなたが自分で動かなきゃいけないのよ、それが常識ってものでしょう！」

「それなら、私とお母さんの常識は違いますね。私はそもそも、プロの料理人を休日にタダ働きさせようとは思わないので」

　平然と言ってのけた小野寺せつなは、作法の行き届いた手つきで母が出したお茶を飲み、「玉露ですね、おいしい」と何事もなかったかのように感想を述べた。父と母は絶句し、驚愕《きょうがく》を通りこして虚無の表情になっていた。薫子も途方に暮れていたが、職業柄口をはさむべき時とそうではない時を読むことに長《た》けている公隆は、丁寧に黒文字で切り分けた羊羹を口に運んでいた。

　明るい笑い声をあげたのは春彦だ。

「ね、かっこいいでしょ?」

目尻に笑いじわを寄せた弟は、薫子と公隆に向かって小首を傾げてみせた。かっこいいって、あんたね。あきれ返る薫子の隣で、公隆は無言でにっこりと笑い、義両親にも義弟にも無難な対応をしていた。

直後に玄関のベルが鳴り、母が頼んだ六人前の寿司が届いたのは幸いだった。

薫子は「さあ食べましょ! 乾いたお寿司ほど悲しいものはないものね!」と精いっぱいに明るい笑顔で言い、母が準備していたお吸い物の鍋をコンロにかけた。弟とその恋人も台所にやってきて、春彦は食器棚から醤油皿と箸を出し、小野寺せつなはお椀を出しながら「ねえ」と春彦に声をかけた。

「醤油皿、ひとり二皿ずつ出して。そこに高級お醤油コレクションがあるから、淡口《うすくち》醤油と濃口醤油、両方持ってこう。鯛とかの白身の魚は淡口醤油がいいし、まぐろなんかの赤身の魚は濃口か溜まり醤油がいいの」

「へー、そんな風に使い分けするの? 醤油ってどれでも同じだと思ってた」

「全然違う。醤油は大豆が作る芸術品だよ」

仲いいわね、と思いながらジュンサイのお吸い物の温まり具合を見ていると、背後に気配を感じた。息を詰めながらふり返ると、アイメイクのせいで目力が際立ちすぎている小野寺せつな――この時は整備士のような恰好ではなくシンプルな黒のワンピースを着ていた――がいて、じっとお吸い物に視線を注いでいた。

「みょうがってありますか? 刻んで入れたら合うと思うんですけど」

「……野菜室にあるかも。見ていただける?」

あの日、交わした言葉はこれだけだ。

まさか九ヵ月後、弟の遺言書をめぐって再び彼女と会うことになるとは夢にも思っていなかった。


「着きましたよ」

肩をゆすられ、はっと目を開けた。頬を濡らしていたぬるい水を拭いながら窓の外を見ると、確かにみなみ野に建つ自宅マンションの前だ。薫子はスマートフォンをとり出してタクシー料金を精算した。

「あの、本当にもう大丈夫だからあなたは帰って。仕事があるんでしょう?」

「自分ではわからないかもしれませんけど、お姉さん、かなり顔色が悪いんですよ。途中で倒れられたら後味が悪いので部屋まで送ります」

エントランスで帰そうとしたが、小野寺せつなは耳を貸さない。こちらを気遣っての申し出なだけに強く拒絶もできず、薫子は重い足でエレベーターまで案内し、背の高い女と一緒に乗り込んだ。

「ここよ」

エレベーターホールの左右にのびる内廊下を左に進み、等間隔で並んだ紺色のドアをいくつも通りすぎた、奥から二番目の部屋。そこが結婚してからの住まいだ。

「ごらんの通りもう何ともありませんから、小野寺さん、急いで帰って。今からならお仕事もきっと間に合うでしょう？　ごめんなさいね、ご迷惑をかけてしまって」

　さり気なく紺色のスライドドアを背中で死守しつつ、薫子は笑顔を作った。ちょっと頰が引き攣《つ》っていたかもしれない。小野寺せつなはビターチョコレート色の目でじっとこちらを見つめていた。なんだか点検されている気分になる視線で、腋の下に冷たい汗がにじんだが、彼女は例の淡々とした口調で言った。

「何ともないならよかったです。疲れてるみたいですからゆっくり休んでください」

「ええ、そうさせていただくわ。どうもありがとう」

「お大事に」

　意外にまっとうないたわりの言葉を残し、小野寺せつなはきびすを返した。彼女の背中が遠ざかり、こわばっていた全身からいっきに力が抜けた。薫子は頭痛をこらえながら、バッグから鍵をとり出した。最近、体調がよくない。手を洗ってうがいをしたら、ソファで横になろう。横になるためにはちょっと作業が必要だが。ため息をつきながら、ベビーカーも楽に通れるほど間口の広いスライド式ドアを開けたその時だ。

「すみません、お手洗いを貸してください」

　ぎょっとするほど近くから声がして、ふり返ると今さっき帰ったはずの小野寺せつながすぐ背後にいた。薫子は反射的にドアを閉めようとしたが、すかさず腕をのばしたせつなが扉をつかむ。何この子、すごい腕力なんだけど!?

「お手洗いなら一階のロビーにもありますから！　そちらを使ってください！」

「もう限界で一階まで持ちません」

「そんなしらっとした顔して何が限界よ！」

「お邪魔します」

必死で押さえていたドアが怪力でこじ開けられた瞬間、内臓がひしゃげた気がした。

公隆との住まいに選んだ2ＬＤＫの部屋は、玄関ドアを開けるとリビングの大きな窓からの自然光がフローリングの廊下を照らす。この日当たりのよさが、優雅に開くスライドドアと同じくらい好きだった。公隆と暮らすこの家に家族が増えた時、きっとこの光がその子をすこやかに育んでくれると思った。

だが今、清らかな光が照らす廊下には、壁に沿って大量のごみ袋や段ボール箱が並んでいる。このマンションは一階にごみ置き場があり、住人は二十四時間利用が可能だ。だからいつでも捨てられる、次の休日にまとめて片付けようと先送りにしているうちに、ごみ袋に占領されてしまった。これを一人で運び出すことを考えただけでうんざりするし、ほかの住人と鉢合わせして溜め込んだごみを見られたらと思うと恐ろしい。それでも毎日生活のごみは増えていくし、話をする相手もいない夜は、つい通販サイトを開いて気になったものを買ってしまう。それでいて品物が届くと、箱を開けるのも億劫《おっくう》で放置してしまう。

そんな自堕落の証拠を目にした彼女に何を言われるのか。薫子は火で炙《あぶ》られたように熱い顔をうつむけ、体を硬くした。やがてヴィオラのように低めの声がした。

「お手洗い、そこのドアですか？」

顔を上げると、彼女は廊下に上がってすぐのところにある小窓付きのドアを指していた。薫子が小さく頷くと、小野寺せつなはごついブーツを脱いで廊下に上がる。ずらりと並んだごみ袋も、開封済みも未開封もごちゃ混ぜに放置してある段ボール箱も、フローリングに落ちた綿《わた》埃《ぼこり》も、何も見えていないように歩いてドアの向こうに消えた。

何秒か放心した薫子は、パンプスがひっくり返るのも構わず靴を脱ぎ捨て、廊下の突き当たりのリビングに駆け込んだ。

決して招いたのではないが家に上げてしまった。しかも相手には倒れたところを助けられた借りがある。だったらお茶くらいは出さなければならない。それにはまずここを、他人を立ち入らせてもいい程度の空間に戻さなければならない。

床もソファも関係なく散らばった衣類を両腕いっぱいにかき集めて隣の寝室に放り込み、ローテーブルの上を埋め尽くしていた雑誌やら総菜のパックやらスナック菓子の空袋やらを分別なんか無視してごみ箱に放り込む。それでもまだ汚い。薫子としてはここに人を通すくらいなら死を選びたいほど汚かったが、ここだけに構っているわけにはいかないのだ。キッチンに走って電気ケトルに水を入れてスイッチを押したあと、ゴム手袋をつける間も惜しんでシンクを埋め尽くす汚れた皿やカップを洗う。ああ、三角コーナーにも生ごみがへばりついている。こんなのをあの子に見られたら死ぬ。そうだ、ウェッジウッドのティーカップも用意しないと。普段使っている百均のマグカップなんて客に出せない。

早くも電気ケトルはぼこぼこと音を立て始めている。それなのに、もう何日前のものかわからない皿にこびりついたソースが、乾き切ってまったく落ちてくれない。汚れたコップも皿もまだまだシンクにあふれている。まったく急に、糸がプツンと切れたように手から力が抜けて、泡付きのスポンジと一緒に皿をガチャンと取り落とした。

むなしい。

いきなりそんな言葉が頭の中に大きく白抜きで表示されて、もう、だめだった。薫子は泡まみれの両手を手術中のドクターのように宙に浮かせたまま、かくんとしゃがみ込んだ。鼻先には、シンク下の収納引き出しに吸盤で取りつけた手拭きタオル掛けハンガーがある。チェック柄の手拭きタオルも長いこと放置していたから、ぷんと臭った。だけど顔を背けることすらできない。もう、一ミリも動けない。

どれほど経った頃か、足音が近づいてきた。

「具合、悪いんですか」

頭の上から聞こえた声は、心配しているというには素っ気なさ過ぎた。それでも腹の底でもがくものがあって、薫子は化石になったような気がする体を引きずって立ち上がった。きっと人間を最後に立たせるのは、勇気でも希望でも夢でもなく、見栄だ。

「平気です。ちょっと待ってて、今お茶を――」

「お茶はいりません。それよりお姉さん、お昼は食べましたか？　さっきのカフェでも飲み物しか頼んでませんでしたけど」

昼食は食べていない。それどころか朝食も。けれど今は口を利く気力すらなくて黙っていると、「冷蔵庫、見ていいですか」と訊かれた。返事をする前に、弟の元恋人は遠慮なしに各段の扉を開けて、じっくりと中をのぞいた。

「このへんの食材、勝手に使わせてもらっていいですか」

野菜室からトマトを出しながらせつなが言ったことの意味を、数秒かけて理解した。

「……あなたが、お料理するってこと？」

わけがわからなかった。どうして彼女がそんなことをする必要があるのか。しかも話の流れからして、彼女が作ろうというのは、おそらく薫子のためのものなのだ。

「気を遣ってくださらなくて結構よ。それよりもあなたは自分の仕事に――」

「私がお腹すいてるんです。お姉さんはそっちに座って待っててください」

キッチンを追い出され、さっき死にものぐるいで片づけたリビングのソファにぽつんと座った。ソファの背もたれにはまだ仕事用のジャケットが何着も掛けっぱなしだし、お気に入りのペールブルーの座面にはビスケットのかけらが落ちている。毎月ダークブラウンに染めている自分の毛髪もあちこちに目についた。薫子はハンドクリーナーを持ってこようと腰を上げかけたが、すぐにソファに倒れ込んだ。――いいや、もう。

もう彼女にはこの救いようのない醜態を見られたし、でもあと少しすればあの子は帰っていくだろうし、そうすればまた自分はひとりだ。ここには誰も帰ってこないし、春彦がいなくなった今、自分に会いにくる人間なんてこの世にはいない。それならいくら散らかっていようが汚れていようが、どうでもいいじゃないか。

いつの間にか眠ったようだった。ここのところ夜にベッドに入っても脳内でミツバチの群れが飛び交っているように色んなことを考えてしまってなかなか寝つけず、やっと眠っても何度も目を覚ましてしまう日々が続いていた。

すごくいい匂いが鼻をくすぐり、水面に浮かび上がるように覚醒した。

「できましたよ」

愛想のない声に目を開けたのと、せつながローテーブルにお盆を置いたのはほぼ同時だった。だらしなく寝転んだ姿を見られたショックに青ざめながら跳ね起きた薫子は、きっと乱れているに違いない髪をなでつけた。せつなは公隆とペアで使っていた北欧風の絵柄のどんぶりを二つテーブルに並べ、箸も添える。

せつなはローテーブルの向かい側、もう何日も掃除機をかけていない深紫のラグにためらいなく正座した。姿勢がきれいだ、と思った。この子、やたらと迫力があるのは、姿勢がいいからなのだ。

「この素麺、包装紙が掛かったまま仕舞ってありましたけど賞味期限が切れてました」

「夫の実家からよく送られてくるの。でも食べるタイミングがなくて――」

「高級品なのにもったいない。食べ切れないなら、まだ期限が切れてない分はフードバンクに寄付したらどうですか？　いただきます」

「いただきます……」

美しく手を合わせたせつなにつられて、薫子も長いこと口にしていなかった挨拶を呟いた。湯気を立てるどんぶりを手に取ってみると、本当だ、とろみのある乳白色の液体の中に繊細な素麺が沈んでいる。無垢な雪原のような白を、すりごまの淡い茶色と、角切りトマトの赤が彩っている。

「きれい」

ぽつりと声がこぼれた。今生まれて初めて色を感じたというほど、そのどんぶりの色彩は美しく見えた。

「そうですか」

素っ気なく返したせつなは、ためらいなく音を立てて麺をすすった。

薫子も、何でできているのかわからない、けれどものすごくいい匂いのする汁を、そっとひと口含んだ。

「――おいしい」

とてもやわらかい、豊かな旨味が口いっぱいに広がって、じんわりと体の奥深くまで染み入っていく。やさしい味、という表現がどうにも胡散くさい気がして好きではないのだが、これはそれ以外の形容が思いつかなかった。体の中からいたわられるような味だ。

「これ……豆乳？」

「豆乳とコンソメです。ツナ缶もあったから使わせてもらいました。玉ねぎのみじん切りとトマトとツナを炒めて、豆乳とコンソメで軽く煮て、あとはゆでた素麺にかけるだけ。私、素麺はあったかくして食べるほうが好きなんです」

薫子はかつおだしの冷たい付けつゆ以外で素麺を食べたことがなかった。子供の頃から家で出される素麺はずっとそうだったし、自分が大人になってからもほかの食べ方をしようなんて思ったことがなかった。素麺は嫌いではないけれど、単調な味はいつもすぐに飽きてしまい、貰い物の素麺も乾物系の食材のストックに入れたまま忘れてしまうのが常だった。豆乳と素麺なんて、掛け合わせようと考えたこともない。

「そういえば無調整豆乳もけっこう買いこんでありましたけど、あれも賞味期限が近いから早く使ったほうがいいですよ」

そう、冷蔵庫に賞味期限の切れた飲みかけが一パック、常温保存のストックも三パックはあったはずだ。大豆に含まれるイソフラボンは女性ホルモンと構造が似ていると知ってから、豆の匂いにげんなりしながらも毎日飲んでいた。それも年明けからはサボりがちになり、春彦が死んでからは飲みかけのパックも放置していた。

「スープは多めに作ったので、あとで好きに食べてください。ご飯を入れてリゾットにしてもいいし、こんがり焼いたパンを入れて食べてもおいしいです。あと訊きたいんですけど、冷蔵庫に入ってる大量の――」

せつなが言葉をとぎれさせ、目をみはった。

「……どうしたんですか?」

言葉なんて何も出てこなくて、薫子はぼろぼろと涙のあふれる目もとを覆った。

やさしい味がしみて、痛いほどしみて、もう耐えられなかった。

「この部屋の名義は君に変更してある。住み続けるならそうしてほしいし、ここを出たかったら売って今後の貯えにしてほしい。このほかにもできるだけの償いはする。これは僕の側の問題で、君に非はない。だけど、もう君と夫婦でいることはできないということは、わかってほしい」

公隆が記入済みの離婚届をテーブルに置いたのは、去年十一月八日の夜だった。日付は間違いない。皆既月食と天王星食が同時に発生するということで、かなり話題になった日だったのだ。薫子も公隆と世紀の天体ショーを楽しもうと、仕事の帰りにお気に入りのパティスリーで公隆の好きなモンブランを買ってきた。夕食後に紅茶をいれてケーキの用意をしていたところで「薫子、話があるんだ」と公隆に声をかけられた。

人間は凄まじい衝撃を受けると呼吸と鼓動以外のすべてが停止するのだと、公隆が婚姻届によく似たA3サイズの書類をとり出したあの時に知った。

予兆のようなものは何もなかった。あったのだとしても、薫子には一切見えていなかった。確かにここ数ヵ月、公隆は「仕事が忙しいんだ」と言って早朝に出勤し、夜中にしか帰ってこない日々が続いていたが、結婚当時から夫は多忙だったから何も疑っていなかった。夫婦関係、肉体的な意味でのそれはもう一年以上途絶えてはいたが、週末に外出する時は手をつないで歩くこともよくあった。仲は良かったはずだ。そのつもりだった、少なくとも薫子は。

「待って、何？　いきなり何なの？　そんなこと言われても——今まさに月食と天王星食が同時に起こってるのよ？　四百四十二年ぶりの奇跡のイベントで、あなたと一緒にゆっくり見たくてケーキだって買ってきたのに、どうして離婚とか」

「本当にごめん。くり返すけど非があるのは僕だ。薫子が混乱するのも無理はないし、君が落ち着いて受け入れられるまでちゃんと待つよ。ただ、僕の中でこれはもう覆らないことだということは、どうかわかってほしい。できれば調停にはしたくない。お互いにどれだけ不愉快な時間を過ごさなきゃいけないのか、僕はよく知っているから。決して君を傷つけたいわけじゃないんだ」

公隆の言葉には配慮があり、まなざしには思いやりがあった。だがそれは、剣豪が悪あがきするちんぴらに、もう手向かいはよせと説得しているようなものだった。

まさに青天の霹靂《へきれき》、奇襲同然の離婚請求だったが、心当たりはあった。

三十六歳の時に公隆と結婚し、半年経っても妊娠できなかったので、不妊治療を開始した。四度の人工授精が不発に終わったあとは体外受精にステップアップしたが、結局四十歳を過ぎても授かることはできなかった。先が見えない焦りから不安定になりがちで、感情的な態度をとってしまったことも一度や二度ではない。けれど公隆は妻が激高しようと号泣しようと決して取り乱すことなく、きっと毎日そんな風に相談者の悩みに耳を傾けているのだろう誠実な態度で言い聞かせてくれた。

「僕は子供が欲しくて薫子と結婚したんじゃない。もしできなくても後悔はないし、二人で生きていけばいいだけだよ」

けれど公隆自身、市内の法律事務所に勤務しながら長年子供の人権のために働いていて、子供好きなのだ。それなのに「つらいなら治療も休んでいいんだよ、薫子の体と心のほうが大事だ」とさえ言ってくれる夫だからこそ、なおさら彼の子供が欲しいと思ったし、それができない自分が情けなかった。休もうなんて簡単に言わないで、あなたにはわからない、どんなに時間がないか男のあなたにはわからないんだ、と泣きながら公隆に当たった。弁護士という職業柄か、めったに感情を乱さない公隆も、内心では傷つき疲弊していたのかもしれない。きっと、そうなのだろう。

だがいくら自業自得だとしても、はいわかりましたと別れることなんてできなかった。別れたくない。やり直したい。あなたと生きたい、あなたが好きなの。なりふりかまわぬ全力の訴えに、公隆は親身に相槌を打ち、ありがとう薫子、とあたたかい声で言ってもくれた。しかし最後には「でもごめん、これはもう変えられない」とゆるがぬ結論をくり返すのだ。夫がいかに手強い人間であるかを、この離婚危機で初めて知った。

結局、年が明けると同時に籍を抜いた。実家への年始の挨拶までは別れないでほしいと薫子が懇願するのに「わかった」と真摯に応じた公隆は、双方の実家への挨拶が終わったその日の夕方に八王子市役所に向かい、離婚届を提出した。公隆はやさしいが、甘くはないのだ。

離婚したことはしばらく誰にも言えなかった。だがずっと黙っているわけにもいかない。年度末の繁忙期が来る前に、薫子はなるべく淡々と職場での手続きを行い、南陽台の実家に出向いて両親にも報告した。

父と母はまず驚き、次に娘が醜態をさらしたかのような苦々しい面持ちになり、最後には仕方がないというようにため息をついた。不思議だ。血のつながりもない赤の他人であるはずの父と母は、歳をとってからますます表情の変化が似てきている。

「しょうがないな……子供を産めていれば違ったんだろうが」

父の呟きを聞いた時、氷で作った錐《きり》を子宮に突き刺されたような気がした。

確かに不妊治療は失敗続きだったけれど、まだできないと決まったわけではなかった。その可能性を断ったのは私じゃない。公隆が。あんなに協力的でやさしかったくせにまるでそんなことはなかったみたいに一方的に彼が。私はずっと努力してきたしこれからもするつもりだったのに、どうして私に非があるような言い方を。

喉まで言葉がせり上がったが、手を握りしめて呑み込んだ。父も母も、きっと負け惜しみにしか取ってくれない。

ずっと、努力を信条として生きてきた。水が怖かった小学生の頃は毎晩洗面器に顔を浸けて恐怖を克服したし、中学生の時は走るのが遅いのが悔しくて雨の日も雪の日も毎朝走り込みを続けるうちに陸上部にスカウトされるまでになった。受験も、就職も、こうと決めた目標は必ず努力によって果たしてきた。特別美しいわけでも特別愛されるわけでもない自分だけれど、諦めずに独力で人生を切り開いてきたことは誇りだった。

けれど、公隆と結婚して、命という神秘の領域に行く手を阻まれた時、少しずつ歯車が狂い始めた。努力が通用しないという初めての事態に狼狽し、混乱し、もがき、あがき、それでもどうにもならず打ちのめされるうちに自分を見失って、傷つけてはならぬものを傷つけていることにも気づかなかった。

気づいた時には、手のなかは空っぽになってしまっていた。

＊

「いろいろ大変だったんですね」

せつながテーブルのこちら側に滑らせたティッシュボックスから、薫子はティッシュを数枚抜きとり、目もとを押さえた。

「びっくりするくらい心のこもってないコメントをどうもありがとう……」

「すみません、あたたかい心とか持ち合わせてないので。公隆さんって、春彦さんの実家で食事した時にお姉さんの隣に座ってた人ですよね？　幸田露伴がどうとかって、私と春彦さんのご両親のバトルをうまい具合におさめた」

「バトルになってる自覚があったのね？　わかってて喧嘩《けんか》売ってたのね？」

「物知りで空気をよく読む人だと思いました。あまり本心を見せない感じが、春彦さんと少し似てるなって。でも思った以上のつわものですね。『調停にはしたくない』なんて強烈な先制パンチ、さすが弁護士って感じ」

「面白がらないでっ」

「でもお姉さんも素直に応じすぎじゃないですか？　話を聞く限り、公隆さんのほうはお姉さんに気づかれないように着々と離婚の準備をしてたみたいじゃないですか。もっと女性問題を洗ってみるとかしてもよかったんじゃ。女性とは限りませんけど」

「公隆はそんな人じゃないわ」

「夫婦だからって、その人の百パーセントを知るなんて無理じゃないですか？　別々の頭と体を持ってる以上、完璧に理解し合うなんて人間にはできないと思いますよ」

「それでもとにかく公隆は違う、何もなかったのよ」

声を荒らげると、せつなが察したような表情を浮かべた。薫子は顔を伏せた。

女がいるのではないか。離婚を切り出された時に、真っ先に疑ったのがそれだった。

公隆と別れるのは絶対に嫌だったし、何者かが公隆をかすめ取ろうとしているなら断じてゆるせない。だから何とか年明けまで猶予をもらい、公隆の身のまわりに不審な影がないか、そうでなくとも怪しい点がないかを探偵に調べてもらった。

だが公隆はどこまでも清潔で、不実を意味するものは何も出てこなかった。

報告を受けた時、自分が薄汚れた雑巾になったような気がした。いっそ女がいてくれたほうがマシだった。そうすればあんな泥水をかけられたような惨めさは味わわずに済んだはずだ。

うつむいたまま鼻をすすると、立て続けにティッシュを抜きとる音がした。突き出されたティッシュの山を、薫子は目もとに押しつけた。目の周りの皮膚がひりひりする。

「薫子さん、顔色悪くない？　疲れてる？」

不意に、眉を八の字にした弟の顔がよみがえってきた。

離婚のことは、春彦にはどうしても話せなかった。歳の離れた弟は、のほほんとしているようで人の気持ちに聡《さと》い子だ。打ち明ければ必ず、自分までかなしい顔をして案じてくれる。それがわかっているから言えなかった。公隆がいない部屋に帰るのが嫌で、よく仕事帰りの春彦を呼び出し、寿司にイタリアン、讃岐《さぬき》うどんに焼肉と、色んな店へ連れ回した。春彦は何を食べても「おいしい」ととびきり明るく笑ってくれて、その笑顔を見ている時だけ、何を食べても美味しいと思えなくなってしまった食事の苦痛がわずかにやわらいだ。

公隆と別れた時、生皮を剝がされるような痛みを味わった。不妊治療を続けるうちに感じるようになった、自分には人間としても女としても価値がないという感覚はもっと強くなった。朝は希望ではなく絶望から始まり、夜眠る時には、自分のこれからには袋小路しかないという不安に叫び出したくなった。

でもそんなのも全部、春彦と過ごすひとときには癒されたのだ。きっともう母親になることはできないし、公隆の妻ですらなくなった。だがまだ自分はこの子の姉であることだけはゆるされている。かっこいいお姉ちゃんでいなくちゃいけない。もう一度立ち上がろう。私は不屈の努力で人生を切り開いてきた薫子なのだから。いつだって生きることは素敵だというように笑ってくれる春彦が、そう思わせてくれたのだ。

そんな弟が、こんなに突然、自分よりも先に逝くなんて想像もしなかった。

3.

「春彦さんの話を、してもいいですか。つらいならやめます」

せつなが静かに声を発したのは数分経ってからだった。自分が落ち着くのを待っていたのだとわかり、薫子は息を整えながら「大丈夫よ、どうぞ」と頷いた。

「春彦さんは、どういう状況で死んだんですか」

弟の部屋で見知らぬ人々が寡黙に動き回っていた、あの日の光景が脳裏によぎった。

思い出すのも、言葉にして話すのも覚悟が要る。薫子は腹に力を入れ、息を吸った。

「あの子、会社の近くにマンションを借りてたでしょう。新宿の。あそこで息を引き取ったの。無断欠勤なんてしたことのない春彦が連絡もなしに会社を休んだから、おかしいと思ったあの子の会社の友達が、港《みなと》くんというんだけど、合鍵で部屋に入ったら、ベッドで冷たくなってたそうよ。すぐに救急車を呼んだけど、その場で死亡が確認された」

「本当にベッドで死んでたんですか?」

矢を射るような問い方だった。

「……どういう意味?」

「さっきカフェで私に言ったこと、覚えてますか?　春彦さんが死んだのは私が原因なんじゃないかって、お姉さんはそう言ったんです。『あなたのせいで春彦は』って」

どきりとした。──言っただろうか？　あの時は興奮していたせいか記憶が曖昧だ。

「ごめんなさい。ただの八つ当たりよ、忘れてちょうだい」

「本当に？　私のせいで死んだって思わせるような、そういう死に方を春彦さんはしてたんじゃないですか？」

「首を吊ってたんじゃないかとでも言いたいの？　違うわ。私もあの子の部屋に行った時、この目で見たもの。春彦はスウェットを着てベッドにいた。枕元に充電器につないだスマホと読みかけの本があって、本当に、お風呂に入って横になって──そのまま時間が止まったみたいだったの。苦しんだり暴れたりした形跡もなかったそうよ。眠ったまま息を引き取ったんじゃないかって、そう言われたわ」

今も鮮明に覚えている。街のあちこちで桜の花が咲き始めた三月十五日、まだ空に明るさが残る水曜日の夕方だった。警察から連絡を受けた薫子は、ただただ混乱しながら職場から弟が暮らすマンションに駆けつけた。

春彦が住んでいたのは1DKの部屋だ。玄関から七帖程度のダイニングキッチン、その奥に四帖程度の洋室がひと連なりになっている縦長の設計で、春彦は奥の部屋を寝室として使っていた。薫子が息を切らしながら室内に入った時、ダイニングと寝室の仕切りは取り払われ、部屋の中ではジャンパー姿の警察関係者が何人も作業していた。戸口で立ち尽くしていると、スーツ姿の中年男性が「ご家族の方でしょうか？」と声をかけてきた。

新宿警察署から来たという男性は、意外なほど柔和な口調と丁寧な言葉遣いで春彦のことを訊ねた。生前の健康状態、通院歴、処方されていた薬の有無など。ほかにも色んなことを訊かれたが、薫子は首を横に振り続けた。春彦は毎年会社で健康診断を受けていたが、問題が見つかったとは聞いたことがなかったし、前日の夜に春彦の誕生日を祝って一緒に食事をしたが、その時も具合の悪そうな様子などなかった。

「では、弟さんに悩んでいる様子などはありませんでしたでしょうか」

薫子は一瞬とまどい、質問の意図を理解して絶句した。「念のためにお聞きしているだけですので」と中年刑事は気遣う表情で言った。

少なくとも薫子が見た限り、春彦に何か思い詰めていたり悩んだりしているような様子はなかった。前の晩はおいしそうにキムチたっぷりの冷麺をすすっていたし、何より笑顔だった。春彦の笑顔は本当に人を幸せな気持ちにさせるのだ。それに小さな頃から物覚えがよくて、駆けっこも速くて、楽器の演奏もダンスもサッカーも上手で。そこで余計なことまで話していると気づいて「すみません」と謝ると、刑事はやさしく首を横に振り、続きを促した。

春彦は大学を卒業後、製薬会社の研究職に就いた。根っからの文系の薫子は、弟の仕事については「世の中の役に立つ薬を作っている」程度のことしかわかっていないが、職場の先輩たちには可愛がられ、後輩には慕われていると、弟の言葉の端々から感じていた。無断欠勤した弟を心配して訪ねてくる友人だっている。自殺なんてとても考えられない。薫子が話し終えると、刑事は頷き、慰めるように言った。

「お部屋の様子を拝見してもとくに変わったところはありませんし、お若い方の突然死というのも、残念ながら実は結構あるものですから」

その後、刑事は検視のために春彦の遺体を預かりたいと話し、薫子には葬儀社に連絡を入れるよう勧めた。数分後、顔面蒼白の父が到着し、声を荒らげて刑事たちと何かを話していたが、もう内容は覚えていない。

検案でも春彦の死因はわからず、遺体は解剖されることになった。文京《ぶんきょう》区の東京都監察医務院というところで解剖が行われ、薫子は父と一緒に待合室で待機していた。母は言葉もおぼつかない憔悴《しょうすい》ぶりだったので、薫子が代わりに休暇をとって父と足を運んだのだ。けれど、結局のところ春彦がなぜ死んだのか、解剖してもはっきりとはしなかった。担当者から所見を聞かされたあと、死体検案書を渡されたが、死因の欄には「不詳の内因死」と記されていた。

ただ、明確な死因はわからなかったものの、春彦の死に事件性はないと判断されたし、自殺を疑わせる痕跡も見つからなかった。春彦はただ本当に、突然息を引き取ってしまったのだ。だから薫子は弟の死について誰かに話す時、方便として「心不全」と伝えている。

話を聞く間、毛足の長いラグに正座したせつなは、薫子を見つめたまま一度も目を逸らさなかった。甘さや柔和な雰囲気を一切漂わせないたたずまいに、薫子はふと、小学校の時に使った彫刻刀を思い出した。逆三角の形をした刃で削った木には、くっきりと鋭い彫り痕が残る。その彫り痕を指でなぞった時の感触と彼女が、なぜか結びついた。

「引っかかるのが、遺言書なんです」

せつなが言う。

「どうして彼はそんなものを作っていたのか。自分が死ぬことをわかってたみたいに」

「あなた、遺言書と遺書を混同してない？　遺書は確かに死ぬことを決めた人が理由を書き残したりするものでしょうけど、遺言書は自分の死後に備えて、残した財産をどうしたいのか法的効力を持つ方法で明示しておくものなの。若くても健康でも遺言書は作成しておいて損はないし、現にそうする人もたくさんいる」

「でもそれって、自分が死んだあとドロドロの相続争いが勃発しかねないお金持ちとか、家族と確執があって自分の財産を誰に残すかちゃんと決めておきたい人とかじゃないんですか？あとはかなりの高齢だったり、病気なんかで死を意識した人。まだ二十代の健康な男性で遺言書を作る人って、実際いますか」

薫子は唇を曲げた。「実際いますか」と訊かれたら「いることはいるだろうが双子くらいには稀少だ」と答えざるを得ない。遺言書を作成しているのはやはり年配者が多いし、その率も十パーセントにも満たないのが現状だ。

「令和二年七月十日、相続法が改正されたの。遺言書保管法が施行されて、法務局による自筆証書遺言書保管制度が始まった」

「……今から始まるの、小難しい話ですか？　そういうの好きじゃないんですけど」

「どこも小難しくないわ。それまでは弁護士に預けるか、公証役場に預けるか、自分で保管するのが主流だった遺言書が、法務局で気軽に預かってもらうことができるようになりましたという話。話したと思うけど、私は法務局の八王子支局に勤めていて、その制度の開始で業務に遺言書の受付も加わったの。それでうちに春彦を呼んで私と公隆と三人で食事をした時、そんな話をしたことがあったのよ。あんたも遺言書を作っておけば、って冗談のつもりで言ったの。あの子、ちょうど友達に誘われて買った株で大金が入ってたから」

「ああ……付き合いで十枚だけ買った宝くじで百万円が当たったりもしてましたね。金銭欲も物欲も皆無のわりに、なんかちょくちょく儲けちゃう人だった」

「そう。お金に困らない星の下に生まれた王子様なのよ」

遺言書の存在がわかり、精査した春彦の遺産は、その年齢からすれば結構な額だった。預貯金や株式などを合わせて約三千万円。そのうち一千万円は人道支援医療団体に寄付し、残額を両親、薫子、せつなに三分の一ずつ分配する旨が記されていた。

本当のところはわからない。ただ、春彦が遺言書を作成したのは、かつて薫子がした話が頭のすみに残っていたからなのではないか。

「遺言書がいつ作られたかは、わかるんですか」

「ええ、自筆証書遺言書には作成日を明記しなければいけないから。三月十四日——あの子の二十九歳の誕生日」

春彦の遺言書が預けられたのは千代田区の本局だった。あの日、薫子は春彦を夕食に誘っていたので、春彦は姉と落ち合う前に遺言書の保管手続きを行ったのだろう。——そして、薫子と別れたその夜に死んだ。

「そういえば、あなたもあの日、誕生日だったのよね？　春彦から何か連絡とか——」

ふと思い当たって顔を向けると、せつなは妙な表情を浮かべていた。

何かにひどく驚いているような、それでいて、何かに深く合点がいったような。

「どうしたの」

「何がですか？」

問い返した彼女はもう元の表情に戻っている。だけどこちらだってとぼけられているのがわからないほど馬鹿じゃない。

「今、何か思い当たったような顔をしてたじゃない。何かあるなら教えて。私は春彦の姉よ、知る権利がある」

「何もありません。彼のことは、私よりもお姉さんのほうがよくわかってると思います」

せつなはこの話はこれでお終いだと言わんばかりに、どんぶりを重ねた。

「お姉さんの言い方が引っかかったので、もしかしてって思ったんですけど、違うならいいんです。私、そろそろ行かなきゃまずいのでこれで失礼します」

腰を上げたせつなに、薫子も追いすがった。

「今晩にでもまた連絡します、だから改めて時間を取ってちょうだい。あなたは面倒なんて言うけど、あの子は遺産をあなたに使ってほしかったのよ。何があって別れたのか私は知らないけど、それを受けとってあげるくらい問題はないはずでしょう？」

「言いましたよね。私にはもらう理由がないし、もらうつもりもないです。お姉さんたちがいらないなら、どこかに寄付したらどうですか」

「あなたね……！」

「それと、離婚した上に弟さんまで死んでしんどいのはわかりますけど、酒に逃げるのはやめたほうがいいですよ」

息を詰めた薫子を、せつなは眉ひとつ動かさずに見返す。

「キッチンのごみ袋にぎっしり入ってる、チューハイのロング缶。冷蔵庫にも十本以上入ってましたけど、毎晩飲んでるんですか？　一日何本くらいのペースで？」

「そんなのあなたに関係ないじゃない」

「ああいう酒は意外とアルコール度数が高いんです。ごみ袋の空き缶、度数九パーセントのものばかりだったし。口当たりがいいからどんどん飲めちゃうけど、あのロング缶を一本飲めば、ウォッカを半カップ飲んだのと同じアルコール摂取量になりますからね。最近ああいう酒でアルコール依存症になる女性が増えてるってニュース、見たことありませんか？」

「私が依存症だって言いたいの？　違うわよ！」

「仕事が終わって帰ってくるまでの間、冷蔵庫の中のあれを飲むことばかり考えてませんか？帰ってきて手を洗ったら、真っ先にあれをプシュッとやってないですか？」

ぎくりとしたが、それは絶対にこの女に気取られたくなかった。せつなはつなぎ服のポケットからスマートフォンをとり出すと、親指を画面に滑らせた。ピコン、と電子音が鳴った。ソファのすみに放り出していた薫子のバッグからだ。

スマートフォンをとり出すと、メッセージが届いていた。テキストはなく、URLリンクだけが貼ってある。

「それ、やってみてください」

雌豹《めひょう》のような不敵な身のこなしで弟の元恋人が出ていったあと、薫子はたった今送られてきたリンクをタップした。

『アルコール依存症チェック』というページが表示された。

第二章

1.

東京法務局八王子支局は、ＪＲ八王子駅からバスを使って五、六分の距離だ。しかし薫子は健康のために毎朝駅から職場まで歩くのを日課にしている。春夏秋冬、雨の日でも、雪の日でも、凶悪な花粉が飛び交う日でもだ。

東放射線アイロードを道なりに進んでいくと、年季の入った歩道橋が見えてくる。歩道橋を渡った対岸には、八王子税務署、八王子簡易裁判所が隣接した七階建ての八王子地方合同庁舎があり、この庁舎の一、二階が薫子の職場である八王子支局だ。ちなみに庁舎三階は八王子労働基準監督署、四階は八王子区検察庁となっている。

八王子支局の一階はまるごと登記部門、二階が供託、戸籍、人権擁護、遺言書保管を取り扱う部署になっており、薫子は二階フロアで供託官を務めている。供託とは、ものすごく簡単に言うと、金銭の絡む交渉が決裂した場合、法務局が双方の間に立ってトラブル解決を支援する制度だ。例えば交通事故を起こしてしまった場合、被害者に損害賠償金を渡したいと考えたものの、被害者側が「そんな額じゃ納得できない」と受け取りを拒否したとする。この時、用意した額が法の定める要件を満たしていれば、事故を起こした者は法務局に賠償金を預け、被害者への賠償を達成することができる。このほか、遺産相続にも、給与トラブルにも、選挙にも供託は関わっているが、一つ厳然と決まっているのは、民法や商法、会社法、民事訴訟法や公職選挙法などの法令で規定された要件を満たさなければ、供託は認められないということだ。相談者からの依頼を受け付け、その供託が成立するかを膨大な法令に照らし合わせて審査し、受理の可否について判断するのが薫子の仕事だ。

「かしこまりました、ご相談の内容を確認させていただきます。佐藤《さとう》様ご所有のビルに入られているテナントさんとお家賃の値上げについて折り合いがつかず、テナントさんが昨年十一月から今年二月までのお家賃を供託された。この供託金を佐藤様が受け取ることはできるか、受け取ることで今後のお家賃の値上げに支障が出ることはあるのか。以上でお間違いございませんか？」

間違いない、と電話の向こうから低い声が返ってくる。八王子市内にビルを所有しているという相談者は、七十三歳の父とそう変わらない年齢だ。薫子は早口にならないことと、クリアな発音を心がけながら続けた。

「佐藤様のご相談の場合、テナントさんが供託されたお金をお受け取りいただいても、佐藤様が請求されている値上げ分の債権が消滅するということはありません。ただ、佐藤様が供託金の請求を八王子支局にされる場合、請求書に『ただし債権額の一部に充当する』というように、あくまでも本来支払われる金額の一部として受け取るのだという意思を明記していただくことが必要です」

相談者は続けて、テナント側が供託した四ヵ月分の家賃を、三ヵ月分の家賃として受け取りたい、と話した。つまり、テナント側が八王子支局に預けている金を、損害賠償金込みの家賃三ヵ月分扱いにして、残り一ヵ月分は新たに要求したいということだ。「いいえ」と薫子は答えた。

「テナントさんは、佐藤様が受け取りを拒否された四ヵ月分のお家賃として供託をされています。佐藤様がその供託金を受け取るには、値上げ分は足りないけれども、テナントさんはきちんと四ヵ月分の金額は払われた、ということをお認めいただく必要があります。仮に今お話しいただいた条件で供託金の請求をされた場合、こちらで審査の後、却下させていただくことになります」

だけどこっちもコロナの影響と電気代高騰のせいで苦しいし、値上げに応じてもらえなくて相当の迷惑を被っている、と苛立ちのこもった声が言う。薫子は「ええ」「はい、もちろん」と相槌を打ちながら、法律に則って相談者にできることとできないことを、なるべく平易に伝え続けた。数分後、相談者はなんとか納得してくれた。

「本日のご相談は、わたくし野宮《のみや》が承りました。また何かご不明なことがあれば、お気軽にご相談ください」

相手が通話を切ったのを確認してから、薫子も受話器を置いた。そばに椅子を置いてやり取りを聞いていた後輩が、緊張を吐き出すようにため息をついた。

「今のケースで大事なところは、債権者が供託金の還付請求をする時、一部留保の意思表示が必要ということ。もうひとつ、なかなか値上げに応じてもらえないからといって、供託金を損害金として受け取ろうとしたり、テナント側に無断で四ヵ月分の家賃を三ヵ月分扱いにすることはできないということね」

「はい」

「留保の意思表示をしないまま受諾したら、債務者は免責される恐れがあるから、ちゃんと請求書にその旨を明記することが必要。これは大丈夫だよね。もうひとつは、供託金の本質が捻じ曲げられることはあってはならないということなの。仮に佐藤様の『四ヵ月分の家賃相当である供託金を、損害金込みの三ヵ月分の家賃として受け取りたい』という請求を認めると、テナントの弁済が達成されない上に、私たち法務局が寄託契約を一方的に変更したことになってしまう。これは絶対にだめ。だから、もしそういう払い渡し請求をされても、却下しますとお答えした。ここまで大丈夫？」

つい先日一階から異動してきた、薫子より十五歳若い彼女は眉を八の字にして「何とか」と答えた。法務局とひと口に言っても、取り扱う法務事務は色鉛筆の箱の中ほど多岐にわたる。携わったことのない分野を一から覚えなければいけない大変さとプレッシャーは薫子にも経験があるので、努めてやわらかい笑みを後輩に向けた。

「杉本《すぎもと》さん、いつもメモ取りながら聞いてるし、一度教えたことはちゃんとできてるし、自分でも復習してるよね。立派だと思う。よかったらこれ、大阪法務局が出した事例集なんだけど、すごくわかりやすいし、ＯＣＲ票の記入例もたくさん載ってるから読んでみて。返してくれるのはいつでも大丈夫だから」

「はい、ありがとうございます」

付箋だらけでお世辞にもきれいとは言えない事例集を笑顔で受け取った後輩に、薫子もつられてほほえみ返した。彼女が異動してきた初日、スマートフォンでメモを取り始めた時にはちょっと驚いたが、努力家の子だ。最近ひたむきな若者を前にするとまぶしく感じるのは、自分が老いたという感覚が強くなっているからだと思う。

正午になると四十五分間の昼休憩に入る。外へ食事をしに行く職員たちが、おしゃべりしながらフロアを出ていく。薫子はバッグから出したスティックタイプの栄養食をかじりながら、次に審査する供託書に目を通した。人身事故を起こした相談者が、金額を不服として賠償金の受け取りを拒否している被害者に対し、賠償金の供託を申請してきたものだ。けれど集中しようとしても、すぐに意識が浮いてしまう。

数ヵ月前までは、薫子もランチに出かけていく女性職員たちの輪の中にいた。日中のほとんどを過ごす狭い世界で良好な人間関係を築くことがどれほど大事かは高校を卒業するまでに嫌というほど学んでいたし、不妊治療を始めてからはどうしても平日に休みを取らなければならないことがあり、そのフォローをしてくれる同僚たちには感謝と気遣いを欠かさなかった。

けれど、年明けすぐに公隆と離婚してから、突然激しい怒りの発作に襲われるようになった。自分に残されたのはもう仕事だけだ。だから完璧に職務を遂行しようとしている時、誰かのミスで自分のスケジュールに少しでも影響が出ると、脳の血管が破裂するのではないかというほどの怒りに駆られる。ミスした相手には声を荒らげて食ってかかり、勤務時間内に口論になったのも一度や二度ではない。信頼関係を築くには努力と時間が必要だが、壊すのは本当に簡単で一瞬だ。今では仕事上の必要がない限り、同僚と口を利くこともほとんどなくなった。

人が少なくなってがらんとしたフロアで、薫子は窓の外をながめた。やわらかな風が木々の枝をゆらすたびに、翡翠《ひすい》色の葉の上で光の粒がきらめく。きっとあっという間に消えていく春の色彩をながめながら、朝から鈍痛がわだかまっている腹部に手を当てる。

四年前に体外受精治療を始めてから、六度の採卵を体験した。排卵誘発剤を使い、手術で採取した卵の総数は五十個を超える。女としての寿命を前借りしてすっかり干からびてしまったような心地がするのに、自分の卵巣にはまだ卵が残っていて、周期に沿って排出されては、命を宿すことなく寿命を迎え、胎児のベッドになるはずだった子宮内膜と一緒に流れ出てくる。

薫子はため息をつき、トイレに行くために腰を上げた。

お腹がすいた。でも何も食べたくない。

お酒が飲みたい。炭酸が気持ちよくて喉をするすると滑り落ちていく、冷蔵庫の中のあれを。


母から電話が掛かってきたのは夜七時すぎ、みなみ野駅を出てすぐの時だった。

液晶画面に表示された『野宮桜子《さくらこ》』の名前を、薫子は意外な気持ちで見た。母は春彦には声を聞きたがってよく電話をかけていたようだが、薫子に用がある時はメールで済ませることが多い。どうしたんだろうと思った時、四月五日という日付が電光掲示板の文字列のように頭の中を流れた。

「あ」

誕生日だ。完全に忘れていたが、今日で四十一歳になったのだ。

薫子は通行人の邪魔にならないようショッピングモール前の植え込みのかげに寄り、スマートフォンを耳に当てた。

「もしもし、お母さん？」

『薫子』

第一声で、機嫌が悪いとわかった。それも、かなり悪い。

「どうかした？」

『あの子の件、どうなったの？　あなた全然連絡してこないから』

急死した春彦が遺言書を残していると知った時、両親は驚いた。さらに春彦がせつなにも遺産を残していたと知った時、母は「どうしてよ」と息子に生まれて初めて裏切られたかのようにショックを受けていた。母はせつなをよく思っておらず、薫子から二人が別れたらしいと聞くと「やっぱりあの子、春彦には合わなかったのね」とうれしそうに言っていた。

「報告が遅くなってごめん。実は小野寺さん、相続放棄するって言ってるの。だからもう少し話をして、なんとか考えを変えてもらいたいと思ってて――」

『どうして？　本人がいらないって言ってるなら、いいじゃない、放棄してもらえば』

母の口調が心なしか明るくなった。

『結婚を前提に付き合ってたとしても、結局は結婚しなかったんだから、あの子は春彦とも私たちとも赤の他人だもの。遺産なんてもらえるような立場じゃないってこと、あの子もわかってるのよ。思ったより常識のある子だったのね』

「お母さん、これは立場や常識は関係ない話だよ。春彦がそうしたいと望んだことなら、私はその通りにしてあげたい」

それはどうあっても譲れない。声を強める。

「春彦と彼女は結婚もしていない他人だったからこそ、春彦はわざわざ遺言書を作ったんだと思うの。それが、血縁関係も婚姻関係もない彼女に法的に認められた形で財産を残す唯一の方法だから。春彦は私を執行者に指定した。私には春彦の希望を代行する責任があるの。お願いだから、もう少し待って。彼女のこと、ちゃんと説得するから」

母は春彦を愛していた。この人はきっと春彦を助けるためなら自分の命もさし出すのだろうと思うほどに。だからこそ、春彦の願いを尊重したいという思いを、母も理解してくれるはずだと思った。

『あなたのそういうところ、息苦しいのよね』

低い声だった。聞き間違えたかと思い、え？　と問い返す。

『昔から車が一台も来なくても横断歩道の信号が青に変わるまでじっと待つし、学校の帰りに十円玉を拾えばわざわざ何キロも歩いて交番に届けに行くし……きちんとしてるのは良いことだとは思うけど、四角四面で肩が凝るっていうか、一緒にいると息が詰まるのよね』

感情の反応が追いつかず、言葉が出てこない。

『公隆さんも、そういうところが疲れちゃったんじゃないかしらね。日ごろ人の悩みを解決したり、困っている人のために闘う仕事をしてるわけでしょう？　家に帰ったら、ただやさしくされて、ゆったりつつんでもらいたかったんじゃないのかしら』

「……私だって、公隆に安心してもらえるように努力してきたつもりだよ」

『だから、そういうところなのよね。がんばってるのはわかるんだけど、もう少し大らかさっていうか、女らしい可愛げがあってもいいのにって母親としては思うのよ。ちゃんとそういう風に育ててあげられなくて悪かったと思うわ』

――それは、私は失敗作だという意味？

まあいいわ、と母がため息まじりに呟いた。

『遺産のことはあなたに任せてるしね。でもね、やっぱりあの子は私たちとは他人なんだし、春彦が私に残した額よりもあの子のほうが多いなんておかしいとお母さんは思うわよ。そこのところ、しっかり考えて。春彦の四十九日までには、はっきりさせてちょうだい』

通話が切られ、無感情な不通音が耳もとに流れた。

電話していた時間はほんの数分だったのに、薄明るかった空は完全に夜の色に染まり、街灯の光が地面をオレンジ色に照らしていた。アスファルトに自分の影が黒々と落ちている。薫子はスマートフォンをバッグにしまった。

高校生になった頃には、もう気づいていた。母には理想とする娘がいて、けれど自分はその理想には程遠いのだ。美しい母に容姿は似なかったし、きちんとし過ぎていて可愛げがない、というのは母だけではなく、ほかの大人たちにも幾度となく言われてきた。みんなに好かれたいという気持ちはやはりあるから、自分を変えようと努力はしたのだ。けれど結局、可愛げとはどういうものなのかがわからず、母には余計に失望の表情を浮かべさせるだけだった。

その点、自分の十二年後に生まれた春彦は、母の理想に命を吹き込んだような存在だったのだろう。活発で屈託がなく、どんなに冷え切った心もあたたかく溶かす笑顔を持つ弟を、母は溺愛した。母だけではない、父もそうだ。何をやらせても人並み以上の結果を出す春彦を、いつも誇らしげなまなざしで見守っていた。ずっと息子が欲しかったんだ、と父が自宅に招いた友人に語っているのを聞いた時、父にとっても自分はそれほど望ましい存在ではなかったのだと知った。

駅前通りでは家路につく人々が行き交い、明るいざわめきと無数の足音が雑多な音楽を奏でている。薫子も春コートのポケットに手を突っ込み、バス乗り場に向かって歩き出した。

気にしなくていい。母はただ正直なだけで、悪意はないのだ。大人なんだから、あのくらいドンと受け止められるようでなければだめだ。春彦が死んでから、泣いて、泣いて、食事もまったく取れなくて病院で点滴を打ってもらっていた母が調子をとり戻したのだから、喜ぶべきだ。それが四十一歳の娘の甲斐性というものだ。

別に誕生日おめでとうのひと言がなくたって、落ち込む必要なんてない。たいしたことじゃないし、初めてでもないんだから。

愛らしい男の子を間にして手をつないだ若い夫婦が、すぐそばを通りすぎていった。家族の幸福そうな笑顔を見た瞬間、いきなり腹の底から猛烈にこみ上げてくるものがあって、薫子は方向転換した。進軍するようにパンプスの踵を鳴らしながら、通り過ぎてきたショッピングモールに向かう。

一階の食料品売り場に乗り込んで、真っ先にスイーツコーナーで苺のショートケーキの二個入りパックを買い物かごに入れた。その隣のバスク風ベイクドチーズケーキも、生チョコエクレアも、躊躇《ちゅうちょ》なくかごに放り込む。次は総菜売り場で、鳥の軟骨揚げ、うずらの卵のフライ、海苔を巻いた揚げ餅をかごに入れた。それからお菓子売り場で、コンソメパンチ味のポテトチップスと、エンドウ豆スナック、板チョコをかごに放り込む。そうだ、あれを忘れたら台無しだ。アイス売り場に急行して、ハーゲンダッツのバニラとグリーンティーをかごに入れた。カロリーが何だ、糖質がどうした、トランス脂肪酸がなんぼのものだ。こっちは誕生日なんだから最強だ。夫に捨てられて子供を産む予定もない女はこの世に怖いものなんてない。

不格好に膨らんだエコバッグを手にマンションに帰りつき、ハンドソープを使って三十秒間手を洗った薫子は、大股でキッチンへ行って冷蔵庫の中段を開けた。ずっと、これが飲みたくて飲みたくて頭から離れなかった。ドアポケットに整然と並べたチューハイのロング缶の中からお気に入りの冷凍みかん味を抜きとり、その場でプルタブを開ける。ひと息に飲み干そうと唇を寄せた、その瞬間だ。

「あなたのお酒の飲み方には、少し問題がありそうです。あなた自身のために、お酒と健康について振り返ってみませんか？」

赤を背景に白抜きされた文字列が頭の中にくっきりと表示され、思わず缶の飲み口から唇を離した。

数日前、せつなに「やってみてください」と送りつけられたのは、WHOが作成したAUDITというアルコール依存症のチェックシートだった。私にこんなのは必要ないと腹を立てつつ、まさかという不安もあり、迷った挙句にチェックシートの設問に回答した。その結果が例の文章だ。――あなたのお酒の飲み方には、少し問題がありそうです。あなた自身のために、お酒と健康について振り返ってみませんか？

「小野寺せつな」

せっかくの楽しい時間に水を差され、呪いを込めて名前を呟く。そういえば今朝も『遺産の件で話がしたいです。ご都合のよろしい時にご連絡ください』とメッセージを送ったのに、いまだに返事がない。おのれ、あの小娘。

いや、もういい。今日は誕生日なんだから楽しいことだけ考えよう。せっかくのパーティーが無音ではさびしいのでテレビを点けた。『政府は少子化対策に向けた方針を発表し、両親どちらも育児休業を取得した場合には給与の十割を保証するという案を――』と女性キャスターが美しい発音で語る。即座に電源を切ってリモコンを液晶画面に投げつけた。破滅的な音が響き、リモコンが乾電池をとび出させながら床に転がった。薫子はロング缶のチューハイを三分の一以上いっきに流し込み、誕生日の定番のメロディをハミングしながら、エコバッグからとり出した戦利品をテーブルに並べた。

何からいこうか。うずらの卵か、揚げ餅か、それともいきなりアイス？　楽しい気分で考えていたのに、脂肪と糖質の塊のラインナップを見て、明日の朝は絶対に胸焼けしてるな、まだ水曜日なのに、と一瞬正気に戻ってしまい、あわててチューハイをあおった。やっぱり誕生日といえばケーキだ、ケーキからいこう。赤い苺がのったこのショートケーキの愛らしさといったらどう？　二個とも食べてやる、全部私のものだ。

そうだ、せっかくだからノリタケのすみれのお皿で食べよう。ケーキのパックを手にキッチンへ向かいかけた時、高い電子音が響き渡った。

ほろ酔いだったからなのか、普段は驚きもしないインターフォンの呼び出し音にびくりとしてしまい、ケーキのパックを取り落とした。

あっ、と声をもらしてしゃがみ込むと、床に叩きつけられたケーキは透明パックの中で横倒しになっていた。涙がこみ上げた。だけど唇を噛みしめながらすぐに立ち上がる。泣いちゃだめ、大人だもの。

「はい」

『こんばんは、ハヤブサ飛脚便です。お届け物です』

モニターに映っているのは、まだ学生のような初々しさを漂わせる青年だった。街でよく見かける宅配業者のビタミンカラーの制服を着ている。

薫子は眉間にしわを刻み、さわやかな笑顔の青年を検分した。ここ数日は通販を利用していないから荷物が届く心当たりはない。先ほどの母の様子からして、両親から誕生日プレゼントが届くとも思えない。宅配業者を名乗る青年はなんとも素直そうで人を騙すような人間には見えないが、詐欺師の目は澄んでいるのだとミステリ小説に書いてあった。

「失礼ですが、荷物の差出人の名前を教えていただけます？」

『え？　はい、えっと……』

青年は、モニターには映っていない手もとをのぞきこむ仕草をした。

『野宮春彦様からのお届け物です』

心臓が胸の中でボールのように跳ねた気がした。

「本当ですか？　本当にそう書いてあるんですか？」

『え、はい……すみません、俺あまり漢字が得意じゃないんですけど、ユーミンの春よ、来いの春に、スラムダンクの井上雄彦《いのうえたけひこ》先生と同じ彦です』

「差出人の電話番号を、読み上げてもらえますか」

『はい、ではいきます』

青年はよく通る声で、薫子が記憶している通りの十一の数字を正確に読み上げた。

「弟は」

死にました、という言葉を呑みこみ、薫子はマンションのエントランスの開錠ボタンを押した。何これ、とこめかみに響く鼓動を感じながら思う。何これ、何これ、と思ううちに今度は玄関のベルが直接鳴らされた。

「こんばんは、ハヤブサ飛脚便です。夜間指定のお荷物をお届けに上がりました」

ドアを開けた薫子にきびきびと一礼した青年は、小ぶりの白い箱をさし出した。

伝票の品名欄には「装飾品」と印字してある。箱の側面には、甲府の高名なジュエリーブランドのロゴが入っていた。送り主の欄にある「野宮春彦」という手書きの字を薫子が凝視していると、青年が「あの、すみません」と声をかけてきた。

「ドアを押さえていただいてもよろしいですか？　お荷物、もうひとつございまして」

「もうひとつ」

「はい。結構大きくて重いので、お玄関の中にお運びします」

サンダルをつっかけてドアを押さえた薫子は、青年が台車に載せて運んできた「荷物」を目にしてぎょっとした。

その段ボール箱は高さが七、八十センチ、横幅も六十センチはあり、かなりの視覚的インパクトだった。白い小箱のほうと同じく業者から直接発送されたものなのだろう、箱の側面に『トーキョープランツ』と印刷されている。青年は「っしょ!」という掛け声と一緒にかなりの重量があるらしい箱を抱え上げ、フローリングの床に慎重に下ろした。薫子のサインをもらうと「ありがとうございました!」と一礼して去っていった。

「……どういうこと?」

公隆が出ていってから、ひとり言が増えた。黙っているとそのまま十年でも立ち尽くしてしまいそうだったので、薫子は突然届いた象とひよこのように対照的な二つの箱のうち、まずは小さな箱を開けた。

中には野鳥の巣のように緩衝材が敷き詰められ、その中心に産み落とされた卵のような白い小箱が置かれていた。小箱には深緑色のサテンのリボンがかけられている。それと、小箱に添えられた白いカード。

『薫子さん　誕生日おめでとう』

どこにも尖ったところがない、のびやかな弟の字だった。

鼻の奥にこみ上げた熱を懸命にこらえた。春彦は毎年必ずプレゼントをくれた。たとえ両親が娘の誕生日を忘れていても、弟だけは、いつも素敵な贈り物をくれたのだ。金と銀の折り紙で作ったメダル。公園で何時間もかけて見つけた四葉のクローバー。夜店で買った赤い金魚のイヤリング。就職して初めてお給料をもらった時は「いつものお礼」と薫子の好きなイタリアンの店につれて行ってくれた。不妊治療がまったく実を結ばないことに打ちのめされていた時は、朝からバッティングセンター、動物園、水族館、ブラジリアン柔術体験と薫子をくたくたになるまで連れ回し、最後においしいラーメンを食べさせてくれた。

薫子は止まらない涙を必死でぬぐいながら、緩衝材に守られた白い小箱をとり上げた。リボンをほどいて中を見ると、黒いベルベットのジュエリーケースが収まっている。

慎重にふたを開けると、一対のピアスがかがやいていた。

照明を受けてきらめく濃緑の石が、気品あるゴールドの地金にはめこまれている。一瞬、呼吸も忘れてみとれた。大粒のエメラルドは、秘境の森の木々の葉から滴り落ちてきたようだ。

四月生まれの薫子の誕生石はダイヤモンドだが、昔からダイヤよりも五月の誕生石のエメラルドのほうが好きだった。高貴な深緑になぜかとても惹かれるのだ。あと一ヵ月遅く生まれていたらエメラルドが誕生石だったのに、と春彦に話した記憶がある。あれはいつだったろう？　記憶の中のあどけない春彦の顔からして、薫子が大学生くらいの頃の話かもしれない。春彦は、にこにこ笑って聞いていた。

「これ、いくらするの？　馬鹿じゃないの、どうして——」

どうして。

これまで弟の誕生日は欠かさず一緒に祝い、プレゼントを渡してきた。そして春彦も、いつも笑顔で薫子にプレゼントを手渡してくれた。

こんな風に配送されてきたことなどない。手書きのメッセージが添えられていることから考えても、春彦自身が日付指定で手配したはずだ。

どういうことなのか、きちんと考えなければいけないのに、思考がもつれてうまくできない。焦りとどんどん膨らむ不安から、涙ばかりがあふれてくる。薫子はしゃくりあげそうになるのを必死でこらえながら、宅配業者の青年が運び込んでくれた、もうひとつの巨大な段ボール箱のガムテープを剝がした。

外箱を開けると、クッション材で保護された大ぶりの鉢植えが入っていた。

ざらっとした質感のテラコッタ鉢は、薫子が両手でやっと抱えられるくらいの大きさと重量だ。黒い土に植えられた植物は、肉厚の葉っぱが何層にも重なって放射状に開く姿がアロエに似ている。ただアロエのような鋭い棘はなく、葉っぱに等間隔で小さな突起がついているだけだ。パイナップルの茎から上の部分が鉢植えから突き出しているようにも見える。鉢にかけられた赤いリボンの間に、白いカードが挟まれていた。

『こっちはせつなさんに渡してください』

まろやかな手書きの文字は、一瞬で涙に搔き消された。

これは何？　いったい何が起きているの。

死んだ弟から届いた二つのプレゼントに、本局に出向いて閲覧した自筆証書遺言書の映像が重なって、頭の中は混沌とする。春彦、春彦、春彦。いくら考えようとしてもその先に進むことができなくて、薫子は泣きながらダイニングに戻り、ぬるくなったチューハイをいっきに飲み干した。今はとにかく意識をどろどろに溶かしたい。もう傷つきたくない。怖い思いをしたくない。置いていかれたくない。でも、とっくに自分はひとりぼっちだ。

しゃくりあげながらキッチンへ行き、もう一本新しいチューハイを冷蔵庫から出して、冷たいアルコールを流し込む。炭酸にむせてさらに涙が出てきて、咳《せ》き込んで目もとをぬぐいながらまたアルコールを飲む。どこかで高い音が鳴っていた。電子音のメロディだ。それがスマートフォンの着信音だと理解するまでに十秒はかかった。

ふらつきながらダイニングに戻ると、テーブルの上でポテトチップスの袋と板チョコの箱と総菜のパックに埋もれたスマートフォンの液晶画面が発光していた。電話をかけてきた相手の名前が表示されている。

『小野寺せつな』

なんでよ、と小声でなじった。

2.

「酒臭い」

薫子が玄関のドアを開けるなり、せつなは顔をしかめて言い放った。やはり今日もごつい黒のコンバットブーツを履き、整備士のようなつなぎ服を着ている。ただし今回はさらっとした質感のカーキ色の素材だ。

「何本飲んだんですか？」

「……二本だけよ」

「ロング缶ですよね、十分多いですよ。しかもそれだけ目つきと足もとがあやしくなるってことは、あなたはアルコールに強くないんです。人生終わらせたくなかったら、今のうちにやめたほうがいいですよ」

自分より若くてきれいな女の冷たいまなざしに、今の心は簡単にひしゃげた。

「今日は私の誕生日なの！」

「びっくりした……いきなり大きい声出さないでくださいよ」

「朝からお腹痛いし夫には離婚されて母親には息苦しいって言われて、ちっともおめでたくないしうれしくなんかないけど四十一歳の誕生日なの！　ケーキもぐちゃぐちゃで春彦も死んじゃったけど、今日くらい嫌な思いも不安な思いもしないで気持ちよく眠りたいの！　それがそんなにいけないこと⁉　お酒だってちゃんと自分で働いてもらったお給料で買ってるし、納税だってしてるじゃない！」

ドン引きしているせつなの顔を見て、自分が支離滅裂なことを言っているのを実感する。こんなのは私じゃない。不屈の努力で人生を切り開いてきた立派な社会人じゃない。また涙があふれてきて、犬のようにうなりながら薫子は顔を覆った。

「ちょ、なにも泣かなくても」

「だって、ケーキがぐちゃぐちゃなのよ……！」

「それ、さっきも言ってましたね。ケーキがどうしたんですか？」

せつながなだめるように口調をやわらげたので、薫子は鼻をぐすぐす鳴らしながらリビングとダイニングに続くガラス戸を開けた。せつなは、ダイニングテーブルの足もとに転がったままのケーキのパックを見て察したようだ。

「ぐちゃぐちゃって、パックの中の話じゃないですか。全然食べられますよ」

拾い上げたパックを、ほら、というように見せられるが、クリームのデコレーションが無残に崩れ、誇らしげにかがやいていた苺も転がり落ち、重傷を負ったようにスポンジを露出させているケーキが今の自分の姿にしか見えず、薫子はまたすすり泣いた。せつなが弱り切ったようにため息をついた。

「座って待っててください。このへんの板チョコとか冷蔵庫にあるもの、勝手に使わせてもらいますよ」

薫子は言われたとおりに椅子に座り、ティッシュで鼻をかんだ。泣きすぎて眉間の奥に鈍痛を感じる。テーブルの上に散乱した、手つかずの総菜や駄菓子をぼんやりながめた。食べたいと思ったものを片っ端からかごに放り込んだはずなのに、もうどれもちっとも食べたくない。ここにあるものだけでなく、何も食べたくない。お酒なら、まだ飲める気がする。今度は甘いピーチ味がいい。

けれどキッチンへ行く前に、せつなが戻ってきた。

「どうぞ」

目の前に置かれたのは、信じられないことに、パフェだった。

ふっくらと艶やかな曲線を描くビアグラスは、公隆を可愛がってくれている法律事務所の上司が結婚祝いに贈ってくれたものだ。グラスの底にはスライスされた赤い苺、次に真っ白なクリームと、サイコロ状にカットされた淡い黄色のスポンジケーキが交互に重ねられている。その上層には、翡翠色と乳白色、二色のアイスクリームが美しい色の対比を見せながら盛られ、その上をまたスポンジケーキとクリームが覆う。クライマックスであるパフェの頂点には真っ赤な苺が女王のように飾られ、その脇には、小さな薄紅色の薔薇《ばら》が三つ咲いていた。半透明のガラスで作ったような、なんとも愛らしい薔薇だ。これは何？　顔を近づけて凝視すると、驚いたことにリンゴでできているようだった。食べたくなって買ったはいいものの、皮をむくのが億劫で野菜室に放置していたリンゴがあったが、まさかあれで作ったのだろうか？　こんなに繊細なものを、この短時間でどうやって？

「あなた……魔法使いみたいね」

「かわいいこと言うんですね」

たぶん初めて笑みを見せたせつなは、薫子の手もとに紙ナプキンを敷き、銀色のスプーンを置いた。紙ナプキンなんてあった？　と目を凝らすと、料理中に手を拭いたり揚げ物の敷き紙に使ったりしているキッチンペーパーだった。きれいな鈴のような形に折ってあるので、よくよく見なければわからない。

「溶けないうちにどうぞ」

促されて、スプーンを取った。

てっぺんの苺は最後の楽しみに取っておいて、白いクリームとスポンジケーキが作るなだらかな丘にそうっとスプーンを入れる。水脈を掘り当てたように艶やかなチョコレートソースがあふれ出してきて、胸がときめいた。そう、このパフェを見た瞬間から、ずっとときめいているのだ。チョコレートソースを絡めたクリームとスポンジケーキを口に入れる。甘い。アルコール以外は何も欲しくないと思っていたはずなのに、たっぷりと豊かな甘みが口の中に広がったとたん、体中の細胞が息を吹き返したような感覚があった。次へ、次へとスプーンが止まらない。ミルクの匂いがするバニラアイスと、清々しい抹茶味のアイスが口の中で一緒にとろける。甘酸っぱい苺がチョコレートとクリームと絡んで、贅沢な味を口じゅうに広げる。

「おいしい……」

「そうですか。さっきのケーキと、冷凍庫のハーゲンダッツと、板チョコを溶かして作った即席チョコソースのお手軽パフェですけど」

「この薔薇、このリンゴの、どうやって作ったの？」

「リンゴを皮つきのままスライスして、砂糖をまぶして二分くらい電子レンジにかけるんです。そうするとくたっとするから、それを三枚くらいずらしながら重ねて巻く」

そんなに簡単な作業で、こんなに美しいものを作り出してしまうことが薫子には信じられない。そもそも自分には、これを作ろうという発想自体ができない。プロなんだ、と今さらながらに思った。

パフェを最後に食べたのは、それがいつだったか思い出せないほど前のことだ。不妊治療をしている時に「糖質の摂りすぎはホルモンバランスを乱し排卵障害につながる」という記事を読み、それ以来甘いものは控えるようになった。間食はもちろん、飲み物に砂糖やミルクを使うこともやめた。子供を得るための願掛けのように、それまでしていたこと、好きだったことを、ひとつずつ捨てていった。

魅惑的に甘いパフェを口に運んでいると、空から降ってきたように思い出した。

「パフェって、本来はフランス語でパルフェといって、『完全な』という意味なの」

「そういう雑学に詳しいところ、姉弟でそっくりですね」

涼しい顔で応じられて、知っていたのだと恥ずかしくなった。それはそうだ、彼女はプロの料理人なのだから。けれど、どうしても言いたかった。

つい先ほどまで心がちぎれてしまいそうだったのに、ひと口パフェを食べるごとに、ばらばらになりかけていた自分の輪郭が修復されていく。これは、私を私に戻してくれる、完璧な食べ物だ。

せつなは「アイスで体が冷えますから、あったかいものも飲んでください」とお茶をいれてきてくれた。どうやって見つけたのか、仕舞いっぱなしになっていたはずのウェッジウッドのワイルドベリー柄のカップだ。愛らしいカップにたっぷりと湛《たた》えられた明るいオレンジ色のお茶は、妊活中によく飲んでいたルイボスティーだった。

焦燥と不安に追われていた日々がよみがえりそうでひるんだが、湯気を立てるルイボスティーをそっと口に含むと、それは何の罪もない、ただ豊かな香りのするお茶だった。

グラスの底の苺のひとかけらまで食べ終えた薫子は、両手を合わせた。

「ごちそうさま」

この部屋で誰とも言葉を交わさず食事をするようになってから、こんな風に手を合わせたことも、締めくくりの言葉を口にしたこともなかった。けれど今は自然と、そうして食べ物と作った人に感謝を伝えたくなった。

「本当においしかった。あの……見苦しいところをお見せしてごめんなさい」

「別に。酔ってるのは電話でわかりましたから」

テーブルの向かいに腰かけたせつなは、開けっぱなしにしていた透明パックからうずらの卵のフライをつまんで口に入れた。リビングの壁に掛けたアンティーク時計を見ると、もう夜八時近い。この子はまだ夕飯を食べてないんじゃないか、と少しだけ酔いが醒めた頭で思った。

先ほど電話をかけてきたせつなは『メッセージ見ましたけど、何度も言ってるとおり遺産はいりませんから』と例の取り付く島もない口調で話し出した。今は傷つく言葉をひとつでも聞きたくなくて、忙しいからあとで連絡すると言って一方的に通話を切った。それから十分ほどした頃、インターフォンが鳴った。モニターをのぞくと、仏頂面で腕組みしたせつなが映っていた。

変な子だ。

自分が彼女だったら、電話を切られたことに腹を立てて終わると思う。けれど彼女はここに来て、つっけんどんな態度をとりながら、心満たされるパフェまで作ってくれた。カフェで会った日も、血も涙もないことを言う一方で倒れた薫子をここまで送り、あたたかい豆乳素麺を作ってくれたように。

「小野寺さん。あなたもお仕事があって疲れてるでしょうに、どうもありがとう」

居住まいを正して頭を下げると、揚げ餅のパックを開けようとしていたせつなは驚いたように手を止めた。

「……別に。もう遺産の話はやめてくれって文句言いに来ただけですから」

「申し訳ないけど、ちょっとこっちに来てくださる？　見てほしいものがあるの」

薫子はせつなを玄関につれて行き、先ほど届いた大きな段ボール箱を見せた。手書きの文字が綴られた白いカードを渡すと、彼女は目を大きくした。

「これ、春彦さんの字ですよね」

「今日は私の誕生日で、さっき春彦の名前でプレゼントが届いたの。あなた宛てのこの箱も一緒に」

中を確かめてくれと手ぶりで示すと、せつなは段ボール箱をのぞきこみ、大ぶりのテラコッタ鉢をひょいと抱え出した。やはり腕力がすごい。説明書が添えてあったようで、薄い冊子を開いた彼女は、薫子よりも幾分低い声で読み上げた。

「アガベ・ベネズエラ。別名をリュウゼツランといい、中南米原産。花言葉は『繊細』『気高い貴婦人』」

「あら……あなたより私に似合う花言葉ね」

「花が咲くまでに三十年から五十年ほどかかり、一世紀に一度咲く奇跡の花、センチュリーフラワーとも呼ばれます」

「三十年から五十年っ？　どうしてそんな植物を買ったのよ、あの子」

「そういえば去年、埼玉の植物園でリュウゼツランが奇跡の開花ってニュースになって、二人で見に行ったことが。あの時やたらと感動してたな。あの人、動植物全般が好きだったので。けど私、別に誕生日でも何でもないんだけど」

ヤンキーのようにしゃがみ込み、アガベ・ベネズエラに向かって呟くせつなを、薫子は不思議な心地で見つめた。遺産はいらないと突っぱねる冷たい態度から、彼女は春彦にもう一切の関心がないのだと思っていた。けれど——最後のぼそっとしたひと言は、友人にでも話しかけるような温度を持っていた。

「それがお姉さんのプレゼントですか？」

立ち上がったせつなが、薫子が両手につつんだベルベットのジュエリーケースに目を留めた。薫子は小さく頷き、ぎゅっと小さなジュエリーケースを握りしめた。

「私が好きなエメラルドのピアス。三十万円近くすると思う」

「あの人、毎年そんなプレゼント贈ってたんですか？　怖いな、金銭感覚が」

「違う」

声が大きく震えた。それだけではなく、指も、体も。寒くもないのに震える。

「私の誕生日プレゼントは一万円以内厳守、お金は将来のために貯金しなさいって春彦には言ってたの。姉のプレゼントなんかにこんな浪費するような教育、あの子にはしてないの。おかしいの、こんなの」

急速に、重しをのせて固く閉じていたふたが開こうとしているような感覚に襲われる。ふたの向こうにあるものが恐ろしくて身がすくむ。

「そもそも、宅配便で届いたのがもうおかしいの。私たち、お互いの誕生日は必ず会ってお祝いして、プレゼントも手渡ししてたのよ。ずっとずっとそうだったのよ。それなのに、どうして？　どうして今年だけプレゼントが送られてきたの？　いつ準備してたの？　どうしてこんな――」

まるで、姉の誕生日には、もう自分がいないことをわかっていたかのように。

つなぎ服の袖をすがる思いでつかむと、せつなは驚いたように身を引いた。

「別れたあとでもこんなプレゼントを贈るってことは、春彦はあなたのことが本当に好きだったのよね。あなただって、別れるまでは春彦のこと、好きでいてくれたんでしょう？　春彦から何か聞いてなかった？　何でもいいの。悩んでることとか、苦しんでいたこととか、春彦はあなたにだけは打ち明けていなかった？」

「突然何ですか？　聞いてません、何も」

「本当に？　お願い、よく思い出してみて。何かあったんじゃないの？　あなただけは知ってることが。こんなの絶対におかしいのよ。遺言書だって変だったのに……！」

重たい音を立てて、ふたが完全に開く。もう目を逸らすことができなくなる。

春彦が急死して、解剖や葬儀の手配、会社への連絡などに追われている時、東京法務局から封書が届いた。弟が自筆証書遺言書を作成していたと知らせる文面を読んだ時、なぜ、とつらぬかれるように思ったのだ。普段から遺言書を身近に扱っているのに、遺言書を作ることは何も特別なことではないとせつなに言ったくせに、本当はあの時、衝撃を受けた。なぜ、と。

父と母も同じだ。春彦が遺言書を作っていたと話すと、二人とも言葉が出ないようにしばらく押し黙った。父が「どうしてそんなもの」と言いかけたが、その先を続けることを恐れるように口をつぐんだ。

「本当にベッドで死んでたんですか？」

せつなに問われた時、平静を装ってはいたが、心臓を刺されたような気がした。春彦に限ってそんなことをするわけがないと、自分たちが必死で打ち消そうとしてきた疑いを、彼女のひと言が射貫《いぬ》いた。

もちろん春彦はベッドで死んでいた。解剖までしても不審な点は何もなかった。春彦の死に事件性はないと判断され、自死の可能性を示すものも見つからなかった。「不詳の内因死」、それが春彦の死につけられた名だ。

それでも、あの遺言書が、まさかと思わせるのだ。

そして今日届いた二つのプレゼントが、疑惑と否定の間で揺れ動いていた天秤を、いっきに傾かせてしまった。

「あの子、春彦、もしかして、自分で――」

「落ち着いてください。遺書と遺言書は全然違うんでしょう？ そう言ったのはお姉さんじゃないですか」

そうだ。遺書は自分の死後のために書き残すメッセージだが、遺言書は、自分の亡き後に法的効力を発動させるための強固な意思表明だ。

だけど。

「遺言書に書くのは、自分が残していく人たちの名前なのよ」

あふれ出る涙で、せつなの顔が掻き消されていく。

「その人たちよりも先に自分が死ぬ未来のことを考えながら書き残すのよ。そういう気持ちであの子、両親と、私と、あなたの名前を書いたのよ」

この世界で一番近しい存在とすら思っていた弟のことが、今はもう、何もわからない。

春彦。いったい何を考えていたの。あなた、どうして死んだの。

顔を見て問いかけたいのに、もう弟はいない。千度を超える高温で焼かれて骨と灰になり、今は南陽台の実家の白い祭壇に置かれている。母は毎日それを見て泣いていると、父が電話で話していた。涙にかすれた声で。

不安で、すごく怖くて、とにかく胸がつぶれそうなほど春彦に戻ってきてほしくて、ジュエリーボックスを胸に押し当てたまま嗚咽《おえつ》した。呼吸もまともにできなくてしゃくりあげていると、背中に手がふれた。「とりあえず座りましょう」と促され、足を引きずるように歩き、リビングのソファに腰を下ろした。

泣きすぎて鈍い頭痛がする。どれほど経った頃か、うつむけていた顔のそばに、夕陽のようなオレンジ色のお茶をいれたカップがさし出された。顔を上げると、無表情のせつながさらにマグカップを突き出してきた。

「ルイボスティーに、すりおろしたリンゴと蜂蜜を入れました。落ち着くと思います」

ぼうっとしたままマグカップを受け取り、息を吹きかけてから、そっとお茶を含んだ。リンゴの香りがふっと鼻の奥に抜けていく。蜂蜜のやさしい甘みが、ささくれ立った神経をなだめてくれる。すごい、と思った。人間は、こんなに打ちのめされている時でさえ、おいしいと感じてしまうのだ。そして、おいしいと感じた途端、体中の細胞が息を吹き返していく。

「きれいですね」

えっ、と声を裏返して、薫子は自分の頰に手を当てた。

春彦は華やかな母によく似た端整な顔立ちをしていたが、薫子は父親似で頰骨が目立つし、まぶたも一重だ。自分が美しくないことは、早くから自覚していた。

それでも動揺してしまう四十一歳の女をよそに、せつなは腕組みしながらリビングと続きになっているダイニングを見回す。

「すみずみまで片付いてる。前に来た時は、腐海の森の一歩手前って感じでしたけど」

「そこまではひどくなかったわよ、失礼ね」

「キッチンも使いやすく整頓されてたし、シンクの水垢まで取ってありましたよね。専門業者にクリーニングを頼んだんですか？」

「いいえ、自分で。お掃除は嫌いじゃないから」

押し切られる形でせつなをこの部屋に上げた翌日、日曜日をまる一日使って、部屋を徹底的に片付けた。荒れ果てた住まいを他人に見られた羞恥が、なにくそと奮い立つ起爆剤になった。それまでは一階のごみ置き場にごみを捨てることすらしんどかったのに、始めてみれば作業に没頭し、夕方には自宅はほとんど元通りになっていた。今すぐお客を通しても問題ないくらいになった部屋を見渡し、ひさしぶりに、清々しさを感じた。

「自分でやったんですか。びっくりしました。掃除の有段者ですね、薫子さん」

感心したように言われた時、薫子は妙に驚いてしまい、何にそんなに驚いたのかと考えて気がついた。

名前を呼ばれたのだ。「お姉さん」ではなく、春彦と同じに「薫子さん」と。

「手を貸してもらえませんか」

「……はい？」

せつなは迫力ある眼光で見つめてくる。

「ご実家におじゃました時にも話したと思いますが、私、家事代行サービスの会社で働いてるんです。掃除をしてほしいとか、料理を作ってほしいとか、そんな依頼を受けてお宅を訪問して、要望に応える仕事です。私は料理専門でやってますが」

「はあ……」

「それで、うちの会社は家事代行のほかに、毎週土曜日に『チケット』という活動をしてるんです。一年以上うちのサービスを利用してくれている顧客に、二時間無料で家事代行を利用できるチケットを配付する。ただし、そのチケットは自分では利用できない。知り合いの中で私たち家事代行者を必要としている誰かに、そのチケットを渡してもらう。たとえばシングルで子供を育てている人とか、家族の介護をしている人とか、体を壊したり心を壊したりして休養中の人、そんな毎日の家事にまでなかなか手の回らない人たちが対象です。チケットをもらって、うちに家事代行希望の連絡をくれた人がいたら、私たちが食材と一緒に乗り込んでいって家をきれいにして食事を作る。始めてからまだ一年程度の活動で、常に人手不足なんです。だから、手伝ってもらえませんか」

「手伝うって……そんなこと、急に言われても」

ついさっきまで春彦の話をしていたはずだ。それなのにまるで関係のない話が始まってぽかんとしていると、せつなが真顔で続けた。

「薫子さんのようなお掃除上手の人が戦力になってくれたら、とても助かります」

そわっとした。上手と褒められたり、感謝されることに、薫子は昔から弱い。

しかし十二歳も下の子にのせられるのも癪《しゃく》なので、ことさら平坦な声で質問する。

「二時間無料の家事代行という話ですけど、それはつまりボランティアということ？　私も話したと思うけど、こちらは法務局に勤める国家公務員です。営利目的の活動はできません」

「ボランティアって言い方、なんか好きじゃないんですけど、そうです。社長がうちの会社に登録してるハウスキーパーに声をかけて、私を含めて三十人くらいの有志が無償で活動しています」

こども食堂がコロナ禍を経て生活困難家庭へ食品を配送する活動に支援を広げた、こども宅食というのがあるが、それの家事代行版という印象だ。それにしてもこの子、ボランティアなんてするのか。ちょっと意外で、せつなの顔をまじまじ見つめてしまった。

「当日の昼食代と交通費はこちら持ちです。もしやってもいいと思ったら、連絡ください。参加する場合は色々と手続きが必要なので、明日の夜までにお願いします」

「ちょっと待って、明日までって急すぎ――」

「春彦さんも手伝ってくれてました」

え、と声がもれた。ビターチョコレート色の目がこちらを見つめる。

「もし手を貸してもらえるなら、遺産の件も検討します。あとすみませんが、うちにはこんなに大きな鉢植えは置けないので、預かっておいてください」

せつなは背を向けると、風を切るような足取りで出ていった。

しばらくぽつねんとしていた薫子は、とりあえず片付けようと腰を上げた。酔いはもう完全に醒めている。総菜のパックを冷蔵庫に入れ、そこで気づいた。ドアポケットが空っぽになっている。驚いてあたりを見回すと、

「あ」

十本を超えるチューハイのロング缶は、シンクの水道の下にずらりと並んでいた。

色とりどりの缶は、どれもプルタブを開けられている。持ち上げれば案の定ごく軽い缶は、

中もきれいに水でゆすがれていた。

ごみ袋に入れるだけにしておきました、とばかりに。

3.

その砂色の小型ビルは、壁に黒ずみが目立つ古いマンションと、コンビニやクリニックが入った十階建てビルに挟まれ、少し肩身がせまそうに建っていた。

こぢんまりしたビルは四階建てで、中二階にエントランスがある。取っ手の「押」の字が少し薄くなったガラス戸から中に入ると、銀色のメールボックスが並んだ廊下が続いている。階段で二階に上がると、廊下の突き当たりにオフホワイトのドアがあり、ドアの真ん中よりやや上に『カフネ』とやわらかい字体で記されたプレートが取り付けられていた。

夏休みの自由研究も、就職活動の企業研究も、新しく施行された法令の研究も、徹底的に行わずにいられない性分の薫子なので、もちろんこの会社についても下調べしてきた。社名の『カフネ』はポルトガル語で「愛する人の髪にそっと指を通す仕草」を表すらしい。ロマンチックで、薫子は好きだ。

「トキさん、おはよ。連れてきた」

ネイビーのつなぎ服を着たせつながドアを開けながら声をかける。この子はこういう服を何着持ってるわけ、と薫子は引き締まった背中をながめながら思った。彼女は暗色の服を着ると長身が際立って、うかつに声もかけられない迫力だ。

ドアの向こうにはフローリングの空間が広がっていた。薫子のマンションのリビングとダイニングを合わせたくらいの広さで、真ん中にそれこそ家族が囲む食卓のような大きな木製テーブルが置かれている。テーブルにはパソコンや固定電話が置かれ、年頃も服の趣味も様々な女性たちが作業をしていた。

「せっちゃん、おはよう」

すごく近いところから声がして、ぎょっと後ろをふり向く。入り口付近の観葉植物の鉢植えの前に、シュシュで髪をまとめた小柄な女性がジョウロを持って立っていた。ココア色のブラウスに、チェック柄のロングスカートを合わせている。何歳？　と薫子は最近老眼の疑いが出てきた目を細めた。せつなと変わらないくらい若く見えるのだが、立ち姿にどことなく風格も感じられ、もっと上かもしれないとも思える。

「トキさん、そこいたの？　見えなかった」

「朝から失礼なお嬢さんだ。野宮さんですね？　初めまして、常盤斗季子《ときわときこ》と申します」

深々と頭を下げられ、薫子もあわてておじぎを返した。常盤斗季子。間違いない。

この家事代行サービス会社『カフネ』を立ち上げた社長だ。

斗季子は薫子を見つめると、やわらかく唇をほころばせた。

「初めましてとは言いましたが、お話しするのは初めてじゃありませんね。野宮さんにはこの前、お電話いただきましたから」

「……あ。あの時、応対してくださったのが常盤さんですか？」

「はい。お会いできてうれしいです。どうぞこちらに」

フロアの奥にあるソファセットに案内された。ソファにはキルトカバーが掛けられていて、親戚の家のリビングにいるような気分になる。

「改めまして、弊社の活動にご協力いただけるとのことで、ありがとうございます。野宮さんは、以前からよくボランティアなどはされていらしたんでしょうか？」

「いえ、お恥ずかしながら、今日が初めてなんです。ですから、おおむねの内容は小野寺さんからお聞きしてはいるんですが、正直右も左もわかりませんで」

「どうかご心配なく。訪問中に何かあった場合も、ご連絡いただければ、こちらですぐに対応させていただきますので」

真顔で語る斗季子は、決してにこやかではないのだが、この人は信用できる人間だと感じさせるものがあった。彼女の素朴な雰囲気がそう思わせるのだろうか。

「『チケット』については、せっちゃ――小野寺さんからお聞きになったと思いますが、簡単に補足を。チケットを利用されるお宅はどちらも、弊社のユーザーさんの知人や、もう少し遠くても何らかの形で紹介された方たちで、身元についてはきちんと保証できます。また、訪問を行う際には、事前に弊社のスタッフがオンラインで打ち合わせをしています。依頼者さんやご家族の食物アレルギーの有無を聞いたりするほかに、お宅の状態についての映像確認もしています。たまに、いわゆるごみ屋敷レベルになっているお宅もあって、その場合は我々の手には余りますから、提携しているＮＰＯさんや専門業者さんにつないでいるんです。ですから野宮さんに行っていただくのは、二時間で対応可能と判断されたお宅のみです。多少びっくりされることはあるかもしれませんが、小野寺さんもサポートいたしますので」

正直に言えば、見知らぬ人の家にいきなり訪ねていくことには不安があった。しかし斗季子の説明はかゆいところを余さずケアするような行き届き方で、薫子はいたく感心した。きっちりしている人は好きだ。

「ご配慮ありがとうございます。ですが私も人生の荒波をくぐってきた四十一歳、もはやちょっとやそっとのことではびっくりいたしませんので」

「頼もしい……今度、飲みに行きませんか？」

「トキさん、飲みはいいから話続けて。移動時間もあるから」

せつなに冷たい視線をお見舞いされた斗季子は、細い肩を縮めた。

「小野寺さん経由で必要事項をご記入いただきましたが、ボランティア保険にも加入していますから、万が一訪問先でおけがをされたり、物品の破損等が起きても、きちんとフォローさせていただきます。ですからご安心して、ええもうガンガンと、野宮さんの掃除スキルを存分に発揮して訪問先のお宅をピッカピッカにしていただければと」

「トキさん、こぶし回ってる」

「細々とした注意事項は資料をお渡ししますので……私のほうからはこんなところですが、野宮さんのほうでお聞きになりたいことはありませんか？　何でも遠慮なくご質問いただいて結構ですので。包み隠さず、丸裸になってお答えいたしますので」

「あの……これは個人的な興味なんですが、なぜこういった活動を始められたんですか？　家事をしに行くというのは、初めて聞くタイプのボランティアで」

同じことを訊かれたことが何度もあるのかもしれない。斗季子はひとつ頷き、

「目的は、毎日の家事に溺れそうになっている人の助太刀です」

と潔く答えた。彼女の中心にはその目的が常にそびえているかのように。

「自分語りになって恐縮ですが、私は二十一年前、男と駆け落ちして双子の娘を産んだものの、私が出産のために入院している間に男が『ごめんやっぱ無理』とメモを残してとんずら、シングルで娘たちを育てていたんですが親も絶縁状態だし就職もままならなくて死にそうになっていたところ、アパートの大家さんに助けてもらって命拾いしたという経験がありまして」

「ちょっと待ってもらえますか、情報量が多すぎて、二十一年前に双子の娘さん⁉　常盤さん、いったいおいくつで」

「トキさんは今年で四十三歳です。薫子さんの二歳上」

年下だと思い込んでいた。しかもかなり下だと。

「歳を勝手にばらすなんて失礼なお嬢さんだ。――あの頃のことは、今思い出してもきついです。寝る暇なんてない。ごはんを作る暇も、部屋を片付ける暇も。ぐちゃぐちゃの汚い部屋で、お腹もすいて疲れ切って立ち上がる気力もないまま赤ん坊の泣き声ばかり聞いていると、もう死ぬしかないと思いました。でも心配した大家さんが訪ねてきてくださって、簡単に部屋を片付けて、あったかい親子丼を作ってくれたんです。それがもう、涙が出るほどおいしくて、ありがたかった。作ってもらったごはんを食べて、子供を見てもらっている間に一時間だけきれいになった部屋で眠ったら、まず役所に相談して子供を一時施設に預けて、自分の態勢を整えようと踏ん切りをつけることができました」

せつなと変わらないくらい若く見える社長は静かに続ける。

「家事は待ったなしです。いくら掃除機をかけてもまた床に埃が溜まるように、決して終わりはない。生きている限り付きまとうものです。嫌になったからといってやめられるものではないし、それなのに何らかの理由で手が回らなくなってしまうこともある。そして手が回らなくなって放置すると、もう、ひとりではどうにもできない状況に陥ってしまうこともある。私はそれを知っているので、家事を仕事にできる人を集めて、家事を手伝ってもらいたい人のところへ行ってもらう、この『カフネ』を作りました。ただ――利用者さんが増えれば増えるほど、本当はその人たちこそ家事代行が必要なのだろうに、頼むことができない人の話も耳に入ってくるようになりました」

「……それは、お金がないという意味で？」

「それもありますし、ほかにも様々な理由から疲れ切ってしまっている人たち、援助が必要なレベルで生きるのが大変な人たち、それでもうまく助けを求められずにいる人たちです」

斗季子は少女のように小さな手を、膝の上で祈るような形に組んだ。

「お腹がすいていることと、寝起きする場所でくつろげないことは、だめです。子供も大人も関係なく、どんな人にとっても」

――仕事から帰ってくるたびにひどい気分になる荒れ果てた部屋の風景と、ただ空腹を紛らわせるためにチューハイで流し込んでいたビスケットの味が、ふっとよみがえった。

「チケットでは二時間で可能な限り部屋を片付けて、だいたい五、六品の食事を作り置きしてきます。すぐにまた部屋は散らかることがほとんどですし、料理も食べればなくなってしまう。でも、それでいいんです。ほんの二、三日でも、いつもより部屋が過ごしやすくて、何も作らなくてもすでに美味しいごはんがある、そういう状況があるだけで人間は少しだけ回復できます。生きのびるために行動する気力を持てます。それが、チケットを始めた理由です」

ただ、と彼女は続ける。

「こういう時、問題が二つあります。これを届けたい人をどうやって見つけるか、そしてどうやって届けるか。これは、弊社をご愛顧くださっているユーザーさんたちが力になってくれました。彼らはそれぞれに生活フィールドを持っていて、その中で今、少し大変になっている人の存在を知ることもある。そうした人たちに『よかったら使ってみて』という気軽さでチケットを渡してもらって、もらった人の気が向いたなら、家事代行無料体験として使ってもらう。そうすれば、押しつけにならず、必要としている人に手助けを届けられるんじゃないかと考えました。ただ、なにぶん私たちも手探り状態で、まだ利用してもらえた人は目標の半分くらいなんですが」

「いえ、それでもすばらしいと思います」

「ありがとうございます。でもこれ、本当のことを言うと私のアイディアではないんです。『カフネ』にはすでに家事代行サービスを通じた広いネットワークがある。これを活用すればお手伝いを必要としている人を見つけることも、お手伝いを届けることもできる。そう助言してくれたのは、春彦くんです」

驚く薫子に、斗季子はタイミングを待っていたとわかる親身なまなざしを向けた。

「このたびは、ご愁傷様でした。せっちゃんから春彦くんのことを聞いた時は、本当に驚きました。うんと長生きして、とびきり幸せになってもらいたい人でした。私でもこんなにつらいのだから、お姉さまのご心痛はとても言葉にできないと思います」

「……小野寺さんから、春彦もこちらでボランティアをしていたとうかがいました。私、そんなことは全然知らなくて――あの、本当に？」

かすれてしまう声で訊ねると、斗季子は頷いた。スカートのポケットからスマートフォンをとり出し、操作をしたあと、液晶画面の向きを直して薫子にさし出した。

動画が再生される。若葉をつけた木々、青空と、遊具のある広い敷地が映っている。大きなバーベキューコンロ数台を、エプロンを着けた女性たちやジャージの男性たち、大勢の子供たちが取り囲み、はしゃいだ声や笑い声をひっきりなしに上げている。

「去年の今頃に撮ったものです。カフネのユーザーさんから寄付していただいた食材を、私とキーパーさんの有志で市内の児童養護施設に配達して、いつもは職員さんがなさってる洗濯や掃除を代行したあと、みんなでバーベキューをしたんです。チケットの原型になったイベントですね。この時、春彦くんもお手伝いをしてくれました。あ、そこでお肉を焼いてる好青年ですよ」

斗季子が画面の右寄りの位置を指すと、シンクロしたように映像がアップになった。白と黒のツートンのジャージを着た青年が、軍手をはめて網の上の大きな肉をひっくり返している。風になびく栗色の髪と、髪の間からのぞく形のいい耳、頬と顎の輪郭。薫子は鼻の奥にこみ上げた痛いような熱を必死にこらえた。

春彦くん、という声に顔を上げた弟が『トキさん』と呼びながら笑う。

『お肉焼いてばっかりでお腹すいたでしょ。代わるから食べておいで』

『大丈夫ですよ、朝飯いっぱい食べてきたからまだそんなに減ってないし』

『お腹がすかない男の子なんてこの世に生息しているものか』

『男の子ってこの人もう二十八だよ、トキさん。本人がいいって言ってるんだし、いいんじゃないの。春彦、こっちもよろしく』

登場したせつなはやはりデニムのつなぎ服を着ていて、おだんご頭だ。手渡された銀色のバットをのぞきこんだ春彦が、とびきり明るい笑みを浮かべた。

『せつなさん、サービス精神皆無そうな顔してやさしいよね。この大量のウィンナー、全部タコさんにするの大変じゃなかった？』

『うるさいな、いいからさっさと焼いてよ』

しゃべってる。春彦が、笑って、生きている。どんどん霞んでしまう目を必死で拭い、たった一瞬でも逃さないように弟の姿を見つめ続ける。それから一分ほどして動画は終了した。薫子が鼻をすすりながらスマートフォンを返すと、斗季子は代わりにキルトカバーをかけたティッシュボックスを渡してくれた。

「この動画を撮った少しあとに、チケットを始めました。うちのキーパーさん以外の協力者はまだまだ少ないんですが、春彦くんは毎週土曜日、協力してくれていました。料理のせっちゃんと、お掃除の春彦くん。二人の仕事はどこでも評判で、うちの誇る最強コンビだったんですよ。彼、本当に片付けが上手でした。『小さい頃から姉に言われてやってたから』って話してくれたことがあります」

また鼻と目の奥が熱く痛み、そうですか、という声が震えた。

自分の知らない春彦がここにいて、時には姉のことも話していた。そしてこの人たちに、愛してもらっていたのだ。

山盛りのティッシュが、ずいと鼻先にさし出された。せつなが眉をひそめて言う。

「メイクがどろどろになる前に拭いてください。訪問先に悲惨な顔で乗り込んだら会社の評判に関わりますから」

「うるさいわね……っ」

薫子はティッシュの山を引ったくり、涙の止まらない目に押しつけた。

驚くことに、移動手段はせつなが運転する軽トラだった。「あなた運転できるのね」と助手席に乗りながら言ったら「むしろなぜできないと思ったんですか」という返事をされた。可愛くない女だ。いつものことだが。

午前の訪問は十時から。訪問先には十分ほどで着くという。赤信号で軽トラが停まったタイミングで、薫子はずっと訊いてみたかったことを切り出した。

「あなたと春彦は、どうやって知り合ったの？」

「仕事です。依頼があったので、彼のマンションに行って食事を作りました」

「あの子、家事代行なんて頼んだの？」

「依頼が一番多いのは共働き世帯ですけど、単身者の依頼も結構ありますよ。私の担当してる常連さんにも、毎日夜遅くまで働いてるから休日は自分のためだけに使いたいっていう方たち、男女問わずいますし」

春彦はしっかりしていたので意外だったが、確かに夫と息子は決して台所に立たせない母のもとで暮らしていた時間が長かったから、自炊の経験はほとんどなかったはずだ。

本当は、春彦は都内の大学に進学するのを機にひとり暮らしをしたがったのだが、母が泣いて嫌がり、父も母の味方にまわり、断念せざるを得なかった。薫子は見かねて「もう春彦も大人なんだから」と両親を説得しようとしたが、激怒した母に口も利いてもらえなくなってしまい、それ以来春彦は家を出たいと言わなくなった。大学を卒業して就職してからも、当たり前のように実家から通っていた。結局春彦が家を出たのは二十八歳になる数ヵ月前、職場で責任ある仕事を任されるようになって、八王子の実家から通うのは時間的にも体力的にも厳しいということで、会社の近くの物件を借りることを両親に認められてからだった。

薫子は一度、弟のひとり暮らしの部屋に遊びにいったことがある。もういい歳をした大人に余計なお世話とは思いつつも、きちんとごはんを食べているのか気になって、日持ちするレトルトの総菜などを手土産に持っていった。けれど行ってみれば部屋はきれいに片付いているし、冷蔵庫の中には作り置きのおかずまで入っていたので、やるじゃないのと感心したのだ。しかし、なるほど。あれは、どうやら隣にいる料理人によるものだったらしい。

「それで、あなたたちは、いつどうやって付き合うように――」

「この話、これ以上したくないのでもうしません。今後訊かれても答えません」

信号が青に変わるなりアクセルを踏み込んだせつなの仏頂面を、薫子はまじまじと見つめた。もしかして、照れた?

今日は薄曇りだ。やさしい水色の空に粉砂糖を振りまいて、そっと刷毛《はけ》で広げたような雲がかかっている。ナビを確認しながら運転していたせつなが「ここですね」と住宅地の一角の路肩に軽トラを停めた。斗季子から渡されたお掃除キット入りの段ボール箱を抱えた薫子は、意表を突かれて『岡崎《おかざき》』という表札の家を見た。味わい深い風合いの竹垣に囲まれた、瓦屋根の住宅だ。

「立派なおうちね」

「こんな家に住んでる人が本当にチケットを使うほど困ってるのか、とかいう発言はやめてくださいね。その人が本当に困ってるか困ってないかなんて、表から見ただけじゃわからないことですから」

見透かしたような視線を寄こしてくるせつなは、フライパンの柄がのぞいているバッグを肩にかけ、食材の詰まった段ボール箱を抱えている。薫子は眉を吊り上げた。

「思わないわよ、そんなこと。高齢のお母様の介護をしている人のお宅だって、常盤さんから聞いたもの。介護の経験はまだないけど、大変さは私だって理解してるつもりです。六十代と七十代の両親を抱えてる身には決して他人事じゃないし」

「なら結構です。あと事務所でも言いましたけど、もう一度おさらいを。訪問中に見聞きしたお宅の様子や事情は絶対に他言しない。むやみに踏み込まない、踏み荒らさない。お説教、おせっかいの類はもってのほか」

「あなたね、私が勤続約二十年の国家公務員だってことを忘れてない？　そのへんはあなたよりも心得てますのでご案じなく」

自分よりも背の高い女をにらむと、せつなは「ではよろしくお願いします」と心のこもっていない口調で言い、門を抜けて玄関脇のチャイムを鳴らした。約束の時間より二分ほど早かったが、数秒後、引き戸が開けられた。

チケット利用者の岡崎氏は、白いシャツに紺色のトレーナーを重ねた中年男性だった。疲れている、と薫子は彼の顔を見た瞬間に思った。翳《かげ》の落ちた目の下の皮膚や、つやのない頬もそうだが、表情そのものが沈んでいる。

岡崎氏は薫子とせつなを先導し、最初に台所を、次に茶の間を見せた。台所はテーブルとシンク回りが雑然としている程度だったが、茶の間は一瞬どきりとするありさまで、薫子はせつなを初めて上げた時の自分の部屋を思い出した。岡崎氏は言葉少なに、茶の間を簡単に片づけてほしい、食事はあたため直すだけで食べられるものをお願いしたい、と要望を述べた。せつなが食べられないものはないかと訊ねても「ありません」と静かにひと言。最後に、ずっと年下であろう薫子とせつなに深々と頭を下げた。すみません、よろしくお願いします、と。

「では、お互いベストを尽くしましょう」

ひと言だけ残し、せつなは風を切るような足取りで台所へ消えた。もうちょっと親切にできないんだろうか？　こっちは何もかも初めてなんだから。

薫子は大きく息を吸い込み、スポーツショップで新調したペールブルーのジャージの袖をまくり上げた。いいだろう、四十一歳バツイチ社会人の底力を見せてやる。

まず、茶の間の奥の窓を開けた。涼やかな風が入ってきて、それだけで停滞していた空気がきれいに洗われる感じがする。これは薫子が掃除をする時、いつもやっているおまじないだ。

斗季子から渡されたお掃除キットの箱を開け、ゴム手袋をはめて、大きいサイズのごみ袋を二枚とり出す。一方は可燃ごみ、もう一方はプラスチックごみ用だ。左手に袋を二枚一緒に持った薫子は、深呼吸ののち丹田に力を込め、茶の間の出口側から床に散らかったごみを、燃やせるものとプラスチックに分別しながらどんどん袋に放り込んだ。ものの数分で、茶の間の出口側に一メートル四方のきれいなスペースができる。ここを足掛かりとして、このスペースをどんどん拡大していくのが薫子のやり方だ。ちょうど近くに通販の品をとり出したまま放置されていたらしい空の段ボール箱があったので、書類の入った封筒や何かの鍵など、薫子にはどこに仕舞えばいいかわからないものをどんどん入れていく。これはあとで岡崎氏に渡して対応してもらう。

岡崎氏は茶の間と襖《ふすま》を隔てた部屋に引っ込んだきり姿を見せない。隣室に寝たきりの母親がいるというから、様子を見ているのかもしれない。それに、他人が立ち働いているところに居合わせるのも気まずいものがあるのだろう。

ごみを分別し終えた次は、洗濯後に取り込んだまま放置されていた衣類の山を、トレーナー、Tシャツ、ボトムスなどの種類別に畳んだ。ほかに床に放置されている衣類もあるが、洗濯はしなくていいと岡崎氏には言われているので、畳んで茶の間のすみに並べておくにとどめる。四十分ほどそうして動き回ると、茶の間の床がすっきりと見えるようになり、ちゃぶ台も食事やお茶をするのに支障ないほどに片付いた。

清々しい達成感に、薫子は腰に両手を当てて深呼吸した。全身の細胞が若返ったようだ。今なら中高生たちと走り比べをしても勝てそうな気さえする。そう、思い出した。私は不屈の意志で人生を切り開いてきた女、薫子だ。

「ねえ、茶の間は終わったんだけど、お風呂場とかおトイレは掃除しなくて大丈夫なのかしら？　やってもいいと思う？」

「え、予想以上に早いですね……それは家の人に訊いてみないと」

「わかった、訊くわ」

薫子は台所から茶の間の隣室に向かい、襖の前に正座して「恐れ入ります、カフネでございますが」と旅館の女将のような口調になってしまいながら声をかけた。「はい」と返ってきた岡崎氏の声は、少しぎくりとしたような感じだ。薫子の質問に「いやしかし」「汚いですから」と渋っていた岡崎氏は「どうぞご遠慮なく」と薫子が声を強めると、じゃあお願いします、と小さな声で言った。

トイレと風呂場も、印象は最初に見た茶の間と同じだった。しかし今の私なら問題なしだ。洗剤を景気よく吹きかけて汚れを浮き上がらせている間、薫子は台所にとって返し、汚れた皿を洗っているせつなから体当たりするようにしてスポンジと皿を奪い取った。

「こちらは私に任せて、あなたはお料理を続けてください」

「……薫子さん、フットワーク軽いですね。しかも異様につやつやしてるし」

「そう？　でも確かに私、わりと有能なの」

「さすがは二十年物の社会人」

「人を漬物のように言うのはやめなさいよ」

「沖縄の古酒のようなつもりで言ったんですよ。あれは熟成期間が長くなるほど深みを増して高級品になるんです、まさかご存じない？」

せつなの足もとにある段ボール箱には、豆腐、野菜、乾麺などの食材が入っている。これはカフネが出資したものと、提携するフードバンクから提供されたもの、カフネの取り組みを応援してくれるユーザーから寄付されたものだという。

「あの男性、まじめで勤勉な人なんでしょうね。丁寧に研ぎながら使い込まれてる」

ナイフスタンドから包丁を抜きとったせつなが、銀色の刃を見つめながら呟いた。

「包丁を見ただけでわかるの？」

「まあ。それに冷蔵庫にも色んな調味料がそろってるし、丁寧につぶしたかぼちゃのペーストもありました。自分で介護食を作ってるんだと思います。毎日の介護だけでも相当大変なはずなのに」

せつなは箱からイワシが四尾入ったパックをとり出し、手早く包装を剝がしていく。

「家事代行をしてると何となく人の傾向みたいなものが見えてきますけど、まじめでがんばり屋の人ほど、誰かの力を借りることが苦手です。倒れる寸前か、倒れてからじゃないと、助けてもらうのは怠慢みたいに感じてしまう。自分がどのくらいまいってるのか、自覚できない人も多いです」

せつなの焦げ茶色の目がこちらを一瞥した。あなたもね、と言われた気がした。

「ともかく家事に限っていえば、お金で解決できる余裕があるなら、チケットで家事代行を体験して検討してほしい。それでもし家事代行を頼むなら、カフネを使ってほしい。そういう下心もちゃんとある活動なんです。そういう善意百パーセントじゃないところが好きです。善意って油みたいなもので、使い方と量を間違えると、相手を逆に滅入らせてしまうから」

雌豹のようにふてぶてしい彼女の口からそんな繊細な言葉が出てくるとは思いもかけず、薫子はシャープな横顔を見つめた。せつなは見事な包丁さばきでイワシを三枚におろしていく。バットに並べた切り身に塩を振りかけたかと思えば、二口コンロの右側でお湯をわかし、左側で油を熱し、一度風呂とトイレを掃除するために退出した薫子が戻ってきた時には、驚くべきことに鶏の唐揚げとイワシの揚げ物が網を敷いたバットの上にたっぷりとできあがっていた。しかもコンロではまた新たな鍋が湯気をあげており、せつなは大ぶりのボウルに入れた何かをハンディタイプのブレンダーで粉砕している。横からのぞきこんでみると、ボウルの中身はエリンギ、シイタケ、エノキ、シメジなどのきのこを玉ねぎと一緒に炒めたものらしかった。ものすごくいい匂いがして、まだ昼食どきでもないのに口の中に唾液が湧き出してきた。

「待って、私、二十分くらいしか席外してないわよね？　いつの間にこんな」

「鶏ときのこは薫子さんが掃除してる間に仕込んでましたし、揚げ物はわりとすぐにできますし。それより、手が空いてるならこっちの鍋とお皿洗ってもらっていいですか」

薫子が皿を洗い、鍋を洗い、調理器具を片付ける間に、せつなは大量の野菜を刻み、ボウルに調味料を入れ、かと思えば鍋の中をのぞきつつ、たれを絡めた肉を揉み込んだりしていた。あまりに手早いので、薫子はついつい見入ってしまった。料理しているせつなの横顔は静かに張りつめている。公隆と東北を旅行した時に見学した南部鉄器の工房で、無心に作業していた職人の横顔を思い出した。

薫子がテーブルの上の物を整理し、清潔な布巾で拭いたところでちょうど二時間が経った。せつなは調理器具を洗って拭いて棚に戻すところまで完璧に終えていた。テーブルに並べられた大小さまざまなタッパーの中身を見て、薫子は感嘆のため息をついた。

ソテーしたきのこと玉ねぎのピュレ。野菜たっぷりのラタトゥイユ。甘い味噌に卵を入れて煮詰めた卵味噌（これは知らない料理だったのでせつなに名前を聞いた）。鶏もも肉を豪快に切ってきつね色に揚げた大きな唐揚げ。薄切り玉ねぎと人参、ピーマン入りのイワシの南蛮漬け。ぷんとニンニクの香りがする、甘辛だれに漬け込んだまだ焼いていない豚肉、これは冷凍すれば二週間程度保存できるという。そして、小さく切ったパイナップルやみかんやキウイ、たっぷりのフルーツに甘いシロップをかけたフルーツポンチ。

二時間で作り上げたとは思えない品数と出来栄えに圧倒されていた薫子は、気がついた。目の前の一品一品に込められた意味に。

「あなたもなかなか有能なのね。感じの悪い小娘扱いしていて悪かったわ」

「何ですか突然。私、もう二十九だし小娘じゃないんですが」

「きのこのピュレと、ラタトゥイユと、卵味噌。こっちは歯が弱った人でも食べられるやわらかいもの。介護食を作る手間を少しだけ減らせるわよね。しかもどれも副菜やご飯のお供だから、岡崎さんにこだわりがあっても食事の支度を邪魔しないし。それでこっちの揚げ物なんかは岡崎さんのためのメニューでしょう？　がっつりした肉、魚。準備も簡単で保存がきくものばかり」

彼が自分で母親の介護食を作っているのなら、一緒に同じものを食べることも多いだろう。だが寝たきりの母親に合わせた料理は、成人男性にとっては物足りなくなることもあるはずだ。せつなが用意したパンチのきいた料理は、きっと部屋の窓を開けて風を入れるように気分を変えてくれる。

「このフルーツポンチも素敵ね。デザートってそれだけで気分が華やぐし、同じものを一緒に美味しく食べられたら、お母様も喜ぶと思う。嚙む力が弱くなってる人でも食べやすいように、フルーツもちゃんと小さめに切ってある」

やるじゃないのと腰に両手を当てながら笑いかけると、せつなは不機嫌な子供のように唇を引き結び、いつもに増してふてぶてしい態度で言った。

「学校の先生みたいな上から目線、やめてもらっていいですか。私は荷物をまとめるので、岡崎さんに終わりましたって伝えてください」

年上を使うなよと思いながらも襖の外から声をかけると、岡崎氏が姿を現した。彼はまず茶の間の様子を見て目をみはり、台所でせつなからタッパーに詰めた料理の数々を見せられるとますます驚いたようだった。

帰り際、岡崎氏は玄関まで見送りに出てきてくれた。薫子とせつなが「失礼します」と挨拶をした途端、額が膝についてしまうのではないかというほど、深く深く頭を下げた。

「どうもありがとうございました」

足もとがふわふわするような心地で、薫子は軽トラの助手席に乗り込んだ。ありがとうございました。今さっきもらった言葉が、何度も耳の奥でリフレインしている。軽トラが走り出し、岡崎家のきれいな竹垣が窓の外を流れ去っていった時、予期せず目の奥にこみ上げてくるものがあり、薫子は奥歯を嚙みしめた。

もう何ヵ月も、いや何年も、自分に価値を感じられずに生きてきた。もう自分は誰にも愛されず、必要ともされないと思っていた。

けれど今、誰かの役に立つことができた。たったの二時間、それもたいしたことではない。それでも今、ありがとうと言ってもらえた。

今、私はあの人を助けたのではなくて、助けてもらったのだ。


途中のファミレスで昼食と休憩をとったあと、軽トラで二十分ほど移動し、午後二時きっかりに次の訪問先に着いた。

住宅地の端に建つ、二階建てアパートだ。一階に五つ、二階にも同じ数の茶色のドアが並んでおり、一階の右端のドアが今回の訪問先だ。「小学生のお嬢さんとお母さん、二人暮らしのお宅です」と斗季子からは説明を受けている。

音符のマークがついた押し心地の固いチャイムを鳴らしてから十秒後、きれいなウィスキー色の髪の女性がドアを開けた。彼女が依頼主の川上千佳子《かわかみちかこ》だ。

千佳子は、全身から疲労の気配が漂っていた。先ほどの岡崎氏と同じに。

「カフネです」

「あなたね、もうちょっと愛想ってものを」

「すみません、わざわざ。あの……どうぞ」

玄関に入ると、キッチンと二畳程度のフローリングの空間に直結していた。左手には風呂とトイレのドアが並んでいて、キッチンスペースの奥には八畳の和室がある。

「すみません、本当に汚くて」

郵便はがき

料金受取人払郵便

小石川局承認

1141

差出有効期間
2025年12月
31日まで

1 1 2-8 7 3 1

〈受取人〉
東京都文京区
音羽二―一二―二一

講談社
文芸第二出版部 行

書名をお書きください。

この本の感想、著者へのメッセージをご自由にご記入ください。

おすまいの都道府県　　　　　　性別　男　女

年齢　10代　20代　30代　40代　50代　60代　70代　80代～

頂戴したご意見・ご感想を、小社ホームページ・新聞宣伝・書籍帯・販促物などに
使用させていただいてもよろしいでしょうか。　はい（承諾します）　いいえ（承諾しません）

TY 000044-2311

ご購読ありがとうございます。
今後の出版企画の参考にさせていただくため、
アンケートへのご協力のほど、よろしくお願いいたします。

■ Q1 この本をどこでお知りになりましたか。

1 書店で本をみて

2 新聞、雑誌、フリーペーパー 〔誌名・紙名 〕

3 テレビ、ラジオ 〔番組名 〕

4 ネット書店 〔書店名 〕

5 Webサイト 〔サイト名 〕

6 携帯サイト 〔サイト名 〕

7 メールマガジン　8 人にすすめられて　9 講談社のサイト

10 その他 〔 〕

■ Q2 購入された動機を教えてください。〔複数可〕

1 著者が好き　2 気になるタイトル　3 装丁が好き

4 気になるテーマ　5 読んで面白そうだった　6 話題になっていた

7 好きなジャンルだから

8 その他 〔 〕

■ Q3 好きな作家を教えてください。〔複数可〕

〔 〕

■ Q4 今後どんなテーマの小説を読んでみたいですか。

〔 〕

住所

氏名　電話番号

ご記入いただいた個人情報は、この企画の目的以外には使用いたしません。

千佳子は今にもしぼんで消えてしまいそうな様子で頭を下げた。確かに和室には衣類や通販の段ボール箱、本や雑誌や何かのプラスチック容器、ペットボトル、自治体から送られてきた書類と思しき封筒など、色んなものが散らかって空間を埋めている。ただ不思議なことに、和室の出口から中央にかけての二メートル四方だけは、衣類が点々と落ちるくらいで色褪せた畳が見える状態だ。一拍おいて、ああ、と薫子は気づいた。ベッドがないことから考えて、この二メートル四方はたぶん布団を敷くスペースなのだ。おそらくその布団は今、和室の奥に見える押し入れに仕舞ってある。

「本当に大丈夫でしょうか、こんな状態で……本当に申し訳ない限りで」

「ご安心ください、何ひとつ問題はありません。すべてお任せください」

薫子はたっぷりとほほえんで断言した。実際、これから自分が取っ組み合いをする部屋の様子を確かめた今、戦闘意欲が加速度的に上がっていた。さあ行くわよ、とお互いの志気を高めるつもりでキッチンスペースをふり向いたが、つなぎ服を着たおだんご頭の女はさっさと段ボール箱から食材を出して準備にとりかかっていた。協調性のかけらもない。薫子は苦々しく思いながらゴム手袋をはめ、自分の持ち場に乗り込んだ。

いつものおまじないで部屋の奥のガラス戸を開けると、そこは狭いベランダになっており、洗濯機が置かれていた。ジャージを腕まくりした薫子は、前回と同じ要領で片手持ちしたごみ袋二枚に、目視でプラごみと可燃ごみを選別しながら落ちている物をどんどん放り込んでいった。我ながら速い、そして的確だ。気分をよくしながら確保したスペースにごみ袋を置き、改めて部屋中を見渡した。大雑把に分類すれば、部屋を散らかしているのは衣類と、段ボール箱と、その他の生活用品だ。まずは目についた段ボール箱を片っ端から中を改め、中身が入っていればそれを出してから箱をつぶしていく。薫子の掃除のポリシー、それは各個撃破だ。ひとたび標的を定めたらわき目も振らずに倒していく。無心で箱をつぶして一定数溜まったら紙紐で縛る、という作業をくり返すうちに畳のスペースが増えてきた。いい。努力が人生を切り開いているこの感覚、すごくいい。高揚感に口角を上げ、鼻歌を始めたところで弱々しい声をかけられた。

「すみません、大丈夫でしょうか。本当に、こんなのですみません」

敷居の向こうに立つ千佳子からは、居たたまれなさがありありと伝わってくる。というか、薫子がこの家の主スペースである部屋で作業している今、物理的に彼女は所在ないのだ。

「大丈夫ですよ。せっかくですから、休んでいてください。そちらの空いたスペースに座っていてもらえれば」

「いえ、あのでも」

それは気まずい、と千佳子の顔に書いてある。薫子だって自宅を誰かが片付けている時に自分だけソファに座っていたら確かに気まずい。むしろ「私がやりますから！」と手を出す気がする。

「じゃあ、もしよかったら、一緒にやっていただけませんか？」

え、と千佳子が目をまるくした。

「手伝っていただけると、時間内に色々できてとても助かります。私はここをお掃除するので、お洗濯を頼んでもいいですか？　こちらに衣類をまとめてあるので」

「はい——はい、もちろん」

「でも、疲れてません？　今日せっかくのお休みでしょ、無理はしないで」

「ありがとうございます、平気ですから」

ほっとしたように表情をゆるめた千佳子は、衣類を抱えてベランダにある洗濯機に向かった。しばらくして戻ってきた彼女は、また衣類の山を抱えている。外に干してあった洗濯済みのものだろう。薫子が作った足がかりのスペースに正座した千佳子は、洗濯ものを畳み始めた。几帳面な性格がうかがえる、きれいな畳み方だ。

「……ホテルで働いていたんですけど、コロナ禍で解雇されてしまって、今はパートを掛け持ちしているんです。でも、しんどくて。最近、夜に帰ってくるとスイッチが切れたみたいに体が動かなくなってしまって、それでこんな風にどんどん、どんどん汚くなってしまって」

意を決したように押し殺した早口で話し出した千佳子は「でもそんなの甘えですよね」と、まるで薫子にそう言われるのを恐れたように付け足した。

何かに耐えるように洗濯物を畳む彼女のきれいな肌を見て、この人は若いのだ、と思う。でも、若さでも何ともならないくらい疲れている。体だけではなく、心も。

「スーパーで買ってきたお弁当を食べたあと、空のパックをごみ袋に入れるのもつらいんですよね。お皿を洗ったり、脱いだ服を仕舞ったりなんて絶対無理だし、朝、アラームが鳴ったあとベッドから出るのは命がけ」

千佳子が占い師に過去を言い当てられたかのように目をみはる。不思議だ。誰にも知られたくない、知られたら死んでしまうとまで思っていた自分の汚点を、今は口にできる。

「私は仕事じゃなくて、離婚でだめになったんですけど。離婚されても仕方ないようなことをしたし、自業自得だとはわかってるんだけど、何だろう、もうとにかく何もしたくなくなってしまったんです。息をするのも嫌だったな」

「……わかります。こんなんじゃだめだってわかっているのに、どうにかしなくちゃって思ってるのに、どんどんだめになって」

「私もそう。朝起きてから夜に意識をなくすまで、一瞬も休むことなく自分が情けなくて苦しかった。眠ろうとするとすごく怖くなって、叫び出したくなったり」

千佳子は無言で頷き、うつむいて小さく鼻をすすった。不安で怖くてたまらないと、声なき声が聞こえるようだ。年上の社会人として何か言いたかったが、浮かぶ言葉はどれも弱った動物に無理やり油ものを食べさせるようなことになる気がして、結局無言で片付けを続けた。千佳子も黙って洗濯物を畳み、畳み終えると薫子が一時避難所にしていた段ボール箱からアイロンを出してきて、仕事着らしいシャツのしわをきれいにした。うまいな、と思っているとふとこちらを見た彼女と目が合って、何となく二人ではにかむように笑った。

一時間半が経過したところで、部屋は薫子の採点で九十点くらいには片付いた。畳に寝転がってゆっくりすることも、埋もれていたソファで休むこともできる。「すごい！」と千佳子は喜んでくれたのでなおさら気分がよかった。まだ働けそうだ、いやむしろ働きたい。薫子はせつなが作業しているキッチンスペースの、真後ろに二つ並んだドアの左側のノブに手をかけた。右側のドアはトイレで、掃除がてら一度使わせてもらっている。

「あとはじゃあ、お風呂場を」

「あ！　待ってください、そこは――」

ドアの向こうは思った通りバスルームだった。浴槽と洗面台が一体化したユニットバスで、洗面台の上に設えられた吸盤式のかごには、歯磨きカップと歯ブラシが二セット並んでいる。タオル掛けの下の白いかごは、きっと脱衣用だろう。きれいに片付いていた。ここは必要ないか、と思いながら浴槽に視線を移した薫子は、ぎょっとした。

顔をこわばらせたツインテールの少女が、小さな浴槽の中で膝を抱えていた。

「すみません、娘がそちらにいまして……！」

「ごめんなさい、私こそ声もかけずに開けちゃって！」

「――最悪」

立ち上がった少女は、薫子を押しのけてバスルームを出ていく。最悪？　今あの子、最悪って言った？　すごくドスのきいた声だった。

「小学生のお嬢さん」がいるとは聞いていたが、薫子は小学校低学年くらいの子を想像していた。けれどツインテールの彼女は、もう子供というより大人の入り口に立っているような体つきだ。一重の目のややきついまなざしが、せつなに少し似ていた。

「鈴夏《りんか》、すごくきれいになったでしょ。ボランティアさんがやってくれたんだよ。ほら、お礼言って」

機嫌をとる声音で言う母親に鈴夏は一瞥もくれず、和室に入ると、へえ、と言った。

「ほんとだ、すごい。ボランティアってお金出ないんでしょ？　それなのに他人の家、こんなにきれいにできるなんて、すごいひまなんだね」

薫子は絶句した。なにこの子、可愛くない。子供のくせに全然ちっとも可愛くない。

「なんでお金ももらえないのにこんなにがんばるの？　私いいことしたーって思いたいから？　それとも哀れみ？　うち貧困家庭だもんね。お向かいの家のおばさんも、わたしの顔見るたびに、こども食堂に来いってうるさいの。栄養のあるものたくさん食べられるわよ、とか、勉強だって教えてもらえるわよ、とか。かわいそうな子にやさしくしてあげてる私大好きオーラあふれ出してて、ほんっと気持ち悪い。そういう人たち、大っ嫌い。家まで来るとか最悪。自分の子供のことかまってればいいのに」

「それって私に対する発言よね？　私は確かに四十過ぎの中年女だけど、子供はいません。大人の女にはみんな子供がいるという先入観は改めたほうがいいわよ。あと軽率に子供の有無を口にするのはデリカシーがないって覚えておいて、お嬢さん」

切りつけるように言ってしまってから、しまったと後悔した。何やってるの、小学生相手に。鈴夏は頬を引っぱたかれたような顔をしている。千佳子が勢いよく頭を下げた。

「すみません！　五年生になってから本当に生意気で口が悪くなってしまって、よく言って聞かせますので、本当にごめんなさい……！」

「いえ、こちらこそ大人げない態度を取ってしまって！」

「なにペコペコし合ってるんですか？　暇ならこれ、おにぎりにしてもらえますか」

大股で和室に乗り込んできたせつなは大きなフライパンを手にしており、それを薫子がきれいにした畳の上に新聞紙を敷いて、ドンと置いた。

フライパンをいっぱいにしているのはチャーハンだ。金色の米に、緑、黒、茶色が散っている。醬油を焦がしたようなあまりにもいい匂いが鼻をくすぐって、薫子はさっき昼食を食べたばかりだというのにごくりと唾を呑んだ。

「鶏のむね肉、小松菜、卵ときくらげのチャーハンです。パラパラになり過ぎないように作ったので握りやすいと思います。握り終わったらこのラップでくるんでください。冷凍するので、しっかり隙間のないようにお願いします」

ラップの細長い箱をフライパンの手前に置いたせつなは、千佳子、薫子にビニール手袋を配り、最後に「ん」と鈴夏にも左右そろえた手袋を押しつけた。

「え、わたしも?」

「小学五年生ならおにぎりくらい握れるでしょ」

「……そんなの学校で習わないし。ていうかこれやったらわたしに何の得があるの」

「何か得したいの? たとえば何がほしいの?」

真顔で問い返されるとは思っていなかったらしい鈴夏は口ごもったが、

「プリン。買ってきたのじゃなくて手作りの」

挑戦状でも叩きつけるように、せつなをにらんだ。「鈴夏! そういうこと言わないの!」と千佳子が叱ると、鈴夏は「無理ならいいよ」とせせら笑った。

世代がばらばらな女三人でフライパンを囲み、黙々とチャーハンをおにぎりにしては、ラップでくるんでいく。薫子はおにぎりといえば三角形と思っていたが、千佳子が作るのはまんまるのおにぎりで、家庭文化の違いを感じた。鈴夏は一個目からつまずいていた。丸形とも三角形ともつかないぐちゃっとした形になってしまい、それを直そうと本人は一生懸命握るのだが、力を入れ過ぎてぼろぼろとおにぎりが壊れてしまう。

「鈴夏、そんなに力入れなくていいの。こう、右手の親指の下のところでね、おにぎりのお腹を押さえるみたいに――」

「うるさいな、口出さないで」

「あなた、力を入れ過ぎだって言ってるじゃない。左手は添えるだけ――」

「うるさいなあ！　おばさんは黙っててよ」

子供の癇癪《かんしゃく》だ。わかってはいるが、おばさんと言われて毛が逆立った。「すみません、すみません」と泣きそうな顔で謝る千佳子に「元気なお嬢さんでとてもいいと思いますわ」と薫子は大人力をふりしぼって笑いかけた。

目に見えて苛立っている鈴夏が、低い声でうなるように言う。

「栄養とか摂っても意味なくない？　異常気象だし、少子高齢化だし、物価高だし、電気代どんどん上がってるし、うち貧困家庭だし、もう未来終わってるじゃん。いいことなんか何もないよ。だったら生きてく意味ないじゃん」

薫子は衝撃を受けた。可愛い赤ちゃんが、小学五年生になるとこんなひねくれた生物になるの？　無理だ。この子とは、たとえ家にさらっていっても仲良くやれる気がしない。

「ごめんね。お母さん、ちゃんとできなくて。鈴夏に嫌な思いばかりさせて」

千佳子の声は震えていた。薫子は思わずチャーハンおにぎりを握りしめた。

「あなたのせいじゃないわよ。あなたはよくがんばってるじゃない」

「でも結局子供に苦労させてる。私、たいした学歴も職歴もないし、夫が死んだあとちゃんと

CHARACTER

野宮薫子（女性／41歳）
本編の主人公。法務局勤務。誠実な努力家ゆえ、他人を頼るのが苦手。情に厚い。

小野寺せつな（女性／29歳）
春彦の元恋人。料理上手で、「カフネ」という家事代行サービス会社に勤める。サービス精神旺盛な反面、冷徹で可愛げがない。

野宮春彦（男性／29歳）
薫子の弟。製薬会社の研究職。しっかり者で明るい。原因不明の急死を遂げる直前まで、せつなと交際していた。

滝田公隆（男性／41歳）
薫子の元夫。弁護士。空気を読むのが上手く、和やかな気遣いができる。春彦と仲が良かった。

磐斗季子（女性／43歳）
代行サービス会社「カフネ」の代表。
着いていて、包容力がある。

1人前食堂・Maiさんによる

カフネ特製レシピ冊子

RECIPE 3

材料（1人前）
- りんごジュース　泡立て用……大さじ4
- りんごジュース……100ml
- 炭酸水……100ml
- すりおろしたりんご……15g
- ゼラチン……1g
- ぬるま湯……大さじ1

作り方

1 ゼラチンにぬるま湯を入れて混ぜる
2 りんごジュース（大さじ4）を加えて氷水に当てながらハンドミキサーで泡立てる
3 グラスにすりおろしたりんごと、りんごジュース（100ml）、炭酸水（100ml）を入れる
4 2で作った泡をのせて完成

せつなが春彦に作ってあげたごはん

大きな骨付き肉と甘酸っぱいビール風りんごソーダ

アニメや
よく登場す

作り方

1 牛肉の薄切りロースと牛肉の切り落としを、作った「醤油だれ」につけ込む
2 骨付きの鶏もも肉を関節で切断して足先とももに分ける（2本分）
3 足先に塩、コショウをまんべんなく擦り込んで湯煎用ポリ袋に入れ密封する
4 鍋の湯を沸騰させておく。そして鶏もも肉も別の湯煎用ポリ袋に入れ、3のポリ袋と一緒に沸騰した鍋に入れて温める
5 うっすらと肉の表面が白くなるまでおおよそ10分経過したら取り出す
6 オーブンを120度に設定して予熱を開始する
7 湯煎した鶏もも肉をフライパンに並べ、弱火で飴色になるまでローストする
8 ラップを広げ、1でたれに漬け込んでいた牛肉の薄切りロースを敷いて、さらに上から牛肉の切り落としを隙間なく重ねる
9 8に7でローストした鶏もも肉と、足先の骨を置き、骨の端が牛肉から飛び出るように2つずつ配置して、巻き込んで成形していく
10 予熱したオーブンで20分強、成形した肉を焼く
11 じゃがいも、かぼちゃ、アスパラ、人参をフライパンで蒸す
12 レタスを洗って水気をとり、大ぶりの皿に敷きつめる
13 出来上がった骨付き肉をレタスの上にのせて、1で使った「醤油だれ」をフライパンでもう一度温めてからたっぷりとかけて完成

材料（1人前）
- 骨付きの鶏もも肉……2本
- 牛肉の薄切りロース……100g
- 牛肉の切り落とし……100g
- じゃがいも、かぼちゃ、アスパラ、人参、レタスなどの野菜……各適量
- 塩コショウ……少々

醤油だれ（すべて混ぜる）
- チューブ入りニンニク……4cm
- チューブ入り生姜……4cm
- 醤油……大さじ3
- はちみつ……大さじ1
- 酒……大さじ2

湯煎用ポリ袋……2枚

2019年にYouTube「1
食堂」を開設。普段
分が食べるものを
めて作るとい
常を動画
食と暮らしと
係性を模索し、映
を通じてさまざまな
行っている。

story

一緒に生きよう。あなたがいると、きっとおいしい。

法務局に勤める野宮薫子は、溺愛していた
弟が急死して悲嘆にくれていた。
弟が遺した遺言書から弟の元恋人・小野寺せつなに
会い、やがて彼女が勤める家事代行サービス会社
「カフネ」の活動を手伝うことに。
弟を亡くした薫子と弟の元恋人せつな。
食べることを通じて、二人の距離は次第に
縮まっていく。

やさしくも、せつない。
この物語は、心にそっと寄り添ってくれる——

人がわかり合うのは難しい
それでも大切にすること、
愛することはできる
そんな思いで薫子とせつなを書きました
阿部 暁子

阿《あ》部《べ》暁《あき》子《こ》

岩手県出身、在住。2008年『屋上ボーイズ』（応募時タイトルは「いつまでも」）で第17回ロマン大賞を受賞しデビュー。著書に『どこよりも遠い場所にいる君へ』『また君と出会う未来のために』『パラ・スター〈Side 百花〉』『パラ・スター〈Side 宝良〉』『金環日蝕』『カラフル』などがある。

作り方

1 りんごを4等分にしてヘタとタネをとる
2 4等分にしたりんごを皮がついたままスライサーでスライスし、薄切りりんごを24枚作る
3 スライスしたりんごを耐熱皿に並べ、グラニュー糖、レモン果汁を振りかける
4 ラップをかけ、電子レンジ600Wで4分程加熱する
5 スライスを8枚ずつ縦に重ねて端からくるくると巻いていく
6 巻いたものを立て、指で少しずつ花弁を開くように形を整える

RECIPE 1
トマトとツナの豆乳煮麺

作り方

材料(1人前)
- 玉ねぎ……1/4個
- ツナ缶……1/2缶
- トマト……1/2個
- 素麺……1束
- 無調整豆乳……200cc
- 水……100cc
- コンソメ(顆粒)…小さじ2杯

1 玉ねぎをみじん切り、トマトを角切りにする
2 オリーブオイルを引いたフライパンで玉ねぎを炒めてからトマト、ツナを入れてさらに炒める
3 豆乳と水、コンソメを加え軽く煮る
4 素麺を別の鍋で規定時間茹でる
5 茹で上がった麺は流水で洗い流しておく
6 素麺に3のスープと2の具をかけ、すりごまを最後に散らす

ご飯を入れてリゾットにしてもいいし、こんがり焼いたパンを入れて食べてもおいしい

りんごのローズのレシピ

RECIPE 2

2 ルイボステ
注いで完成

1 1つ目のショートケーキの上のいちごとスポンジを角切りにする。2つ目のショートケーキのいちごは
2 板チョコを手で割って耐熱ボウルに入れ、牛乳
3 2を600Wのレンジで40秒加熱する。混ぜてか
4 グラスの底に角切りいちご、次にクリームとスポ
5 ショートケーキの中に入っていたスライスいちご
6 グラスの中心部に3のチョコレートソースを流
7 バニラとグリーンティーのアイスクリームをワ
8 パフェの上に、取っておいたいちごを乗せ、その

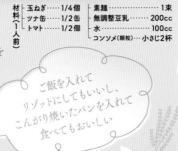

した仕事に就けなくて、でもそれは自己責任ですよね。ちゃんと将来のことを考えて結婚して子供を作らなかった私が全部悪いんですよね。本当は私、母親になる資格なんてなかったんだと思います。子供を産んでいい人間じゃなかった」

「待って、それを言っちゃだめよ。この子の前であなただけは、それを言っちゃだめ」

説教じみたことは厳禁だとせつなに言われていたが、こらえ切れなかった。だって鈴夏が、必死で耐えている顔をしているのだ。泣きそうなのを我慢しているのだ。

この子はひねくれていてちっとも可愛くない。でも、そんな顔はさせたくない。

「大丈夫ですよ」

放り投げられた声には甘さもやさしさも一切なかった。薫子は頼もしい気持ちでキッチンスペースをふり向き、高速の包丁さばきで何かを刻み続けている料理人を見つめた。そうだ、いつもの調子で、何かこの息苦しい状況を打破することを言ってくれ。

「資格がなかろうが、未来が真っ暗だろうが、いいことがひとつもなかろうが、人は必ずいつか死ぬし、死ねば全部終わりますから」

爆弾発言に声を失ったのは薫子だけではない、千佳子もだ。ショックを受けた様子の若き母親に代わり、薫子は猛抗議した。

「ちょっと、あなた！　子供に対してなんて夢も希望もないことを！」

「でもその子の言うとおり、温暖化は進みこそすれ回復することなんてないだろうし、日本は世界屈指の財政難国だし、電気代も物価も上がりっぱなしだし、消費税もいずれまた上がるし、少子高齢化は加速度的に進んでいくだろうし、かなり未来って暗いじゃないですか。小学五年生にしてちゃんとわかってるって立派ですよ。彼女たちは、私たちよりもしんどい世の中で生きていかなきゃいけない。隠したってしょうがないです、それが事実ですから」

キッチンペーパーで手を拭いたせつなは、薫子たちのほうへ歩いてくると、鈴夏のかたわらにしゃがみこんだ。

「でも、いつかちゃんと全部終わるから。裕福な人も、貧しい人も、うまくいってる人も、何もうまくいかない人も、死ぬことだけは全員同じだから。だから大丈夫だよ」

ビニール手袋をつけた手で金色のチャーハンをすくい取ったせつなは、優雅な手つきで握り始める。鈴夏に作り方を見せるように。

「でも栄養が意味ないっていうのはいただけない。死ぬまでは生きなきゃいけないし、健康じゃないと生きるのはますます苦しくなる。なるべく快適に生きるためにも栄養は必要。あとね、おにぎりを作れるようになると、人生の戦闘力が上がるよ」

ほら、とせつなが魔法のように美しい三角おにぎりをさし出すと、鈴夏はずいぶんためらったあと、顔を前に出して、三角おにぎりのてっぺんをそっと齧《かじ》った。

チャーハンを噛みしめる数秒のあと、ぽつんと声がこぼれ落ちた。

「おいしい……」

「これ、冷凍しておくから学校に行く前に二分間電子レンジで温めて食べて。あなたの年頃は、朝ごはんはほんとに大事。お腹がすいた時にはおやつにしてもいい。タンパク質もビタミンも鉄分もみんな入ってるから。それで、なくなったらチケットに書いてある番号に連絡して。また来るから」

春彦だったら、と薫子は思った。きっと、あの陽だまりのような笑顔で鈴夏の頭をやさしく撫でてただろう。薫子なら両肩をつかんで「諦めちゃだめよ、あなたはまだ若いんだから！」と元気づけてしまう。けれど、せつなは何もしなかった。素っ気なく立ち上がってキッチンに戻り、黙々と作業を再開する。包丁がまな板を叩く音、フライパンで何かを炒める音に、食欲を掻き立てる刺激的な香り。その後ろ姿は張りつめて、静かだ。

午前に訪問した岡崎邸でもそうだった。料理をしている時の彼女は無心で、澄んでいる。食べるということを信じているように、見える。

四十分ほど経ってせつなが声をかけてきたので、休憩していた薫子は、千佳子、鈴夏と一緒にキッチンスペースに向かった。

「こっちから、野菜スープ、ピーマンとちくわのきんぴら、ブロッコリーのナムル。こっちは肉系で、ナス入りひき肉カレー、鶏もも肉のマスタード焼き。ご飯にもパンにも合うので、好きな主食と合わせてください。この卵味噌はご飯に合います。スープとカレーとチャーハンおにぎりは冷凍しておきますから、食べる時に電子レンジで温めてください」

ずらりと並んだタッパーを見て「うそ、こんなに?」「いつの間に?」と薫子と千佳子は騒いだが、これで終わらないのが小野寺せつなだ。「あと」と言いながら冷蔵庫を開けたせつなは、千佳子と鈴夏のものだろう、猫のイラストが描かれた色違いのマグカップをとり出した。

「ご注文のもの」

鈴夏は目の前で花火が弾けた猫のように目をまんまるくして、ふたつのマグカップの中の、卵色のプリンを凝視していた。

「なんで？　どうやったの？」

「作ったの。卵を溶いて、砂糖を溶かした牛乳を入れて、カラメルソースは砂糖を小鍋に入れて火にかけて――」

「そうじゃなくて！　なんで？　どうやったの？」

同じ質問をくり返す気持ちは薫子にもよくわかった。ただでさえせつなは二時間足らずで信じられない品数を作り上げている。プリンなんてものを、いったいいつの間に？

「難しく考えてるみたいだけど、プリンは卵と牛乳と砂糖を入れた液を十分くらい蒸したらできるお菓子なの。フライパンでブロッコリーを茹でたあと、そのお湯にマグカップを入れてふたをして蒸した。カラメルはリクエストされてからすぐに作ったけど」

まだぼうぜんとカップの中をのぞきこんでいる女の子に、せつなは素っ気ない声で訊ねた。

「プリン、好き？」

鈴夏はこくんと頷いた。

「大好き」

「私も好き。おにぎりとプリンが、私のごちそう」

薫子は驚いた。せつなが、ごく淡く、とてもやわらかい笑みを浮かべたので。

せつなは鈴夏に渡したマグカップをとり上げ、冷蔵庫に戻した。

「まだ冷えてないから、もう少し冷蔵庫に入れといて。あと二時間くらいかな、おやつにお母さんと一緒に食べて。もし作り方が知りたかったら、今度会った時に教えるよ」

冷蔵庫の扉を閉めたせつなは、鈴夏を見つめる。

「未来は暗いかもしれないけど、卵と牛乳と砂糖は、よっぽどのことがない限り世界から消えることはない。あなたは、あなたとお母さんのプリンを、自分の力でいつだって作れる」

この世界の何もかもが嫌いだというように苛立っていた少女が、今は静かにせつなを見つめ返していた。澄んだ瞳が、ゆっくりと水をたたえて揺らめくのを、薫子は見た。

薫子には何がそれだったのかわからない。ただ、せつなが作った料理の中に、彼女が発した言葉の中に、少女が必死に必要としていたものがあったのだろう。

薫子とせつなが出ていく時、見送りに出てきてくれた千佳子は「ありがとうございました」と深々と頭を下げながら言ってくれた。

母親の後ろに隠れるように立った鈴夏は、「どうもー」とぶっきらぼうに言った。


薫子は「電車で帰るからいいわよ」と辞退したのだが、せつなは「トキさんからそうしていいって言われてますから」と軽トラで自宅マンションまで送ってくれた。

「着きましたよ」

心地いい疲れのせいでうとうとしていたらしかった。目を開けると、昼と夕暮れの間の飴《あめ》色の光が、見慣れたマンションの駐車場をセピア写真のように照らしていた。

「あの……楽しかったわ。楽しいなんて言ったら失礼かもしれないけど、誰かの役に立てるのって、うれしいわね」

「こちらも助かりました。万年人手不足なので」

「その……今後もお手伝いを続けたいと言ったら、それは可能なのかしら」

せつなは目をまるくしたあと、ずいぶんとめずらしい、友好的な笑みを浮かべた。

「それはもちろん、大歓迎です。トキさんに教えたら喜びの舞を捧げますね」

それはちょっと見てみたい。

「ボランティアは毎週土曜日なのよね。それって今回のように、あなたと一緒なの？」

「そうですね。基本、カフネのリピーター以外の家へは単身で行かないことになっているんです。よそ様の家に上がるわけですから、何かを盗った盗らないのトラブルにならないとも限らないし、セクハラやパワハラ的なことがサービス中にときたま起こったりするので、新規の利用者さんのお宅にうかがう時は、必ず二人組で行くことになってます。チケットもそうです。私か薫子さんが別のペアの応援にまわることもあるでしょうけど、基本的には私と動いてもらうことになると思います。別の人のほうがよかったら、トキさんに言って変えてもらうこともできますが」

「そんなことは言ってないじゃない」

つい声が強くなった。せつなは「そうですか」とポーカーフェイスで応じた。

「とりあえず今日はお疲れさまでした。次回のことはまたあとでご連絡します」

「ええ、ありがとう」

ドアハンドルに手をかけた薫子は、けれど降りがたくて、膝の上に手を戻した。

「あの――春彦も、あなたとこんな風に、色んなお宅に行っていたの？」

せつなはフロントガラスに顔を向けたまま「そうですね」と端的に答える。

「チケットが始まったのが去年の六月で、その時から毎回手伝ってくれてました」

「チケットが終わってあなたと帰ってくる時、あの子、笑ってた？」

せつなは一拍の沈黙をはさみ、やはり短く答えた。そうですね、と。

――やっぱり違う。

そんな思いがこみ上げてきた。斗季子に見せてもらった動画のジャージ姿の春彦が、そうだよ薫子さん、と笑顔で言う。わかる。だって私は、あの子のお姉ちゃんだ。

「この前、取り乱してあの子は自分で死んだんじゃないかって言ったけど、やっぱり違うと思う。あの子は本当にやさしくて、人の役に立つことが好きだった。今の私と同じように、チケットが終わったあとのあの子、楽しかったと思うの。常盤さんやあなたと関わって、人生を楽しんでいたと思うの。だからきっと違う。死ぬ理由なんかない。悲しむ人たちがいるってわかってるのに、あの子が自殺なんかするわけ――」

ぎゅう、と大きな音が言葉をさえぎった。薫子は自分の腹を押さえてうつむいた。

「……お昼に入ったレストラン、ちょっと盛りが少なかったでしょ。今日はたくさん働いたし、それにあなたがあんなお料理、私の目の前でたくさん作るから」

「私の料理のせいで薫子さんの腹を鳴かせてしまって、どうも申し訳ありません」

「いいですけど別にっ」

「責任、取りましょうか」

はい？　と訊き返すと、せつなはおだんごからこぼれたおくれ毛を耳にかけた。

「給料も出ないのに貴重な休日を使ってうちの取り組みに手を貸してもらうわけですし。預かってもらってるアガベの様子も見たいですし。薫子さんさえよければですが」

「……それは、私としては、構いませんが」

「冷蔵庫に何かありますか？」

「昨日買い出ししたから、わりと何でもあると思う」

「そうですか。和洋中とか、肉魚とか、何かリクエストありますか？」

今日、訪問した家々で目にした彼女の料理をする姿を思い出す。目にも止まらぬ速さで魚をさばく手つきや、味見をして思い描いたとおりの味になっていた時にそっと目を細めるところ、食べることを信じているような真剣な横顔。

コップから水があふれ出るように口にしていた。

「あなたが、春彦に作っていたものを食べたい」

せつなは表情を変えなかった。少しだけ、深い茶色の瞳が揺れたような気もしたが、気のせいだったのかもしれない。

「それは冷蔵庫と相談してからですね」

その日、彼女が作ってくれたのは、ナスがたっぷり入った悲鳴をあげるほど激辛のペンネアラビアータと、バクラヴァという喉が焼けるほど甘いトルコのお菓子だった。

第三章

1.

四月のちょうど真ん中に当たる土曜日。今回は午前に母親の介護をしている女性の家、午後に双子の赤ん坊のいる家を訪問することになった。

「嫌いなものや食べられないものはありますか。リクエストをいただければ、時間内でできる限り対応しますが」

「何でも食べられます。私も母も食物アレルギーとかないですし。リクエストも、ちょっと今は浮かばなくて……あ、でも、脳が溶けるほど甘いものが食べたいな。なんて」

でも、お掃除して少しでも食べるものを作っていただけるなら、それだけで死ぬほどありがたいです。依頼主の八木《やぎ》さんは、薫子よりいくつか年上だろうか、疲れた笑みを浮かべた。ただ「すみませんが、色々やっていただいてる間、推しのライヴ観てます」ときっぱり宣言してくれたのはよかった。そう、どうせならこの二時間は、思いきり羽をのばしてほしい。

掃除を頼まれた一階の廊下、リビング、風呂、トイレなどは一時間弱で完了してしまった。

薫子が皿洗いなどを手伝おうとキッチンへ行くと、ぱっとふり向いたせつなが、牛乳パックとクッキングシートとはさみを押しつけてきた。

「ちょうどよかった。これ、お願いします。この牛乳パックの中に、可能な限り隙間なく、しわなく、クッキングシートを敷いてください」

「え、これ何なの？」

「パウンドケーキ型、わかりますか。あのイメージで」

せつなは板チョコをバキバキと砕いてボウルに入れ始める。薫子に渡された牛乳パックは、縦長の一面が切り抜かれ、飲み口の面が切り込みを入れて折りたたまれており、まさしくパウンドケーキ型のような形になっていた。なるほど、どうやら彼女はケーキっぽいものを作りたいようだが、この家には型がなかったため、牛乳パックで即席の型を作ったらしい。やるじゃないの、と薫子は牛乳パックのケーキ型を矯《た》めつ眇《すが》めつして観察した。クッキングシートを引き出して、サイズを合わせながら牛乳パックの内部に敷いていく。

「できたわよ」

「……すばらしい出来栄えです。説明なしでここまでやるとは」

「言ったでしょ、私わりと有能なの」

「薫子さんの息苦しいまでに几帳面な性格が凝縮されていますね」

「息苦しいって言わないで！」

「今のは褒めました。大絶賛です」

せつなは小鍋に入れたチョコレートとバターと牛乳を弱火で温めながら混ぜ、それを割りほぐした卵と砂糖に加えてさらによく混ぜ、牛乳パックのケーキ型に流し込むと、予熱していたオーブンに入れた。スタートボタンを押すなり、今度は包丁を握って玉ねぎ、人参、じゃがいも、ブロッコリー、シメジ、鶏もも肉を切り始める。あいかわらず神がかった手際の良さだ。薫子は使用済みの調理器具を洗いながら見入ってしまった。

二時間でせつなが作り上げたおかずは六品だった。野菜と鶏肉とコーンがたっぷり入ったクリームシチュー、厚切りの豚肉をサクサクに揚げたとんかつ二枚、サバ缶と豆腐のやわらかいハンバーグ。根菜たっぷりの筑前煮と、おかかと醬油で和風の味付けにしたかぼちゃとさつまいものサラダ。そして前回も作っていた、炊き立ての白いご飯にすごく合うだろう卵味噌。

さらに隠し玉が例の牛乳パックだ。

「冷やす時間までは取れませんでしたが」

オーブンからとり出されたケーキ型の中ででき上がっていたものは、なんとガトーショコラだった。そう、脳が溶けるほど甘いもの。それが八木さんの希望だったのだ。

「ガトーショコラって、こんなにすぐできるものなの？」

「レシピによりますけど、私のは溶かした板チョコ四枚と生クリームの代わりの多めのバターと牛乳、卵と砂糖を混ぜて焼くだけなので、ごらんのとおり簡単です。まあ、カロリー大爆発の悪魔の食べ物ですけど」

「生きていくためには、たまに悪魔に魂を売る必要もあるわよ」

「めずらしく気が合いますね」

後片付けを済ませ、薫子が声をかけに行こうとしたところで、八木さんが「ものすごくいい匂いがする……」と言いながら一階へ下りてきた。彼女は薫子が掃除したリビングや風呂、トイレを見て大喜びしてくれたあと、せつな特製の作り置き料理を見ると「うわあ」と感極まった声をあげた。

「すごい……とんかつ、食べたかったんですよ。でも油の始末とか考えると自分で作る気力もないし、母ももう厚い肉は食べられないから、自分の分だけ買うのもなんだかなって、スーパーでも素通りしてて」

「よかったです。冷凍しておきますので、召し上がる時に凍ったまま二百度に温めたオーブンで加熱してください。衣がカリッとしたら、焦げないようにアルミホイルをかぶせて、もう七、八分。そうすると肉が中までちゃんと温まります」

「あ、卵味噌！　私これ大好きなの、うちの母も以前はよく作ってたんですよ。あれ、青森出身の方ですか？」

「いえ、生まれも育ちも八王子です。あとこちら、まだ熱いので、粗熱が取れたら冷蔵庫で冷やして固まってから召し上がってください」

せつなが即席ケーキ型からとり出したガトーショコラを見せると、八木さんは言葉もなく見入り、涙目になった。

「手作りのケーキとか何年ぶり……ありがとうございます。すいません、本当にこれ無料で大丈夫なんですか？」

「お役に立てれば光栄です。そしていつか家事代行をご利用になりたいと思われましたら、どうぞカフネをよろしくお願いいたします」

「薫子さん、完全にカフネの社員みたいな顔してますけど、あなた国家公務員ですから。本当の自分を忘れないでくださいね」

八木さんは玄関まで見送りに出てきてくれて「ありがとうございました！」と笑顔を見せてくれた。それだけでお湯に浸かったように体があたたかくなって、薫子も深くおじぎをした。せつなのほうは、さっさと軽トラに乗り込んでいたが。

近所のカフェで昼食をとり、次の訪問先へ向かった。助手席で薫子は胃のあたりをさすった。平気だと思っていたのに、いざ午後の訪問先が近づいてくると、どんどん胃が重苦しくなってきてつらい。「ところで」とせつなが切り出したのはそんな時だ。

「さっき連絡があったんですけど、午後はトキさんも飛び入り参加することになったので」

「常盤さんが？　何か問題でもあったの？」

「そういうことじゃないです。今回の依頼者が生まれたばかりの双子のワンオペ育児をしてると聞いて、居ても立ってもいられなくなったみたいで」

ああ、と呟く。斗季子は男と駆け落ちして双子を産んだが相手に逃げられ、ひとりで娘たちを育て上げたという豪傑だ。

到着したのは、薫子が住んでいるのとよく似たファミリー向けのマンションだった。駐車場に軽トラを停めてエントランスへ行くと、紺色のエプロンをつけて髪をシュシュでまとめた斗季子が待っていた。

「せっちゃんと野宮さんのいい感じのコンビに水を差すようですみません。今回の依頼者さんにチケットを渡したのが、カフネの長年の常連さんなんですが、話を聞くうちに古傷が開いてしまって、ちょっと心配で来てしまいました」

「いえ、常盤さんがいてくれたほうが心強いです」

本心だった。

午後の依頼者は小笠原《おがさわら》さんといい、斗季子と同じくらい小柄な女性だった。まだ二十代だそうだが、目もとが落ちくぼみ、心身の限界まで疲れ切っているのが薫子にもわかった。

「こんにちは、家事代行サービスのカフネです。今日はよろしくお願いします」

斗季子の声は落ち着いていてやわらかく、心をほぐしてくれる。小笠原さんも玄関ドアを開けた時には顔が石のようにこわばっていたが、斗季子にほほえみかけられると目に見えて表情がやわらいだ。

案内されてリビングに入った瞬間、戦場、という言葉を薫子は思い浮かべた。

本来ならこの家の人間が座ってくつろぐだろうソファセットは壁際によせられ、代わりにベビーベッドが置かれている。カーテンが閉め切られて薄暗い部屋は、どきりとするほど散らかっていた。でも一番苦しくなったのは、ベビーベッドのそばに落ちていた栄養ゼリーの空容器を見つけた時だ。これが彼女の食事なのだろうか。

「可愛いですね。妖精みたい」

中央に仕切りの置かれた双子用ベッドをのぞきこんだ斗季子が、やさしくささやいた。薫子にも斗季子の肩ごしに見えた。そっくりな顔で眠る赤ん坊たちは、想像していたより大きい。手足がむちむちで、頬がふっくらしていて、目も鼻も口もこんなにちっちゃいのに形が整っていて――それ以上直視できず、目を伏せた。

「お姉ちゃんと弟くんなんですよね。三ヵ月とうかがいましたが」

「はい……ついさっき、奇跡的に同じくらいのタイミングで寝てくれて」

かすれた声で言う若い母親に、斗季子は共感といたわりをこめて頷き、スマートフォンを見せた。「保育士証」と書かれた賞状のようなものが映されている。

「私は保育士の資格を持っています。もし小笠原さんに抵抗がなければですが、お子さんのことは私が見ていますから、一時間だけでもあちらのお部屋で休みませんか？　眠ってもいいし、ぼーっとしているだけでもいいし、好きな動画を観てもいい。何かあったら、すぐに声をおかけしますから」

彼女は目に涙をためて、少しだけ寝てもいいですか、と消え入るような声で言った。

薫子が部屋の片付けを担当し、斗季子は薫子を手伝いつつ赤ん坊の対応をする、という形で作業を進めた。双子が同時に泣き出した時には、薫子は命をふりしぼるような二人分の泣き声にひるんでしまった。一時間ほど経つと隣室のドアが開き、小笠原さんが戻ってきた。根深い疲労はどうしても目もとやくすんだ頰にまとわりついていたが、それでも一時間前とは見違えるほど、目つきがしっかりしていた。

「夫も、最初は協力的で、一緒にお世話してくれたりもしてたんです。でも赤ちゃんが二人もいるのでやっぱり……夜も交互に目を覚まして泣いたり、二人一緒に授乳しようとしても上手くいかなくてすごく時間がかかっちゃったり、そういうことが続いてたら突然『もう無理』って言って、何もしてくれなくなりました。こんなに寝不足が続いたら仕事ができなくなるし、そうしたら私たち家族はみんなだめになる。今の私は仕事もしてないんだから、育児は私の担当だって、そう言われたら、もう何も言えなかった」

最近の夫は帰ってくるのも夜遅くで、帰ってくれば「疲れてる」の一点張りで何もしてもらえない。眠ることも、食べることも、トイレに行くことすらも、まともにできない。彼女が泣きながら「この子たちのこと産まなきゃよかったって、最近はそんなひどいこと考えちゃって、なんかもう、自分が嫌で」と吐露した時、掃除を続けていた薫子は、ハンドクリーナーの柄が軋《きし》むほどきつく握りしめた。

斗季子が彼女の背をそっとさすった。

「踏み込んだことをうかがいますが、小笠原さんの親御さんや、夫さんのご実家は？」

「夫の実家も私の実家も遠いし、私、夫の家族にあまり好かれてないので、頼れないんです……このへん、知り合いも友達もいなくて、もう何日も誰とも話してない」

彼女にチケットを渡した笹沼《ささぬま》というカフネの顧客は、彼女が妊娠前に勤めていた会社の先輩で、現在では唯一彼女が親交のある人物だという。

「恐縮ですが、今から宣伝をします」

斗季子はきっぱりと言った。

「弊社には私と同じように保育士資格や民間のシッター資格を持つキーパーが多くいます。そういう人たちを、たとえば週一だけでも呼んで、あなたが息をする時間を取ってはどうでしょうか。他人にお子さんを任せるのがどうしても心配だったら、代わりに家事をする人を雇うのもいい。うちには凄腕キーパーさんがそろっていますし、お値段についても色々なプランをご用意していますから、必ずあなたのヘルプにお応えします」

彼女の手に、斗季子は自分の手を重ねる。

「民間の家事代行を頼むことに抵抗があったら、八王子市のサポート事業で子供たちが一歳になる前日まで、ヘルパーさんを派遣してもらうこともできます。こちらは赤ちゃんを直接お世話してもらうことはできないけど、掃除、洗濯、買い出しや簡単な食事の支度もしてもらえるんですよ。自治体の事業なので価格もかなり抑えられて、三時間で千五百円。健診の付き添いもしてもらえます。そろそろ、三〜四ヵ月健診ですよね」

「はい、この前通知が届いて……ひとりじゃとても無理って思ってたので、付き添いを頼めるなら、本当に助かりますけど……」

彼女は憔悴した表情でため息をついた。

「でも、そういうの、たぶん夫がいい顔をしないです。お金のこともそうだし、自分の家のことを他人に任せるのは恥ずかしいことだって考えてるような人で」

「小笠原さん。お子さん二人を育てるのは、来月や再来月に終わる話じゃないんです。これからずっと、ずっと続くことなんです。まずはあなたの体と心を守ることが、お子さんを守ることにつながります。勇気が必要だと思いますが、どうか、ここは闘う気持ちで話してみてください。でも、夫さんは敵ではありません。生活という戦場を一緒に闘い抜く仲間です。それを夫さんに思い出してもらうために、今の気持ちや願っていることを素直に話してみてください。最初はちゃんと一緒に子育てしようとしてくれていたのなら、お父さんになろうという気持ちはあるんですよ。ただもしかしたら、今は自信を失くしている状態なのかもしれない。大人だって、親だって、ビビるしへこむし敵前逃亡を働くこともあります。みんなそうです。ともかく、どんな道を選ぶにせよ、一度話をしてみましょう。もし心細いなら、ご連絡いただければ私もお話し相手になれますし、チケットを小笠原さんに渡した笹沼さんも、あなたのことをとても心配していたので、きっと力になってもらえます。今すごく不安だと思いますけど、その不安すべてにあなたひとりだけで立ち向かう必要はないですから」

小笠原さんは顔を覆いながら小刻みに頷いた。

「今日、夫が帰ってきたら、話してみます。ちゃんと、話をします」

そこで話の切れ間を見計らっていたようにせつなが大きな皿を運んできた。きれいな花柄の皿には、色とりどりのサンドイッチが並んでいた。

びっくりしている若い母親に、凄腕料理人は愛想のかけらもない顔で言う。

「サンドイッチは作り立てが一番美味しいんです。今すぐに食べてください。まだまだ作って冷蔵庫に入れておきますから、食べられる時に食べられるだけ食べてください」

彼女はためらいがちに三角形のサンドイッチを一つ取り、そっと齧った。

「……おいしい。私、ピーナッツバター大好きなんです」

彼女は今度は四角いサンドイッチを齧り、ツナマヨだ、と少女のような笑みをこぼしたあと、くしゃりと顔をゆがめて泣いた。

「誰かに作ってもらったものを食べるの、ほんとにひさしぶり。うまく言えないくらい美味しい。ありがとうございます。本当に、ありがとう」

チケットの制限時間を少しオーバーして、小笠原家を出たのは四時半頃だった。マンションの前で斗季子と手を振り合って別れ、薫子は軽トラに乗り込んだ。今日は朝から雨が降り続いており、フロントガラスを濡らす水滴が、スピードに煽られて流星のように散っていく。

「平気ですか」

え、と運転席に顔を向けた。せつなは赤信号の手前でトラックを静かに停止させた。

「赤ちゃんのいるところ、もしかしたらつらかったんじゃないかと思って。カフェで会った時も、隣の席の赤ちゃんが泣いた時、かなり苦しそうな顔をしていたので」

「……私、そんな顔してた？」

「私にはそう見えました」

二つのことに驚いていた。あの時、ヒステリックな声で赤ん坊を泣かせた自分はさぞ醜い顔をしているだろうと思っていたのに、彼女にはそんな風に見えていたのだということと、他人のそんな些細な様子に彼女が気づき、今まで覚えていたということに。

「私ね、赤ちゃんを見ると、いつもどうやってその子をさらうか考えるの」

「え」

「たとえばベビーカーを押してる女の人を見かけたら、あら可愛い赤ちゃん、天使みたいですね、って声をかけて、横断歩道まで一緒に歩くのよ。それで信号待ちをしてる間に、隙をついてベビーカーをひったくって走るの。私、元陸上部でけっこう足は速いから。スーパー編も考えたことあるわ。抱っこ紐で赤ちゃんを抱いてる人に、お尻のところに血がついてますよ、おけがなさったんじゃないですか？　って声をかける。お尻って自分じゃ簡単には確認できないでしょう？　焦る母親に、一緒にお手洗いに行きましょう、赤ちゃんは私が見ていますから、って言うの。赤ちゃんを預けてくれたらあとはこっちのものよ、全力で走って逃げる」

ドン引きの表情のせつなが横目を向けてくる。

「思った以上に生々しいんですけど、まさか実行はしてないですよね」

「するわけないじゃない、私、国民に奉仕する公務員なのよ。本当にただの妄想。赤ちゃんをつれて帰って、公隆と一緒に育てて、私をお母さんって呼ぶその子が、保育園児になって、小学生になって、中学生になって、高校生になっていくのを想像するだけ」

そんな妄想をするようになったのは、去年の一月からだ。

三十七歳の時に不妊治療専門クリニックで体外受精の治療を始めた。まずとりかかったのが採卵だ。ホルモン剤で卵巣を刺激して複数個の卵を成熟させ、育った卵胞に針を刺して卵を吸い出す。その卵たちにパートナーの精子をふりかけて受精させるか、卵に直接精子を注入する顕微授精を行い、そうしてできた受精卵をさらに胚盤胞——着床できるほど細胞分裂が進んだ状態にまで育て、子宮に移植する。

四年間の不妊治療で行った六度の採卵手術で、いくつの成熟卵が採取でき、そのうちのいくつが公隆の精子と受精し、さらに胚盤胞にまで育ったか、薫子はすべて記憶している。赤ん坊になることはなかったとしても、あの子たちはみんな培養液の中で成長を見せてくれた時点で我が子だった。命とは母親に産み落とされた時に誕生するものではないのだと、不妊治療を通して知った。まだ人と認定されない微細な存在である時から、すでにそれは生まれている。

初めての移植は不安と期待に満ちていた。手術台に大きく脚を開いて横たわりながら、目を閉じて祈った。おいで。おいで。必ずあなたを心から愛して幸せにする。

だが最初の胚盤胞は着床できなかった。その次の子も、その次の子も。調整期間を置き、ホルモン剤の投与を再開し、再び採卵をする。付き添ってきてくれた公隆の精子と受精させ、胚培養士が受精卵を育ててくれる。運よくコンディションのいい胚盤胞ができれば移植できるが、毎回の採卵で必ず移植に至るわけではない。質のいい卵が採取できず、いずれの受精卵も成長が止まってしまった時は、ショックが大きすぎて公隆の前で泣き崩れた。どうして大勢の女の人が妊娠しているのに私だけができないの？　私の体に欠陥があるの？　私が歳をとってるからいけないの？　あとは何をどれだけがんばれば赤ちゃんは来てくれるの？　教えて、教えてくれたら絶対にやり遂げてみせるから。

諦めることは、時として努力を続けるよりも困難だ。打ちのめされながらも治療を続けたのは、意思が強いからではなく、やめてしまうことが、自分の決断で子供を持つ可能性を断ってしまうことが怖かったからだ。

膨大な時間と金と心を捧げ、積み上げてきたものがすべて無為に終わったと知らされるたび、徹底的に打ちのめされる。休んでもいい、やめてもいい、と公隆は言ってくれる。でも立ち止まっているうちに自分の女としての機能が期限切れになるのが怖くてまたクリニックに通う。バラバラになりそうな精神状態で常に考えているのは妊娠することだ。だがそれが心から子供を望んでのことなのか、ただもう果ての見えないこの苦しみから一刻も早く解放されたいだけなのか、自分でもわからなくなっていく。

そんな時、三十九歳の十一月の終わりに、初めて妊娠判定が出た。

いくら努力しても結果の出ない日々を長く過ごしすぎたせいで、クリニックで「おめでとうございます」と言われてもすぐには喜べなかった。まだ油断できない、まだ安心できない、年齢を考えれば流産する可能性だって十分にある。自分に言い聞かせながら一週間ごとにクリニックに通った。五週目の超音波検査で胎嚢が確認でき、つわりらしい体調不良が出てきた六週目では、心拍が確認できた。白黒画像の中で小さな心臓がぽこぽこ動いているのを見せてもらった時、涙があふれて止まらなくなった。クリニックでもらったエコー写真を、待ちきれずに職場にいる公隆にも送った。公隆は昼休みに電話をかけてきてくれて「すごい、こんなに小さいのに生きてるんだね」と言ってくれた。何度も頷きながらまた涙が出た。そう、生きているのだ。私の子宮で、私と彼の小さな子が。電話を切ったあと、空から降ってくる羽毛のような雪を見て、そっとお腹に手を当てた。この子は神様が私たちにくださったクリスマスプレゼントだ。大事にしよう。私の一生をかけて、愛していこう。

翌週の健診でも「少しゆっくりですが大きくなっていますよ」と言われた。だがその翌週の検査で「心拍が確認できない」と告げられた。わけがわからなかった。医師は稽留《けいりゅう》流産と説明した。胎芽――まだ胎児ですらないのだ――の発育が止まっている。これはご両親に何か問題があったとか、お母さんが赤ちゃんに良くないことをしたということではなく、予防も治療もできない運命としか言えないものです。配慮のある口調で説明される間、何ひとつ言葉を発することができなかった。子宮にはまだ赤ちゃんと赤ちゃんを守るための内容物が残っている状態で、それが自然に排出されるのを待つか、手術で排出させるか決めなければならない。ですがまずは三日後にもう一度検査をしましょう、できれば旦那様といらしてください、と言われ、放心したままクリニックを出た。

まだ安定期に入る前だったので、公隆以外には妊娠したことは話していなかった。もしかしたら心拍が確認できないというのは何かの間違いで、再検査の時には私たちの子は鼓動をとり戻しているのではないか？　実際何時間もネット検索をしていたら、流産と診断されたもののその後に心拍が確認できたという人の体験談があった。まだわからない、まだ生きているかもしれない。そんなすがるような期待が消えなくて、公隆に中々切り出すことができなかった。シンクの前で並んで夕食の洗い物をしている時に「顔色が悪いけど、もしかして何かあった？」と公隆に訊かれ、それでやっと、クリニックの医師に告げられたことを打ち明けた。公隆は、黙って手を握ってくれた。それで、自分の手がずっと震えていたことを知った。

再検査で、正式に稽留流産と診断された。年明けすぐ、公隆に付き添われながら市内の総合病院で手術を受けた。重い曇り空の、身も心も凍るように寒い日だった。

「どこかで休んでいきますか」

素っ気ない声に、はっと我に返った。赤信号で停まっていたはずの軽トラが、二車線道路を走っている。せつなが正面を向いたまま横目を向けてきた。

「薫子さん、前回チケットが終わったあとに腹を鳴らしてましたし、何か食べますか」

ああ、と思う。この子は、こういう気遣い方をするのか。

「心配しないで。平気だし、心配してもらうほどの人間じゃないのよ、私」

薫子は唇の片端を吊り上げた。

「さっき、彼女がどれだけ大変な思いをしてるか、あの部屋を見ただけでわかった。あなたのサンドイッチを泣きながら食べる彼女を見て、本当にこれ以上できないくらいがんばっていて心も体も限界なんだってわかった。それでもやっぱり私、思ってるのよ。あなたは産めたじゃない。しかも二人も授かったんだからそれくらいの苦労は当然でしょ、それなのに常盤さんにまで甘やかされてずるい。産まなきゃよかったなんて言うくらいなら、私にその子たちをちょうだいよ、って。全部わかってるのにそう思ってしまうような女なの。だから気にしないで。

「──ありがとう」

いたわられたことはわかった。だから心を込めてお礼が言えた。

しばらく無言で運転していたせつなは、突然ウィンカーを出して車線を変更し、交差点を右折した。

「え？　どこ行くの？　マンションは左折──」

「何か食べたいものはありますか」

薫子は笑みの気配もない横顔を凝視した。

「……言ったでしょ、いいのよ気を遣ってくれなくて」

「春彦さんが好きだった料理、食べたくないですか」

言葉に詰まった。それは、正直、かなり食べたい。

せつなは見透かしたように横目でこちらを見ると、にこりともせずに言った。

「決まりですね」

せつなは大胆なハンドルさばきで大型スーパーの駐車場に乗り入れた。薫子はいつも自宅近くのスーパーばかり利用しているが、せつなは色んなスーパーを知っている。広々とした駐車場は土曜日の夕方とあって車でいっぱいで、出入り口を人がひっきりなしに行き交う様子を見ると、気持ちが浮き立ってきた。

「もちろん出資はしてもらえるんですよね」

「いいわよ。黒毛和牛でもフォアグラでも、好きなものを好きなだけ買うといいわ」

「言いましたね。遠慮しませんのでお願いします」

せつなが次々と買い物かごに放り込んだのは肉、肉、肉だった。骨付きの鶏もも肉が四本、牛の薄切りロース肉と切り落とし肉もどっさり。売り場を移動すると、じゃがいも、かぼちゃ、アスパラ、人参、レタスなどの野菜も豪快にかごに放り込んでいく。

「あと、これもお願いします」

スーパーの中にはベーカリーショップのテナントが入っており、焼き立ての総菜パンや菓子パンが透明なケースの中に陳列されていた。せつなが「これ」と指したのは、デニッシュ生地の間に生クリームをたっぷり盛ってチョコレートをかけた菓子パンだ。見るからに甘そうなそれを二つ買ったせつなは、スーパーを出ながら「どうぞ」とひとつを薫子にさし出してきた。

「料理に使うんじゃないの？」

「まさか。調理に向けた腹ごしらえです」

駐車場を歩きながら、せつなは大きく口を開けて生クリームとチョコレートに彩られたパンを齧る。薫子は歩きながら物を食べたことも、人前でそんな大口を開けて何かを食べたこともない。行儀については両親に厳しくしつけられてきたし、春彦も同じだ。けれど今、行儀なんておかまいなしに路上で菓子パンを齧り、指についたクリームを赤い舌で舐めとる彼女を目の当たりにして、下腹部がぎゅっとした。体温が上がり、脈が速くなる。え、何これ？　とまどいながら、自分も大きく口を開けて菓子パンにかぶりついた。サクサクのデニッシュ生地にこれでもかと盛られた生クリームはミルクの匂いがして、チョコレートと一緒に舌の上で溶ける。チョコレートの上にまぶされたクランチのザクザクした食感も快感だ。だが何よりも甘い。脳がぐずぐずになるくらい甘くて、快楽物質がものすごい勢いで脳内に分泌されていく。

「これ、悪魔の食べ物ね」

「大丈夫ですよ。どうせ今日は悪魔に何回も魂を売ることになりますから、このパンひとつくらい何てことないです」

自宅マンションに到着し、まずは二人ともよく手を洗った。キッチンの調理台にエコバッグを置いたせつなは、大鍋に湯を沸かし始めた。

「よくアニメで海賊的な人たちがかぶりついてる大きな骨付き肉、あるじゃないですか。あれが食べたいってリクエストされたことがあったんです」

大型のボウルを出したせつなは、チューブ入りのニンニクと生姜《しょうが》、醬油などの調味料を次々と放り込み、薄切りロース肉と切り落とし肉を入れて揉みこんだ。あいかわらずすばやい。その後、牛肉が山盛りに漬け込まれたボウルはいったん脇に置かれて、次にまな板に現れたのは骨付き鶏もも肉だ。せつなは余分な脂を包丁で切り取った鶏もも肉を関節で切断して、塩、コショウをまんべんなく擦り込んでいく。売れっ子エステティシャンのような、なまめかしくさえある手つきだ。

せつなは下味をつけたもも肉のうち、骨が突き出している足先の部分を四つ、ポリ袋に入れた。ちょうど熱めのお風呂くらいの温度になっていた鍋の湯に、よく空気を抜いたもも肉入りポリ袋を沈める。

「お湯で加熱するの？」

「加熱というより、肉を中心部まで温めるんです。冷たいまま分厚い肉を焼くと、骨の周りは生焼けになったりするので」

なるほど、さすがプロは細やかだ。感心している間に、せつなは冷蔵庫の中段の扉を開けた。バターをとり出すついでに、彼女がさり気なくドアポケットに視線をやったことに薫子は気づいた。

「もう飲んでないわ。どこかの誰かさんにチューハイを全部捨てられてから、一度も」

飲みたい、と思うことは今でもある。とくに気分が落ち込んでいる日、自分がこの世の誰からも必要とされていないと思える日、仕事帰りにスーパーに寄って色とりどりのロング缶を目にすると、つい手をのばしそうになる。けれどそんな時は、きれいに洗われた空き缶がシンクにずらりと並べられた光景を思い出すと、自然と手が引っ込むのだ。

不敵な料理人は目をまるくした。

「そんなことをする人間がいるんですか？　びっくりですね」

「あら、よろしかったら洗面所へお行きになって？　すぐに会えましてよ」

湯煎でもも肉を十分程度温めたあと、せつなはオーブンを百二十度に設定して予熱を開始し、コンロにはフライパンを置いた。お湯で温められてうっすらと表面が白くなった足先の肉を四つ、フライパンに並べる。ふたをして弱火でローストしながら、せつなはまな板に残っていたもも肉を指さしてみせた。

「こっちの肉はフライドチキンにしようかと思うんですけど大丈夫ですか？　薫子さん、もう揚げ物はもたれます？」

「ナチュラルに年寄り扱いしてくるわね。舐めないで、フライドチキンくらいへっちゃらよ。じゃんじゃん揚げなさい」

　せつなはフライパンのチキンを時々ひっくり返し、ふたの内側につく水滴をふき取りながらローストチキンを作る一方で、ボウルに牛乳、卵、ニンニク、ケチャップ、ウスターソース、カレー粉、蜂蜜など、魔法の薬でも作るかのように様々な調味料を入れ、もも肉を漬け込んだ。それが済むと今度はラップを大きく広げ、たれに漬け込んでいた牛の薄切りロース肉を丁寧に敷いて、その上に切り落とし肉を偏りがないように広げていく。そして飴色にローストした骨付きチキンを、骨の端が牛肉の両側から飛び出るように二つずつ配置して、太巻きずしを作るように巻き込んで成形していく。

　薫子は横からのぞきこみながら、ときめきが抑えられなかった。できあがっていくのは、確かにアニメや漫画などによく登場する例の大きな骨付き肉だ。中学生くらいの頃、金曜日の夜にテレビで放映されたアニメ映画に、海賊がこんな肉にかぶりついているシーンがあった。それがものすごく美味しそうに見えて、口の中にあふれてきた唾液を呑み込んだ思い出がある。膝に抱っこしたちっちゃな春彦も、楽しそうに足をパタパタさせていた。絹糸みたいにやわらかくてさらさらした幼児の髪に、照明の光が天使の輪を作っていた。

　予熱したオーブンで二十分強、肉を焼く。その間にせつなは買い込んできたじゃがいも、かぼちゃ、アスパラ、人参をフライパンで蒸して温野菜を作った。レタスは洗って水気をとり、大ぶりの皿に敷きつめる。そして、ついにオーブンが焼き上がりの陽気なメロディを奏でた。

さわやかな緑のレタスの上に、ぎょっとするほど大きな骨付き肉が二組置かれた。仕上げに、つやつや光る香ばしい醤油ベースのたれをたっぷりとかける。

「フォークとナイフは？」

「何言ってるんですか、これはかぶりつかないと意味ないです」

テーブルで向かい合ったせつなは、巨大な肉の両側に突き出した骨を両手でつかむなり、歯で肉をむしり取るように齧ってみせた。こんなに野蛮に肉を齧る女を見たのは生まれて初めてで、薫子は呼吸もまばたきも忘れて見入った。せつながソースと脂に濡れた唇を薬指の先でぬぐい、それを舐めとるのを見た時、どきりと心臓が跳ねた。衝撃は体のもっと奥まったところにまで響き、じんと下腹部が熱くなる。努力と秩序に統制されてきたこれまでの人生では味わったことのない感覚に混乱しながら、目の前で肉を齧るひと回りも下の女から目を離せずにいると、ビターチョコレート色の目がこちらを見た。

「どうしたんですか？　熱いうちに食べないと美味しさ半減ですよ」

巨大肉を載せた皿を押し出された時、自分の腹部にわだかまる熱の正体に気づいた。これは欲望だ。それも、いまだかつて感じたことがないほど強烈な。飢餓感に近いものがこみ上げて唾が湧き出し、突き出た骨を両手で握って、大きく口を開けてかぶりついた。熱い、というのが最初に感じたこと。ずっしりと分厚い肉の歯ごたえ。一瞬、そんな経験などあるはずがないのに、森で仕留めた獲物を焚《た》き火で焼いて食べた記憶がよみがえるかのような心地になった。

滴り落ちてくる肉汁とソースが絡まって、口いっぱいに濃厚な旨みが広がっていく。肉を頬張りすぎて声が出せなかったが、せつながふき出したので、表情だけで言いたいことは伝わったのだろう。

これを作ってもらって大喜びし、齧ってまた嬉しがる春彦の姿が、今目の前で見ているかのようにありありと思い浮かぶ。鼻の奥がツンとする。会いたい、と胸が痛む。会いたい、と思いながらまた大口を開けて肉に齧りつく。肉を食らうたびにアドレナリンがあふれてくるようだ。「野菜もどうぞ」とせつなに言われて口に運んだ温野菜は、どれも甘くてほくほくで、暴走しそうな欲望をやさしくなだめてくれた。

「猛烈に飲みたくなるわ、これ」

「そういう時はさらに肉を流し込めばいいんですよ。そろそろフライドチキン、いっていいですか」

「う、ちょっと待って。もう結構、このお肉だけでお腹が……」

情けないとばかりに鼻を鳴らしたせつなは、キッチンへ行ってしばらくすると、以前にパフェを作ってくれたビアグラスを持って戻ってきた。グラスを満たす美しい黄色の液体はしゅわしゅわと炭酸を弾けさせ、雲のような白い泡が立っている。どこからどう見てもビールで、困惑しきりでいると、せつなが涼しい顔で言った。

「ビールじゃないですよ。冷蔵庫にあったリンゴジュースに、野菜室にあったリンゴをすりおろして入れて、炭酸水で割りました。泡の部分はゼラチンです」

「ゼラチン？　これが？」

「水にふやかしてレンジで加熱して、冷やしながら泡立てるとすぐにできるんです。あとはリンゴソーダに泡をのっけて完成。リンゴは消化吸収を助けてくれますから、もう胃腸が若くない薫子さんにもぴったりの飲み物です」

「あなたいちいち針を刺してくるわね。でも、ありがとう」

「フライドチキンは揚げて冷凍しておきますから、食べたい時に解凍してください」

「いいわよ、自分で揚げるから」

「自分のためだけに揚げ物するのって面倒でしょう」

せつなは腰を上げてキッチンに向かった。カウンター越しに、彼女の背中がまっすぐに伸びた後ろ姿が見える。コンロに揚げ物鍋をセットする音。油を注ぎ、火を点ける音。不意に強く胸が締めつけられて、薫子は目の奥にこみ上げたものをこらえた。

公隆もおらず、春彦もいなくなって、これからはひとりで生きていく。それは、少しずつだが受け入れられている。ありがたいことに安定した職もあり、希望する限りは住み続けられる家もあり、きっと、何とか生きてはいけると思う。

でも、どうしようもなく、さびしいのだ。

いつもどこか寒い心に、誰かが自分のために料理をしてくれることが、たまらなくしみるほど。

「私は、子供を欲しいと思ったことがないです。それはこれからも変わらないと思います」

せつなは背中を向けたまま調味料に漬け込んでいた鶏もも肉をバットに並べ、小麦粉をまぶしていく。

「……それはどうしてなのか、訊いてもいいの？」

「欲しいと思えないから、としか答えられないですが。生まれてくることがいいことなのか私にはわからないし、子供本人に自分が育つ環境も選ばせずに、こんなにどんどん壊れていくような世界に何十年っていう人生を背負わせて生まれさせる。それは、すごく理不尽なことだと私は思います」

責められている、と思った。彼女の言うことを、自分も考えたことがないわけではない。子供を産むということは結局のところ親のエゴだと薫子も思う。それでも、いったいどこから噴き上げてくるのか自分でもわからない渇望と焦燥に駆られて、最先端の医療技術を金で買い、肉体の老いと運命に逆らって子供を得ようとした。自分は親となるに値する人間なのか、この世にひとつの命を生み出し、その存在に全責任を負うことができるのか、そもそも産むという行為は正しいのか、本当なら考え抜かなければならないことに答えを出す前に、時間がない、時間がないと思考を停止させ、ひたすら自分の子宮に命を宿らせることだけを考えた。

そんな自分の欺瞞は棚に上げ、懸命に子を育てる女性を妬む女を、彼女は軽蔑しているのだと思った。

「でも、薫子さんを見ていると思います。この人は、生きていくことには価値があると信じているんだなって。もしも子供を持ったら、その子を幸せにするために全力で闘うんだろうし、こんな人のところに生まれる子供はもしかしたら、『生まれてきてよかった』と思うのかもしれない」

ピピッ、と高い電子音が鳴った。コンロのセンサーが、熱していた油が設定温度に達したことを知らせる音だ。

「あなたは自分をかなり見下げているように言いますけど、少なくとも春彦さんにとってはそうじゃなかった。誠実な努力家で、まっとうにへこたれては不屈のレスラーみたいに立ち上がる人だって、よく話してました。私も顔合わせの時、なるほどなと思いました。ご両親が私につまみを作れと言った時、すぐに取りなしてくれたのは薫子さんだったので、今もわりと嫌いじゃないです」

銀色のバットを手にしたせつなが、粉をまぶした肉たちを油に投入していく。じゅわっと水気と油がせめぎ合う激しい音があがり、次第に軽やかな音色に変わっていく。つなぎ服を着た後ろ姿が水に沈むようににじみ、薫子はそれがあふれ出さないようにこらえながら、巨大な骨付き肉に齧りついた。頰張り過ぎて喉を詰まらせてしまったが、甘酸っぱいビール風リンゴソーダで口を洗い、また勢いよく肉にかぶりついた。

仕事があり、家があり、いつか自分のもとに生まれてくる子のために貯めていたお金もあり、きっとこれからも生きていくことはできる。

だけど、私はそれだけでは心をたもてない。

おまえはそこにいてもいいのだと、誰かに認めてもらえなければ、自分が生きることを肯定できない。

彼女はそれを察したのだろうか、それとも知らずにその言葉をくれたのだろうか。

わりと嫌いじゃないというぶっきらぼうなひと言で、今、命をつないだ。

その言葉だけで、この先一ヵ月くらいは、きっと何が起きても生き延びられる。

2.

朝目を覚ましたら、サイドテーブルに置いた黒いベルベットのジュエリーケースを手にとり、エメラルドをながめるのが習慣になった。

「穴、ふさがっちゃったもんな」

公隆が出て行ってひさしい今では、ひとり言も恥ずかしくなくなってしまった。弟の形見のようなピアスに呟きかけながら、自分の薄い耳たぶをつまむ。

高校生の頃、クラスの人気者だった女の子が校則違反のピアスを開けていた。薫子は彼女とはほとんど話すこともない仲だったが、大人を恐れない姿がかっこよくて、ひそかに憧れていた。それで彼女を真似て穴を開けたことがあったのだ。当時は二十世紀末、ピアッサーのようなものはすでに売られてはいたが高校生のお小遣いではためらう値段だったので、まわりの女の子たちがしていた方法に薫子も倣った。氷で冷やして耳たぶの感覚を麻痺させ、安全ピンで穴を開ける。

怖かったし痛かったが、鏡をのぞいて自分の耳たぶに小さな石のピアスがはまっているのを見ると、明るい高揚感があった。それまで学校の決まりも親の言いつけも破ることなく生きてきた。そういう自分を恥じたわけではないが、窮屈さを感じてはいたのだ。しょっちゅう鏡をのぞき、髪で隠したささやかな反逆のしるしを見るたびに、自分が誰にも支配されない人間になれたような気がして誇らしかった。

けれど一ヵ月も経たないうちに父にピアスを見咎《みとが》められた。頰を打たれて、ピアスを無理やり引っこ抜かれた。母も「あなたが悪いんでしょ、高校生のくせに色気づくのは早いわよ」と言うだけでかばってはくれなかった。もちろん自分がルールを破ったのだ、それはわかっている。でも。悔しさと、それよりずっと強い恥ずかしさとかなしさで居たたまれず、部屋でうずくまって泣いていた。

あの時、春彦は五歳くらいだったと思う。幼い弟は姉のそばに来ると、ぺたんと座り込んで、やさしく頭を撫でてくれた。いつまでも、ずっとそうして慰めてくれたのだ。

あの時、自分までかなしそうな顔をしていた小さな春彦を思い出し、美しいエメラルドが涙でぼやけた。目もとを拭い、ジュエリーケースをそっとサイドテーブルに戻して起き上がる。

リビングに行って、バルコニーに通じるガラス戸の前に置いたアガベ・ベネズエラの鉢植えを観察する。水をやったのは十日前で、今は土が乾いている。「土が乾いたら鉢の底から水がしみ出してくるまでたっぷりと水をやりましょう」という説明書の指示通り、百円ショップで購入したじょうろで、鉢の下に敷いた皿に水がしみ出してくるまで水をやった。最近、家族のような親しみを感じ始めている異国の植物の肉厚の葉にふれながら、そっと話しかける。

「あなた、どうしてあの子にこれを贈ったの？」

花は数十年に一度しか咲かないが、暑さにも寒さにも強く、たまに水をやればほったらかしにしていても丈夫に育つ植物だという。まめに世話はできないが生活にささやかな彩りが欲しい、という人間には好ましい同居人だ。ただ、春彦の意図がわからない。いったいどんな意味を込めて、遺産とはまた別に、誕生日でもない元恋人にこれを贈ったのか。しかも相手の住所くらいわかっているだろうに、わざわざ姉に託した。

春彦。私にどうしてほしかったの？　何を考えていたの？

問いかけたところで答えは返らない。答えてもらえなくとも問わずにいられない。

胸のつかえを抱いたまま、着替えをして、メイクをして、仕事に行く。


土曜日、薫子は朝九時半にカフネのオフィス前でせつなと落ち合い、彼女が運転する軽トラで午前の訪問先に向かった。

今回のチケット利用者は中野《なかの》氏、三十歳の男性で、2LDKのマンションに二歳の男の子と暮らしている。マシュマロみたいな頬をした男の子は、家にやってきたジャージ姿のおばさんと黒いつなぎ服の眼光鋭い女を見るなり「うぎゃー！」と宇宙人が攻め込んできたかのように大泣きしてしまい、泣くだけ泣くとくたびれたのか、父親に抱かれたまま眠ってしまった。二歳児の泣き声のパワーに圧倒されていた薫子は、気を取り直してリビングの窓を開け、まずは床に散らばった衣類を拾って服の種類ごとに畳むところから始めた。リビングと続きになったキッチンへ直行したせつなは、あいかわらず猛烈な速さで食材を刻み、料理を作っている。

息子を隣の部屋に寝かせて戻ってきた中野氏は、所在なげにソファに座ると、ぽつぽつと話し出した。本当はずっと誰かに吐き出したかった、というように。

「会社の知り合いとか友人には、妻は体調が悪いから実家で休養してるって話してますけど、本当は突然出ていったんです。俺が会社に行ってる間に、子供を俺の実家に預けて、そのまま消えたんです。最初は事故に遭ったり、事件に巻き込まれたりしたんじゃないかって気が気じゃなかったけど、妻の友達から連絡があって、うちに泊めてるから心配いらない、でも俺には会いたくないって言ってるからしばらくそっとしておいてほしい、って。――なんでそんなことになったのか、全然わからないんです。俺が何かした？　俺の何かが悪かった？　訊きたくても、メッセージも電話も無視されるし、本当に何が何だか、今でもわからなくて」

話を聞くうちに片付けの手が止まってしまっていた。同じだ。いきなり離婚を切り出されるまで、自分も公隆の気持ちに何ひとつ気づいていなかった。気づいた時にはもう、修復することすら叶わないところまで相手にとって自分は価値のない存在になってしまっていた。

「それなら今は、会社に行きながら家事もして、ひとりでお子さんのお世話をしてらっしゃるんですね。大変でしょう。息子さん、まだお小さいし」

「はい……正直、もうくたくたで。それで会社の先輩に家事代行を勧められたんですけど、でも家事って、やっぱり人にやってもらうのは恥ずかしいんじゃないかって気がして、それで、一度試してみろってこちらのチケットをもらって」

「そうですね、家事くらいもっとがんばればできるって思いがちだし、ハウスキーパーを雇うなんてお金持ちの人だけだというイメージがありますよね。でも、お金を出して家事をしなくていい時間を買って、お子さんと自分の心を守るために使うと思えば、すごく効率的なお金の使い方なんじゃないかと私は思いますよ」

まるでカフネの社員のような顔をしてこんなことを話していれば、キッチンにいるせつながいつものように何か言ってくるのではないかと思ったが、今日の彼女は寡黙だった。中野氏と薫子が何を話そうが一切口を挟まず、黙々と調理を続けていた。

せつなが作った料理は、鮭と豆腐で作ったハンバーグ、揚げたてを急速冷凍した小さめコロッケが大皿山盛り分、鶏むね肉にマヨネーズ、味噌、コーンを絡めて焼いたチキンナゲット。野菜とミートボールがごろごろ入ったカレー、さつまいもスープ、卵味噌と、親子がそろって美味しく食べられるように配慮されているとわかる料理が並んだ。

最後にせつなは、お茶碗で型抜きしたチキンライスとタコさんウィンナー、ミニオムレツ、ミニトマトとブロッコリーのサラダがきれいに配置された大小ふた皿のお子様ランチをテーブルに並べ、中野氏に淡々と言った。

「お昼ごはんにどうぞ」

その後、近くのファミレスで昼食を取ったが、せつなはいつもより口数が少なかった。元々必要な時しか口をきかない彼女なので気のせいかもしれないが。

「さっきのおうちの奥さん、本当のところ何があったのかしらね」

「さあ。訪問先のことは詮索無用ですから」

素っ気ないのもいつものことで、もう慣れっこだ。そうね、と答えて薫子はヤリイカの明太子クリームパスタをフォークに巻きつけた。もち麦ご飯の牛すじカレーをスプーンですくっていたせつなが「でも」と呟いた。

「部外者には何があったかわかりませんし、それだけの理由があったんでしょうけど、それでも黙って出ていくのは、無しだと思います。人間なんてただでさえ行き違うものなんだから、言葉で伝えることまで放棄したら、相手にはもう何ひとつわからない。奥さんにはそういうつもりはないのかもしれないし、伝えることもできない精神状態だという可能性もあるけど、私には、黙っていることで旦那さんを痛めつけているように見えます。それに、子供は、置いていかれたことをきっとずっと忘れないと思う」

かなり驚いていた。初めてではないだろうか。彼女が、こうやって個人的な感情のこもった言葉を発したのは。

「そうね……気づかないことがもうだめだったのかもしれないけど、それでも、話してくれたらって思うわね。一度だけでも、一緒にいるために、だめなところを直す機会をもらいたい。努力さえさせてもらえないのは、つらいわね」

中野氏の家庭をダシにして自分のことを話してしまっている自覚はある。でも、やはり今でも思ってしまうのだ。公隆に、何を思っているのか話してほしかった。なぜ別れたいと思ったのか、教えてほしかった。せめて一度だけでも、とことん話し合わせてほしかった。

せつなはそれきり口を開かず、黙々とカレーを食べていた。仏頂面は何となく、個人的なコメントをしたことが不本意だというように読み取れた。薫子は、色んな意味で頼もしいので忘れそうになるが、自分よりも一回り年下である彼女を見つめた。

「話すことは大切だから伝えておくけれど、あなたの作る料理、いつも感心して見てるわ。そのおうちの人のことをよく考えて作ってるってわかる。今日は、カレーのお肉がミートボールだったところがよかったわね。お子さん、きっと喜ぶと思う」

スプーンを止めたせつなは、それはもう盛大なしかめ面を向けてきた。

「小学校の先生みたいな上から目線やめてもらえませんか」

「ごめんなさいね。私、あなたと違って素直なので思ったとおりに口にしてしまうの」

「そうですね、人の血の色をモスグリーンとかコバルトブルーとか貶《けな》してましたね」

言い合いながら、頭の中で数えてみる。――弟と付き合い、そして別れた。弟は彼女に遺産を渡したいと望んでいた。それを彼女は拒んだ。つなぎ服しか着ない。いつも戦闘員みたいなごついブーツを履いている。髪は絶対におだんご。凄腕料理人であること。普段はふてぶてしいくせに、料理をする時はとても真摯であること。本当は繊細な心を持っていること。

自分がこうして知っている彼女は、彼女のすべての何分の一なのだろう。


午後のチケットの依頼者はシングルで中学生の息子と小学生の娘を育てている母親で、薫子とせつなは市営住宅の三階の部屋を訪ねた。

カフネでは、チケットの二時間は家主に自宅内にいてもらうことを求めている。トラブル防止や、不測の事態が起きた時の情報共有と迅速な対応のためだ。

けれど薫子が押した呼び鈴に応じてドアを開けた少年は、硬い表情でこう言った。

「すみません。母は急に休日出勤になって、少し前に出かけました」

え、と声をもらした薫子はかたわらのせつなをうかがった。こういう場合、カフネがどんな対応をするのか聞いていていない。

せつなは、相手がまだあどけなさを残した少年だからだろう、普段よりいくらかやわらかい口調で応じた。

「それでは、また後日改めてうかがいます。チケットに期限はありませんから、都合のいい日にまた連絡してくださいとお母さんに――」

「いえ、俺が代わりに立ち会うので、予定どおりにお願いします」

少年の口調は強かった。

「それはできないんです。万が一のことが起きた時のためにも、家庭の責任者がいない場合は、私たちはお宅に上がることができない決まりなんです」

「トラブルとか、そういうのだったら絶対にならないし、なったとしても責任取れとか言いません。予約してたとおりにお願いします」

何か変だと薫子が感じたように、せつなも何かを嗅ぎとったはずだ。それが少年を見つめる彼女の表情からわかった。しばらく間を置いてから、せつなは言った。

「わかりました。それではお邪魔します」

ちょっと、と驚いて袖を引っ張る薫子には目もくれず、せつなは少年に案内されていく。

玄関の向こうはすぐにキッチン、ダイニングスペースになっていた。広さは五畳程度だろうか。シンクはビニール袋やペットボトル、プラスチック容器に占領されてしまっており、使用済みの皿も積み重なっている。掃除はここを真っ先にしよう、そうでなければせつなが調理に取りかかることができない。もうチケット訪問も六軒目なので、反射的にそういう段取りを考えるようになっている。

少年はキッチンスペースの奥にある二つのドアのうち、ひとつを指して、この向こうは風呂とトイレだと説明した。もうひとつのスライドドアを開けると、こちらは六畳程度の畳敷きの部屋だ。壁際に積み上げられたカラーボックスには、子供向けのカラフルな本や、ぬいぐるみやおもちゃ、女性もののバッグや書類の束、メイク道具を入れたかごなどが入れられている。

部屋のすみに設置されたテレビのかたわらには、薄紫色のランドセルと、黒のスクールバッグが並べて置いてあった。

部屋の中央に置かれたローテーブルでは、まんまるのマッシュショートの幼い女の子がノートを広げて熱心に絵を描いていた。ノートの下からはみ出したドリルに『かんじ　一年生』と書いてある。

少年が「ののか」と呼ぶと、女の子はぱっと顔を上げた。

「あいさつ」

「こんにちは……」

人見知りしているような小さな声が愛らしくて、薫子は頬をゆるめながら「こんにちは」と挨拶を返した。「ののかはどんな字を書くの？」と訊ねると、女の子はきょとんとしてしまい、代わりに少年が「ひらがなで、ののかです」と教えてくれた。ちなみに彼は西川《にしかわ》拓斗《たくと》、中学三年生だという。

こんな会話をしていてもちっともせつなが加わってこないので怪訝に思うと、せつなはいつの間にか台所に移動して冷蔵庫を開けていた。薫子は「少しごめんなさいね」と兄妹に社会人の笑顔を向け、つかつかと近づいておだんご頭の料理人を小声で叱りつけた。

「あなたね、挨拶くらいきちんとなさいよ。私たち大人が子供たちのお手本にならなくてどうするの」

体を屈めて冷蔵庫をのぞくせつなは無言だ。ちょっと、シカト？

「それに、本当にこのまま始めるの？　私は常盤さんに一度連絡すべきだと思うわ。やっぱり子供たちしかいないところに上がり込むのはどうかと思う。何か問題が起きた時、私たちだけじゃなく常盤さんやカフネ全体の問題にもなりかねないんだし――」

せつなが冷蔵庫のドアを閉めて体を起こし、その険しい横顔を見た薫子は言葉を切った。

「……どうしたの？」

せつなは無言でシンク下に置いていた調理道具一式が入ったバッグから使い込まれた大きなフライパン、まな板、包丁を出し、フライパンはコンロにセットする。かと思えば食材が詰め込まれた段ボール箱からキャベツをとり出して、猛然と千切りにし始めた。

「薫子さん。すみませんが、水回りきれいにしてもらっていいですか」

包丁のスピードは一切落とさずに言うせつなの迫力に気圧されて、薫子はゴム手袋をはめて食器を洗った。手早くごみ類を袋に放り込み、調理器具を優先して洗い、三角コーナーに溜まっていた生ごみも取り除いて、せつなが台所を使いやすいように整えていく。洗いたてのザルにキャベツの千切りをあけたせつなは、ボウルに小麦粉、卵を入れて水と牛乳でゆるめに溶き、段ボール箱から出した乾燥小エビ一袋とキャベツの千切りを加え、混ぜ合わせた。そこで薫子にもせつなが凄まじいスピードで作っているものがわかった。せつなはフライパンでサラダオイルを熱すると、おたまですくったタネを焼いていく。やや小ぶりのサイズと、大きいサイズの二枚だ。じゅわっと景気のいい音があがると「何か作ってる！」とののかの声がスライドドア越しに聞こえてきた。たしなめるような拓斗の声も。

薫子は洗い物を続けつつ、せつなの調理の進捗に注意し、せつなが両面をこんがりと焼き上げたところで、手術助手のようにさっと皿をさし出した。お好み焼きのサイズに合わせて、小さめと大きめの皿を二枚だ。せつなは熱々のお好み焼きにたっぷりのソースをかけ、マヨネーズで繊細なレースのような模様を描いた。仕上げに削り節をたっぷりと。青のりは食材セットに入っていなかったので省略だ。

「おやつだよ。食べて」

兄妹がいる和室にのしのしと踏み入ったせつなは、にこりともせずテーブルに二枚の皿を置いた。小さな皿はののかの前に、大きな皿は拓斗の前に。兄妹はどちらもびっくりした猫のような顔をしていて、とくにつやつやのソースとマヨネーズがたっぷりかかったお好み焼きを見つめるののかは、大きな目が落っこちそうだ。

「いいの?」

「いいよ」

「ほんとにいいの?」

「ほんとにいいよ。ねえ、あなたの好きな食べ物は何?」

しゃがみこんだせつなに訊ねられ、ののかは箸を握ってそわそわしながら答えた。

「ピザ」

「ピザか。私も好きだよ。土台がカリカリのクリスピーより、ふかふかしてるパンタイプのほうが好きだな」

「ののはカリカリのほうがぜったい好きですね」

力強い主張を聞いたせつなが破顔した。やさしい笑顔だった。「冷めないうちにどうぞ」と促されて夢中でお好み焼きを食べ始めた妹の隣で、拓斗は唇を引き結んだまま箸を取ろうとしない。せつなは彼のほうに首をめぐらせた。

「昨日の夕ごはんは何を食べた?」

返事は数秒後だった。

「パンとか」

「そっか。今日の朝ごはんは?」

「……母が、休日出勤になったので」

せつなはコメントしないまま小さく頷くと、腰を上げた。

「あなたは何が好き? 何が食べたい?」

「別に。何でもいいです」

「自分の食べたい物も主張できないで、この先どうやって弱肉強食の社会で生きていくつもり?」

腕組みしたえらそうな女に見下ろされ、さすがに拓斗もカチンときたようだ。

「好きなもんとかいきなり訊かれても知らないし、だいたいあれが好きって言ったら、それ何でも作れるんですか?」

「もちろん作れるものと作れないものがある。それを判断するためにあなたの意見を訊いた。私はあなたたちのための料理を作りに来たから」

湯気を立てるお好み焼きを見つめ、唇を引き結んだ拓斗は、ぼそっと言った。

「オムライス」

「卵ふわとろタイプ? 薄焼き卵でくるんであるタイプ?」

「……薄い卵焼きがケチャップご飯の上にのってるやつ。くるんでない」

「わかった」

短く答えるなりせつながこちらにやって来たので、戸口にいた薫子は外に出た。

スライドドアを閉めてから、子供たちに聞こえないよう、慎重に声をひそめる。

「やっぱり常盤さんに知らせるべきだと思うわ。急に仕事が入ったなら、普通は連絡を入れてくるものでしょう？　それにさっき冷蔵庫をのぞいたけど、中身が――」

「言いたいことはわかってます、今からトキさんに連絡します。その間に薫子さん、お願いがあるんですが」

お願いなんて殊勝な言葉が不敵な料理人の口から出てきたものだから面食らった。せつなはつなぎ服のポケットからミニ財布を出し、さし出してきた。

「ここに来る途中にあったコンビニで、ピザ用チーズと、スイートコーンと、ウィンナーを買ってきてもらえませんか。ちょっと距離がありますけど、ボランティアの薫子さんをひとりで訪問先に残して私が外出するのはうまくないんです。お使い立てして申し訳ないですが」

「そんな水臭いこと言わないでよ、らしくもないわね。お金も私が出しますから」

財布を突っ返すと、せつなは眉を吊り上げた。

「余計なことしないでください、薫子さんは買い物だけしてくれたらいいですから」

「チケットって、あらかじめ用意された食材で料理を作り置きしてくるのよね。でもあなたは自分の持ち出しで材料を追加しようとしてる。それがあとで発覚したら、それこそうまくないことになるんじゃないの？　その点私は外から来たボランティアだから、多少好き勝手したってへっちゃらよ。公務員はお金をもらうことには注意しなきゃいけないけど、払う分には問題ないし」

「いいですってば、これは私が勝手にすることで――」

「ごちゃごちゃ言ってないでさっさと常盤さんに連絡してお料理して。二時間しかないんだからね」

腰に両手を当てて凄むとせつなは口をつぐみ、その間に薫子は自分のバッグを持って外に出た。降ってきた陽射しの強さに、思わず目の上にひさしを作る。軽く屈伸運動をして筋肉をほぐしてから走り出した。陸上部に所属していたのは中学生の頃で今やすっかり運動不足だが、走るうちに感覚が戻ってきて景色がぐんぐん流れていく。よく似たデザインの平屋が並んだ通りの原っぱで、元気な黄色のたんぽぽがたくさん咲いていた。

常にクールなはずのせつなが、今、いつになく感情的になっている。ルールを破って幼い兄妹しかいない家に上がり、身銭を切って二人のための食材を買おうとする。

自分はチケットのパートナーとして、年上の人間として、止めるべきだっただろうか。気持ちはわかるが感情に流されるな、と諭すべきだっただろうか。

けれど、そもそもチケット自体が、常盤斗季子という女性の個人的感情から始まったものだ。お腹がすいていることと、寝起きする場所でくつろげないことはだめ。子供も大人も関係なく、どんな人にとっても。せつなも含め、それに共鳴する人々が集まり、毎週土曜日のささやかな活動になった。

コンビニでせつなに頼まれた食材をかごに入れたあと、薫子は余計なお世話と知りつつ、電子レンジで温めるだけのパックご飯と、瓶入りのなめ茸、鮭フレーク、色んなレトルト食品、ゆで卵なども追加した。とにかく日持ちして食べるのも簡単な、勝手に冷蔵庫に入れてもあまり迷惑にならない、いざという時には子供たちだけでも食事ができるものを。レジ待ちの列に並ぶと、すぐそばにお菓子類の棚があり、薫子はチョコレートでコーティングされたビスケットの箱と、コンソメパンチ味のポテトチップスの袋もかごに入れた。

自分は外から来た他人だ、本当のところはわからない。本当に母親は想定外の出勤が必要になり、カフネに連絡するのも失念するほどあわただしく出かけて行ったのかもしれない。しっかり者の長男に、このあと家事代行サービスの人たちが来るから代わりに立ち会って、と頼んだのかもしれない。それは、多少の問題はあっても、おかしな話ではない。

それでも、冷蔵庫の前に立ち尽くすせつなの姿が頭から離れない。

醤油のミニボトルとマヨネーズ以外何も入っていない、空っぽの冷蔵庫を見つめるせつなの横顔は、声もかけられないほど険しく、それ以上につらそうに見えた。

薫子が買い物から帰ると、猛スピードで野菜を刻んでいたせつなは殊勝にお礼を言い、「とりあえず続行の許可は取りました。親御さんには引き続きトキさんが連絡するそうです」と話した。まだ不安要素はあるものの、やると決まった以上は全力を尽くす。ジャージを腕まくりして風呂場とトイレの掃除を済ました薫子は、埃が立たないようにウェットペーパーをとり付けたモップで台所の床を磨いた。その後は、兄妹がいる居間に「ごめんください、失礼しますね」となるべくにこやかに入室した。しかし、兄の拓斗がローテーブルに問題集とノートを広げているばかりで、ののかの姿がない。あたりを見回す薫子に、拓斗が気まずそうにテーブルの下を指してみせた。

「すいません、こいつすぐに眠くなるんです。しかも変なとこで寝るの好きで」

ローテーブルの下をのぞきこむと、体をまるめたののかが座布団を枕にしてすやすや眠っていた。星柄のブランケットが、小さな体にかけてある。

「ここで寝るなって何回言ってもだめで」

「私も歳の離れた弟がいるんだけどね、小さい頃、どうしてこんなところで？　って思うような場所でお昼寝してることがよくあったわ。一番びっくりしたのが物置に積んであったタイヤの中。タイヤって穴が開いていて、四つも重ねたら結構な深さになるでしょう？　あの中にすっぽり入ってたの」

目をまるくした拓斗が、口もとをほころばせた。大人びた笑い方をする子だ。薫子は「なるべく静かにお掃除させてもらいますね」とひそひそ声で言い、斗季子が用意してくれていたお掃除キットの段ボール箱を開けた。ここにしっかりと「畳用おそうじシート」というものが入っているのである。床に置かれている雑誌や開封済みの郵便物を一時避難の段ボール箱におさめてから、シートで畳を拭いていく。

「あの、手伝うことないですか」

「大丈夫です。気にしないで……って言われても気になってしまうと思うけど、ゆっくりしていて。これはそういう活動だから」

拓斗は少し黙ってから「あの」と声を落としてまた言う。

「本当に、お金とか大丈夫なんですか」

「ええ、いただきませんよ」

「なんで、こういうことしてるんですか」

こういうこと、というのは無料で二時間の家事代行を行うことを指しているのか。それは薫子個人の動機を訊ねているのか、それとももっと大きくカフネの理念を問うているのか。彼はどんな気持ちからそんなことを訊ねるのか。考えたほんの二、三秒の間に「すみません、何でもないです」と拓斗は早口で言い、数学の問題を解き始めた。

チケットは、予定の四時を三十分ほどオーバーして終わった。

「この炊き込みご飯おにぎりは、冷凍するから食べる時に電子レンジで二分温めて。あっちのタッパーは、ごぼうと大根と人参のきんぴら、小松菜とツナの胡麻和え、揚げ焼きにした鮭にタルタルソースをかけたやつ。こっちは卵シリーズで、味付け玉子六個と、卵と味噌を煮詰めたもの。ご飯は自分で炊ける？　これ、白いご飯にのせて食べると美味しいから。卵はすごく体にいいからきちんと食べて。あと――」

拓斗を台所に呼んで作り置き料理の説明をしたせつなは、ラップをかけた三枚の皿を指した。楕円形に成形したチキンライスに、薄焼き卵をふんわりとかぶせたオムライスだ。二つは大人用の大きさで、一つは少しだけ小さい。

「こんな感じで合ってる？」

拓斗は伏し目がちに、小さく頷いた。

「これも食べる時に電子レンジで温めて。こっちは一分くらいでいい。ただ、今日の夕ごはんは妹さんに譲ってあげて」

せつなはコンロにセットした鉄製フライパンのふたを開けた。拓斗が驚いたように声をこぼした。後ろからのぞきこんだ薫子もやはり驚いた。

フライパンいっぱいに入っていたのはピザだ。ピザとはオーブンまたは石窯で焼くもの、と思い込んでいた薫子はまずフライパンの中のピザという図に面食らった。薄いクリスピー生地には、スイートコーンとウィンナー、そしてチーズがたっぷりとトッピングされている。薫子はテーブルの下でブランケットにくるまって眠っている小さな女の子を思い浮かべた。きっと、喜んでくれるだろう。

「普段料理ってする？」

「……卵焼きくらいならたまに」

「上出来。夕ごはんの時、このふたをしたまま中火と弱火の中間の強さで五分間加熱して。最後に強火で十秒間。そうするとカリッと仕上がる。ちなみにこのフライパン、本体もふたも鉄で熱くなるから、絶対に素手でさわらないで。妹さんにもさわらせないように重々気をつけて。焼き上がったら、必ず火を消してから、お皿にとって二人で食べて」

説明を終えると、せつなは調理道具一式のバッグを肩にかけ、空っぽになった段ボール箱を抱えて「お邪魔しました」と素っ気ないにも程がある口調で言った。大股で玄関に向かう彼女のあとを、薫子もあわててお掃除キットを抱えて追った。

「え……あの、フライパンは？　あなたのなんですよね」

「次に来た時に返してもらう」

「次って」

「それまではここに置かせて。使いたかったら使ってくれてかまわない。焼くも煮るも揚げるも何でもできるから。でも、絶対に火傷と火事にだけは気をつけて」

玄関まで追ってきた拓斗は、困惑しきった表情だ。どうして、という問いかけがありありと浮かんでいて、でも「どうして」がこんがらがって途方に暮れている、そんな風に見えた。

ごつい黒のブーツを履き終えたせつなは玄関ドアを開けかけたが、ノブを握った手を止め、ふり向いた。

カフェで再会した時に薫子を射貫いたのと同じ、鋭いまなざしで。

「親を信じすぎないで」

静かな声だ。だが恐ろしく不穏なものを孕《はら》んでもいて、少年の瞳が、ゆれる。

「子供を想わない親はいないとか言う人がいるけど、あれはたまたま良い環境に生まれて、問題なく生きてこられた運のいい人たちだから。親に痛めつけられたり捨てられたりした子供がそれを聞いたら、どれだけ爪はじきにされた気持ちになるか想像できない人間だから。耳を貸さないで。親は血がつながってるだけのただの人間だってこと、わかっておいて」

「……ちょっと、あなた何言い出すのよ」

薫子はつなぎ服の袖をつかんだが、せつなはこちらに目もくれない。

「あなたは今、中三なんだよね。来年、あなたは高校に行ける？　お母さんはそれをちゃんと考えてくれてる？　あなたのお母さんは、あなたと妹さんがこれから先、何年も学校に行って勉強して毎日三回のごはんを食べて、体だけじゃなく心も健康でいられるようにあなたたちを守ってくれる？」

棒立ちになっていた拓斗が、激しい怒りに顔をゆがめた。

「は？　いきなり何だよあんた。意味わかんね。キモ」

「お母さんが、あなたたちのごはんを用意せずにいなくなるのはよくあること？」

拓斗の表情がこわばった。

「……違うって。だから、休日出勤で、急だったから」

「わかった、それでいい。そのことはもういい。ただ、今からはシビアにこの先のことを考えて。あなたはまだ大人じゃない、でも妹さんはもっと小さい。だから妹さんのこともあなたが考えて。あなたのお母さんは、あなたたちを健康に育てるという義務をちゃんと果たせる人間？　悪いけど私はそこに疑いを持ってる。あなたから見て、お母さんはあなたたちを大切にしてると思う？」

「やめなさい！　子供に何てこと言わせる気なの⁉」

腕を引っ張った力が思いのほか強くなってしまい、せつなの体がひるがえるようにこっちを向いた。

突き刺すような目で見下ろされてひるんだが、腹筋に力を込めてにらみ返す。

「やめろって、どうしてですか？　さっき薫子さんが言おうとしてたのも、結局はこういうことでしょう？」

「それは……でもそれは、この子たちに言うことじゃないでしょう。子供を巻き込むことじゃない。あなた、自分の言ってることで彼がどれだけ傷つくかわからないの？」

「子供だったら神様とかが容赦して大変な目に遭わせないでくれるんですか？　そんなわけな

いことくらい薫子さんも知ってますよね。巻き込むも何も、彼は最初から当事者です。出来た両親のもとに生まれたらのんびり大人になれるでしょうけど、そうじゃなかったら自分で自分を守るしかないんですよ。親を信じて、愛されたくて言うこと聞いて一生懸命いい子でいて、それでぼろぼろになっていく子供がどれだけいるんですか。このまま母親といて、この子たち、ちゃんと毎日ごはん食べて将来はあれになりたいとか好きに思うことができるんですか。この子たち傷つくとか甘ったるいこと言ってないで、現実的にこの子たちのためになることをするのが大人の仕事じゃないんですか」

彼女の眼光に気圧されて、声を失いそうになる。だけど違う。違うと強く叫ぶものが腹の底にあり、薫子は息を吸った。

「でも、見ていればわかるでしょう？　この子たちはお母さんが好きなのよ。あなたが一方的に言うことは、そういう気持ちをすごく傷つけるのよ。一番大事なものは何？　この子たちでしょう？　この子たちの気持ちを大切にしなきゃ、何を言おうがやろうが独り善がりよ」

「薫子さんのそういうところ、春彦さんとそっくりですね。正しいんでしょうけど、実効性がないっていうか。この件で私と薫子さんがわかり合えることはないですから、もうやめましょう。話を戻すね。お母さんとの生活に問題がないかよく考えて、何かおかしい、不安だと思うことがあるなら、手を打つことができる。児童相談所とか、あなたも聞いたことあるでしょう。あなたが直接自分でする必要はないよ。相談さえしてくれたら私たちが——」

「やめろよ！」

荒々しい声だった。そして、悲痛な声だった。

「なんにも知らないくせに、母さんのこと悪者みたいに、い、言うな」

声が震え、それを恥じたようにきつく唇を噛みしめた拓斗は、絞り出すように言う。

「子供、育てるのは、すごく大変なんだろ。お金かかるし、そのお金は、働いてもらわなきゃいけないし、だから母さんはいつも忙しくて疲れてるし、だったら、たまには全部やめてどこか行きたくなるし、そんなの、しょうがないだろ……っ」

ごはんは、と声に涙がまじる。

「いつも忘れるわけじゃない。たまにだよ。買ってくるんじゃなく、作ってくれることだってある。今日は、タダで掃除と料理してくれる人たちが来るから大丈夫だって――母さんは、俺とののかを殴ったことなんてない。たまに機嫌悪い時はあるけど、虐待とか、そんなのない。あんたが言いたいの、そういうことだろ？　全然違う。俺たちはそんなことされてない。だいたい、母さんだけが悪いのかよ。母さんがひとりだけで俺たちを育てなきゃいけないからこんなに毎日大変なんだろ。子供作ったのに何もしないどっかのクソ野郎が一番悪いんだろ。何も知らないくせに責めんなよ！」

真っ赤になった目でせつなをにらみつけた拓斗は、耐えきれなくなったようにトレーナーの袖に顔を押しつける。声を殺す息遣いがひどく苦しげだ。立ち尽くしながら薫子は、小さな弟の泣き顔を思い出した。春彦はめったに泣かない子だった。機嫌を損ねることがとにかく少ないのだ。でも昔、父と母が子供たちの知らない理由で激しい言い争いを始め、別れるとか親権などという言葉まで口にし始めた時は、立ちすくんで大きな目に涙をためていた。あの時、弟のちっちゃな手を握り、外に出て川べりの道を歩いた。夕焼けがきれいだった。あのかがやく空の向こうには苦しみもかなしみもない世界があると、そんな気がしてくるようだった。

「ごめん」

宙に浮いていた意識を、静かな声に引き戻された。

せつなはビターチョコレート色の目で少年を見つめて、もう一度言う。

「ひどいことを言った。ごめん」

拓斗はトレーナーの袖のかげからのぞく唇を震わせ、けれど、言葉は出てこない。

せつなは段ボール箱を置き、ショルダーバッグの外ポケットを開けると、簡素なメモ帳をとり出した。リング部分に挿していたペンで何かを書きつけ、破り取った紙を、うつむいている少年の視界に入るようにさし出す。

「私の電話番号。もし何か困った時は連絡して」

拓斗が頭をもたげ、鼻先に出されたメモを見る。

「いつ何が起きて死ぬかわからないけど、少なくともこの番号は私が死んで携帯電話が解約されるまで変えないから、何曜日でも何時でも連絡して」

チケットで関わった相手と個人的な連絡先を交換するのは、おそらく好ましからぬことのはずだ。せつなもそれは薫子以上にわかっているはずだ。それでもメモをさし出し続けるせつなを、拓斗は手を出さないというより、出せないという途方に暮れた様子で見上げている。

薫子、と叱咤《しった》した。あんたが動かなきゃ誰が動くの。

薫子はお掃除キットの箱を置き、せつなのメモをひったくった。「え、ちょ」と声をあげるせつなからペンもぶんどり、壁に当てたメモに数字の羅列を書き足して、二人分の名前も書き入れる。それを拓斗の手に無理やり握らせた。

「今下のほうに書いたのは、私の電話番号。ちゃんと名前も書いておいたわ。野宮薫子。そしてこの目つきが悪い人は、小野寺せつな」

薫子はバッグから財布をとり出した。カード入れにはさんだまま、ずっと手放せずにいたものを拓斗にさし出す。拓斗はとまどいがちに、その名刺に目を落とす。

「この滝田《たきた》公隆という人は、法律事務所で働きながら児童相談所でも弁護士として勤務しているの。拓斗さん」

少年の目を見つめる。誰を責めるつもりもない、ただどうか聞いてほしいと願いながら。

「お風呂場の掃除をした時、洗面台に砂時計が置いてあるのを見たわ。『砂がぜんぶ落ちるまで歯みがきがんばろうね』って貼り紙もしてあった。あれ、ののかちゃんのためにお母さんが書いたのよね。お母さんは一生懸命あなたやののかちゃんを育てているし、あなたも一生懸命、そんなお母さんを助けてるのよね」

拓斗の目もとが、小さく引き攣るように震えた。助けたいと思う理由を、彼は母親から受け取ってきたのだろう。たとえば薄焼き卵をかぶせたオムライスのような形で。

「お母さんは毎日くたくたになるほどがんばってる。だからこそ、もしもこの先、お母さんやあなたたちに何か困ったことが起きた時のことを話させて。そういう時、この名刺の彼に連絡すれば相談に乗ってくれる。お金の心配はいらないわ。さっきの私たちの話は、あなたにはお母さんを責めているように聞こえてしまったかもしれない。でも、そうじゃないの。私たちや、この名刺の弁護士さん、あらゆる人が考えたいのは、あなたたちもお母さんも安心して暮らしていける方法なの。どうか覚えていて。この国では、子供はみんな安心してごはんを食べて勉強して生活していいの。それがすべての子供に約束された権利なの。権利であるはずのものが欠けている状態なら、あなたはその不足分を求めていいの。でも、いきなり弁護士に連絡なんて気軽にはできないかもしれない。その時は、私か、この小野寺さんに連絡をくれたら、すぐに動くわ。必ずよ。どうか覚えていて。何かに困った時、あなたには相談できる人間がいる。これは社交辞令じゃない。これから何日、何ヵ月、何年経っても、今ここに名前の出ている三人の大人は、一ミリも変わらずにあなたの力になりたいと思っているから」

勝手に踏み込んで押しつけているだけなのかもしれない。子供を持たない自分には、本当のところ何ひとつわかってはいないのかもしれない。だが、ただの迷惑で終わるならそれでもいい。ためらって結局通りすぎてしまうよりはマシなはずだ。

せつなを促して外に出る前、薫子は拓斗の肩にそっとふれた。がんばって、に似ているが、少しだけ違う、祈るような思いを込めて。

西に沈んでいく太陽がまばゆい光を放ち、夕暮れの大気が金色に染まっていた。微細な金粉が舞っているような光の洪水の中を歩いていると、髪も、皮膚も、空気を吸い込んだ肺までも、同じ色に染まっていくように思えた。

軽トラの荷台に荷物を置き、運転席と助手席に乗り込むまで、どちらも無言だった。薫子がシートベルトを締め終えると、せつなはすぐに軽トラを発進させた。

窓の外を夕方の街並みが流れていく。沈黙のうちに時間も流れていく。何となく車内の酸素が薄い気がして、薫子は小さく咳払いした。

「小野寺さん、さっきのことだけど」

「すみません。冷静ではなかったと思います」

先手を打つように言ったせつなは、フロントガラスのほうを向いたまま続ける。

「今までにも似たようなことがなかったわけじゃないんです。トキさんたちがヒアリングした時にはちゃんとした感じだったのに、当日私が訪ねていくと引きこもりの娘さんだけ残して依頼者の父親が消えてたってこともありましたし、別のチームでも似たようなトラブルは時々起きてる。さっきの家の母親も、トキさんがすぐに連絡入れてくれたんですけど、何度かけても応答しないらしくて。それで感情的になりました、すみません」

感情を読ませない頑《かたく》なな横顔を、薫子は見つめた。

少しずつわかってきた。この子は、腹立ちやかなしみ、そんな感情が強まれば強まるほど、それを押し殺すのだ。どうしてかはわからない。でも彼女の顔から表情が消え去る時、彼女の胸のうちでは逆のことが起きている。

「あなたが謝ることはないわ。少なくとも私には必要ない。それにしても応答しないって、大丈夫かな。もうじき暗くなるし、夜になっても帰ってこなかったら、あの子たち――」

「今の段階では何もわからないです。とにかく連絡がついたら、トキさんが教えてくれることになってます。今の段階だと、チケットをあの家族に渡したカフネのユーザーさんとの関係もあって、これ以上は下手に動けないので」

先ほどせつなが見せた厳しすぎるほどの追及の理由が、少しわかった気がする。チケットのスタッフは所詮赤の他人だ。介入する権利もないし、子供たちが助けを求めるにはハードルが高い。それでも、もしあの家族が誰かの手を必要としているなら、その思いを引き出したいという考えがあったのではないか。

「というか公隆さん、児相の仕事をしてたんですね。初めて聞きました」

「ええ。大学でお世話になった恩師が子供の人権のために長年尽力してきた人で、公隆もその人を追いかけて同じ法律事務所に就職したの。児童相談所の非常勤弁護士になる前は、子どもシェルターの仕事もしてたわ。コタンっていって、入所した子供の担当弁護士になって、長期的に生活を支援していくのよ」

野宮さんも、もし何かに困っている子と知り合ったらぜひ相談してください。父の友人を介したお見合いの食事会で、自分の仕事について説明した公隆は言った。とても真摯なまなざしだった。この人は信念をもって仕事をしているのだ、とわかった。

あの頃は三十代半ばを過ぎてしまい、強い焦りを感じながら結婚相手を探していた。けれど公隆のまなざしを見た時、焦りが消えて、何年ぶりかも忘れた恋に落ちた。

「ののかちゃんと拓斗さんのこと、公隆に伝えておく。もし彼から連絡があったら、くれぐれもよろしくって」

「ありがとうございます、よろしくお願いします」

真剣な声だった。だから薫子も、うん、と同じだけの思いを込めて答えた。

土曜日の夕方とあって二車線道路には車が多い。軽トラはときおり減速し、また進み、信号で足止めされ、また走り出す。外の喧騒が窓を通して伝わってくる。

拓斗たちの住まいを出てきた直後のような気まずさはもう消えた。けれど一番知りたかったことは、訊ねるタイミングを逸してしまった。

「親を信じすぎないで」

あの言葉をどんな気持ちで発したのか。ただあの兄妹のことを思ったら口を突いて出たのか。それとも、そんな言葉が出てくるような出来事が、これまでの彼女の人生にあったのか。気軽に訊けることではないし、第一、自分はそんな踏み込んだことを訊ねてもいい立場なのか。死んだ弟の姉と元恋人。それは、どこまでなら立ち入ることがゆるされる関係なのか。

あと二十分もすればマンションに到着してしまう。薫子はジャージの裾を握った。

知りたい。

自分でもなぜかわからないが、強く、そう思うのだ。

「あなたの嫌いな食べ物って何？」

自動車の列の向こうで信号が黄色から赤に変わった。減速して軽トラを停めたせつなは、怪訝そうな顔をこちらに向けた。

「何ですか、いきなり」

「何かないの？」

「……アルコールと、グレープフルーツ以外は何でも食べられますけど」

「グレープフルーツ？　ああでも確かにあれ、けっこう苦いものね。私も好き嫌いはほとんどないわ。うちの両親、そのへんが厳しくて食事を残すとすごく怒られたのよ。本当は小さい頃ピーマンが苦手だったんだけど、毎朝ひと口ずつ生のピーマンをかじって、眠る時にも買ってもらったピーマン柄のパジャマを着て、自力で克服したの」

せつなが咳き込むようにふき出し、ものすごく不本意そうに顔をしかめた。しかし笑ったからにはこちらのものだ。薫子は年上の貫禄を最大限に放ちながら、顎をクイと反らした。

「あなた、このあとうちにおいでなさいよ。常盤さんからの連絡、私も気になるし、いつもあなたに作ってもらってばかりじゃ悪いから今日は私がごちそうするわ。そうだ、ピザでも取る？　さっきあなたが作ったのを見たらすごく食べたくなっちゃった。それで、食べながら、話をしましょう。私ね、わかり合えないって切り捨てるのがすごく嫌なの。最終的にはそういう結論に行きつくとしても、それまでに言葉を尽くしてわかり合う努力をすべきだと思う」

本当は、両親とはそんな付き合い方はできないままこの歳になってしまったし、公隆ともできているつもりで少しもできていなかった。けれどだからこそ、今からは変わっていきたい。

彼女を知りたい。そして理解する努力をしたい。

信号が青になり自動車の列が流れ始めたのに合わせ、せつなも軽トラを発進させた。

「薫子さん、面倒くさいって言われたことありませんか」

「三十四歳の時、十年近く付き合ってきて結婚するとばかり思っていた彼にそう言われていきなり別れ話をされましたけど何か？」

「古傷をえぐってすみません、予想外の地雷でした。お詫びにピザは私が作ります」

せつなは次の交差点を右折し、看板が見えてきたスーパーの駐車場に乗り入れた。

風を切るような足取りで背の高い棚の間の通路を歩くせつなは、買い物かごに次々と材料を放り込んだ。トマト缶、薄力粉、強力粉、ドライイーストにチーズとベーコン。パプリカに紫玉ねぎ、ほかにも野菜各種。そして、乾燥トウモロコシの袋も。

「もしかして、それって」

「一緒に映画を観た時、頼まれたことがあるんです。ピザとポップコーンのセット」

せつなは名前を口にしない。不思議なことに、名を呼ばないからこそ、彼女は確かにあの子のことを大切に思っていたのだと感じた。

　マンションに帰り着くと、手を丹念に洗ったせつなは、まず薄力粉、強力粉、ドライイーストに塩と砂糖とオリーブオイルを入れてピザ生地を捏《こ》ねた。これを発酵させている間に、今度は熱したフライパンに油を引き、乾燥トウモロコシを放り込む。透明なふたを閉めると、熱されたトウモロコシの種が弾け、みるみるポップコーンができていく。軽やかな破裂音もあいまって、横からのぞきこんでいた薫子は年甲斐もなく興奮してしまった。

「私、何かすることない？」

「じゃあ、この飴十個ずつ、牛乳に入れて電子レンジにかけて溶かしてください」

　せつながさし出したのは、苺ミルク味、抹茶ミルク味の飴の袋だった。なぜ飴を、ととまどいつつ言われたとおり少量の牛乳に個包装を破った飴をせっせと投入、電子レンジで加熱する。とろけた飴が甘い香りをキッチン中に広げた。

　大量のポップコーンを作ったせつなは、まずフライパンにバターを溶かし、そこに醬油を加え、ポップコーンを投入してよく絡ませた。王道のバター醬油味だ。次にフライパンをさっと洗ったせつなは、さっきよりも多めにバターを入れ、砂糖を加え、茶色くなるまで煮詰めてからポップコーンを入れて、手際よくフライパンを振ってねっとりとしたソースを絡めた。薫子は甘い香りに胸がときめいた。映画館に行ったら必ず食べる、キャラメルポップコーンだ。

せつなは片っ端からポップコーンを作っていく。薫子が牛乳で溶かした苺ミルク味の飴は、愛らしいピンク色の苺ミルクフレーバーに。抹茶ミルク味の飴は、抹茶フレーバーに。あっという間にカラフルなポップコーンがキッチンペーパーを敷いたガラスの器に盛られた。

「ちょっと、あなたすごいわね！　ポップコーン職人になれるわよ！」

「なりませんし、まだピザが残ってますよ。この程度で驚いてどうするんですか」

不敵な料理人は、発酵を経てふっくらと膨らんだピザ生地を空中でくるくる回して薄くのばすと（薫子は拍手した）、いつの間にか作ってあったトマトソースを塗り、チーズとベーコンをまんべんなく散らし、刻んだ色とりどりの野菜を配置していく。中心に紫玉ねぎ、紫の円を囲むように緑のブロッコリー、それを囲むように黄色のコーン、オレンジのパプリカ、スライスした赤のミニトマト。二百八十度に予熱していたオーブンで焼きあげられたピザを見た薫子は、感嘆の声をもらした。

虹を切り取って焼きつけたような、七色のピザだ。すごい、まあ、なんてきれい、と薫子が皿をのぞきこみながらくり返していると、せつながふき出した。目尻にしわが寄った笑顔がびっくりするほど人懐っこくて、呼吸も忘れてしまった。

「リアクション、そっくりですね」

「……それはそうよ、姉弟だもの」

薫子はシンクの引き出しを開けて、ピザカッターを探すのにかこつけて顔を伏せた。意味もなくボブの髪を耳にかける。頬骨のあたりに、こそばゆい微熱がわだかまっている。――びっくりした。

彼女の気をゆるした笑顔を、こんなにもうれしいと思う自分に驚いた。

ピザは熱々のうちに、ポップコーンはカリカリのうちに食べなければ失礼というものだ。薫子はせつなとリビングのソファに陣取り、ローテーブルに、レインボーピザ、ポップコーン、スーパーで一緒に買ったコーラをセットした。

高い電子音が鳴ったのはその時だった。

つなぎ服のポケットからスマートフォンをとり出したせつなは、目配せしてリビングの端に移動した。こちらに背を向け、低い声で話を始める。色とりどりのポップコーンとピザの前にぽつねんと残った薫子は、自分もスマートフォンをとり出した。

離婚するまで公隆との連絡用に使っていたメッセージアプリを開く。さすがに通話は冷静にできる自信がない。かなり考え込んでから『おひさしぶりです、お元気ですか？　突然ご連絡さしあげてすみません』と入力し、今日知り合った小学生と中学生の兄妹の家庭で少し心配なことがあり、公隆の名刺を渡したことをつづった。『もし彼から連絡があった場合は相談に乗ってあげてもらえるでしょうか』と結んだあと、薫子は腹式呼吸を二度くり返し、送信ボタンをタップした。

一瞬でメッセージは画面に反映される。すぐに薫子はアプリを閉じて肺の底から息を吐き出した。腋にじっとりと汗をかいているのがわかる。せつなには「伝えておく」なんて涼しい顔で言っておきながら、メッセージひとつ送るだけでこのありさまだ。……というか、待って。もし公隆にブロックされてたら、今のも届かないんじゃない？　やっぱり電話をかけたほうが確実？

ぐるぐる考え込んでいると、ピコン、と電子音が鳴った。一瞬息を止めてしまいながらスマートフォンを見ると、メッセージの通知が入っていた。

『元気です。西川拓斗さんの件、承知しました。知らせてくれてありがとう』

手に負えないほど脈が速くなる。胸の内側で急速に感情がふくらんで、鼻の奥がツンとする。その感情はたぶん、恋心の残滓《ざんし》のようなものだ。

またピコンと電子音が鳴り、新しいメッセージが表示された。

『春彦くんの四十九日、法事はいつかな。さしつかえなければ花を贈らせてほしい』

公隆は春彦と仲が良かった。「僕は兄弟がいないから弟ができてうれしいよ」と照れくさそうに笑う公隆を見て、この人と結婚してよかったと心から思ったのだ。薫子が春彦を食事に招くと楽しそうに話をしていたし、休日に二人で出かけていくこともあった。春彦の訃報を伝えた時は、電話口でお悔やみの言葉をくれたし、葬式にも美しい花を届けてくれた。

『四月二十九日。土曜日だけど親戚は呼ばないで、私と両親だけで供養することにしたの。お花もありがとう。春彦も喜ぶと思う』

『何も手伝えなくてごめん。前日、南陽台のほうに届くように手配する』

悩んだ挙句に『どうもありがとう』とだけ送ると、既読マークが付いたが、公隆からの返信はもうなかった。

公隆と過ごした五年足らずの日々が、糸が切れたネックレスのパールのように淡くきらめきながらバラバラによみがえってくる。離婚する、しないで揉めていた頃にはあんなにも執着していたのに、とり戻したいという気持ちは、不思議ともう湧かない。傲慢だったのだ、と今はただ思う。夫婦という関係に寄りかかり、公隆に甘え、時には感情の捌《は》け口にした。家族なのだからそれがゆるされると思っていた。だが本当は、もっとも距離が近しく、長い時間を共有していく家族だからこそ、心を配り、大切にしなければならなかったのだ。自分だって両親からそう扱ってもらいたいと、ずっと望んでいたはずだ。粗雑にされるかなしみを知っていたはずなのに、公隆の穏やかさとやさしさに頼り切って努力を怠っていた自分は傲慢だった。

「トキさんから連絡があって」

はっとして顔を上げると、スペースを空けてせつながソファに腰を下ろした。

「あの二人の母親、カフネのユーザーさん経由で連絡がとれたそうです。十時くらいまでには家に帰ると言ってるそうです」

「そう……うん、よかった。とにかく無事で帰ってくれるなら、本当によかった」

まだ自分の事情に引っ張られながら上の空で紡いだ言葉だったが、口にすると、よかったという気持ちがちゃんと湧いてきた。そうですね、と言ったせつなは、抹茶色のポップコーンを一粒口に入れた。

「復縁、断られたんですか」

「何のこと!?」

「今、公隆さんに連絡してたのかなと。魂が七分の四くらい抜けたような顔をしてたので、ついでに復縁してほしいって頼んで、あっさり断られたのかなと」

「なんでそんなことを考えるのよ!?　復縁なんてこれっぽっちも考えてません！　私はこれから世間の荒波をガシガシかき分けてひとりで生きていってやるのよ！」

むきになってまくし立てると、せつなは小さく笑みを浮かべた。

「では、世間の荒波を越えていくためにも腹ごしらえをしましょう」

ピザとポップコーンとコーラがそろっていたら、これはもう映画を観るしかない。ちょうど薫子はひとり暮らしのわびしさを紛らわすために配信サービスの契約をしたばかりだったので、ネット接続をしたテレビでラインナップをながめた。が、一悶着起きた。薫子はロマンチックな恋愛ものが好きなのだが、せつなときたら、やくざ映画か血みどろのホラーばかり観たがるのだ。

「じゃあ『ブラック・レイン』は？　高倉健《たかくらけん》が渋いし、松田優作《まつだゆうさく》の遺作なんですよ。この優作は神がかってますね」

「これもやくざの話じゃないの、却下。じゃあ『マディソン郡の橋』は？　世界的な名作なのよ。まさに人生を描いたそれは美しい話なの」

「はあ……あらすじ見る限り単なる不倫の話じゃないですか、これ。私、不倫する輩《やから》って問答無用で嫌いなんですよね。名作がいいなら『エクソシスト』はどうですか？　これはもう不朽のヒューマンドラマですね」

「あなたそれわざとやってるのよね？　私は眠れなくなるから怖いのは観たくないって、十回くらい言ったわよね？」

どれだけ言い合っても決まらないので、春彦が好きだった映画を観ることになった。

「あの子、動物の映画が好きだった。コウテイペンギンの映画、あの子が小学生の時に一緒に観に行ったことあるわ」

「そうですね、自然ドキュメンタリーみたいなものばかり観てた。人間が出てくる話は感情が疲れるから苦手だって言ってたな」

春彦と観たペンギンの映画がラインナップにあったので、さっそく再生した。南極での過酷な子育て、長い長い列を作って氷原を渡っていくペンギンたち。求愛のダンスを踊り、生まれたひなに献身的に愛情を注ぐ姿。ペンギンがアップで映るたびにうれしそうにしていた幼い春彦を思い出して、薫子は胸が苦しくなった。

歳が十二も離れていたからだろうか。両親の関心と愛情を一身に受ける弟に嫉妬がみじんもなかったとは言わないが、それ以上に、ただただ春彦はかわいかった。母は春彦を育てることに心血を注ぐ反面、外で人前に出なければ気が滅入ってしまう人でもあったので、よく留守を任されて春彦の面倒を見ていたのも大きいのかもしれない。小さな弟を抱きしめると、愛しいという気持ちが自然と湧きあがり、守りたいという感情を初めて知った。私は春彦のお姉ちゃんだという自負は、いつも勇気を与えてくれた。

「薫子さん、がんばり過ぎてない？　たまには誰かにちゃんと弱音吐いてる？」

母ペンギンがひなに口移しで餌をやるシーンで、急に、焼けたタン塩をトングでお皿にのせてくれた春彦の姿がよみがえった。春彦の二十九歳の誕生日に、焼肉を食べに行った夜だ。

本当は疲れすぎて何もがんばれていないことも、弱音を吐ける相手なんてひとりもいないことも、弟には言えなかった。「必要ないわよ、充実してるもの」と精いっぱいの虚勢で笑うと、春彦はほほえんだ。何もかも見通してしまいそうな、やわらかく深いまなざしで。

「薫子さんは人に頼るのが下手くそだから、バチバチやり合って何でも言える喧嘩友達みたいな人、いるといいな」

まるで、遠くに行くように笑う。あの時そう思ったことを思い出し、涙がこみ上げた。息を殺しながらローテーブルに置いていたティッシュを一枚抜きとり、さっと目もとを押さえたあと、薫子は隣をうかがった。ソファの上で膝を抱えた弟の元恋人は、思いがけないほど繊細そうな横顔でテレビ画面を見つめていた。

彼女も、思い出しているのだろうか。

六等分したピザが皿からなくなり、カラフルなポップコーンも皿のあちこちに散らばる程度になった頃、エンドロールになった。顔も知らない、けれどそれぞれに人生の物語を持っているに違いない大勢の人々の名前が流れていくのをながめていると、ふっと口からこぼれた。

「あなたの大切な思い出って何?」

抱えていた膝を放し、床に足を下ろしたせつなが、氷の融けたコーラをひと口飲む。

「何ですか、急に」

「私はね、春彦が『おとうさん』よりも『おかあさん』よりも先に『ねえね』ってしゃべったことと、結婚式でタキシードを着た公隆が気絶しそうなほどかっこよかったことと、一度だけ妊娠した時に赤ちゃんのエコー写真をクリニックで初めて見せてもらったこと。あ、あとあなたが春彦と実家に挨拶に来て、両親相手にバトルしたのも今思い出すとわりと楽しいわね」

虹色の絶品ピザと愛らしいカラフルポップコーンをお腹いっぱい食べ、映画に愛ややさしさのようなものを揺り起こされたからか、体も心もあたたかいお湯に浸かったようにほぐれていて、思い浮かぶまま話していた。

せつなは唇を引き結び、エンドロールが終わったテレビ画面をにらんでいる。

「別にそんな顔しなくても言いたくないならいいわよ。ただの雑談なんだから――」

「運動会の弁当の海苔をみっちり巻いたおにぎりと、専門学校の教授が作ったわけがわからないほど美味しいトマトソースと、春彦が作ったあり得ないほどまずい卵のお粥《かゆ》」

つっけんどんな早口で言った彼女は、空になったピザの皿と取り皿を手早く重ね、二人分のグラスを片手で持ってキッチンに向かっていく。もしかして、照れてる？　薫子は残っていたポップコーンを口に放り込み、空いた皿を持ってあとを追った。

「運動会って小学校の？　あなた、騎馬戦であらゆる敵の鉢巻きをむしり取って大活躍しそうよね。専門学校って調理師専門学校のこと？　どこに通ってたの？」

「矢継ぎ早に質問するのやめてもらっていいですか。あと私、背が高いから騎馬戦の時は馬でした」

「あり得ないほどまずい卵のお粥って何なの？」

「そのまんまです。去年の暮れに体調を崩した時、春彦がうちに来てお粥を作ってくれたんですけど、どうして米と水と塩と卵しか使ってないのにこんな味を出せるんだ？　って逆に才能を感じました。もったいないから食べ切りましたけど」

「ごめんなさいね、うちの不肖の弟が……ねえ、あなたはどうして家事代行の仕事をしてるの？　きちんと専門学校も出てるなら、いいお店にお勤めできるんじゃないの？」

「いい店とか興味ないですし、自分の好きなように働けるほうがいいので」

「はは、すごくあなたっぽいね」

「薫子さんはどうして法務局に？」

「中学生の頃、検事が主人公のドラマが放送されてたんだけど、型破りな主人公がすごくかっこよくてね。私も検事になりたいと思って法学部に入ったのよ。でもいざ就職を考える時期になると、父には『女が検事になんかなったら結婚できないぞ』って反対されるし、じゃあ法務省に入ろうと思ったら、母に『女がそんな転勤ばかりの仕事をしてたら男の人に好かれないし一生独身でいることになるわよ』って言われるしで、思うようにいかなくて」

「ご両親の発言が色んな意味でアウトなんですが」

「でも私が学生の頃は、まだまだそんな感じだったのよ。私にも両親の反対を突っぱねるだけの強い意志がなかったし。それで法務局に就職したんだけど、ふふ、二十年経てば離婚しちゃってるんだから、いくら先回りして将来のことを考えたって意味ないね。でも、今の自分の仕事はちゃんと好きなのよ」

「薫子さんは有能ですからね」

「わかってるじゃない」

シンクに並んで皿を洗いながらする、何てことのない会話が楽しくてたまらなかった。彼女が過ごしてきたこれまでのひとかけらを見られたことが、彼女がそれを見せてくれたということがうれしかった。だから、

「じゃあ、そろそろ失礼します」

濡れた手をタオルで拭きながらせつなが言った時、思ってもみないほどのさびしさに襲われた。捨てられる犬のような気分で口走っていた。

「泊まっていけばいいじゃない」

せつなが目をみはり、薫子は頬に熱を感じながらうつむいた。

「……なんちゃって、冗談よ」

「楽しかったですし、そうしたいのは山々なんですけど、どうしても自宅でしなくちゃいけないことがあるんです。すみません」

小野寺せつなともあろう者が、神妙な顔でそんなことを言うとは思いもしなかった。

「あなた、かなり疲れてるみたいね……おうちでゆっくりお風呂に浸かって休んだほうがいいわ。食料の備蓄は平気？　きっと明日から嵐になると思うから気をつけてね」

「本当に心配しているかのような顔でよくそこまで人を貶せますね」

せつなのしかめ面にふき出し、発作的なさびしさは落ち着いた。薫子は深呼吸をして、自分をしっかりした大人に戻した。大切な話をするために。

「まだ話してなかったけど、来週の土曜日は春彦の四十九日の法要なの。だから申し訳ないけど、来週はチケットのお手伝いはできないわ」

せつなは表情を変えない。

「四十九日のことはわかってたので。気にしないでください」

「ありがとう。それから春彦の遺産の件、四十九日を区切りにしたいの。あなた、検討するって言ってたけど、考えは変えてくれた？」

せつなは、やはり表情を変えなかった。それでも口角がかすかに角度を落としたように見えた。親に追及されて黙り込む子供のような顔をするので、薫子は笑ってしまった。

「別にいいわ、そんな顔しなくても。あれは、私をその気にさせるために言ったんでしょう？　あの時の私、かなりだめになってたから、あなた、気を紛らわせようとしてくれたのよね」

「違います。掃除上手でお人好しな人手が欲しかっただけです」

「あらそう。それでもいいわ。遺産のことも、あなたが望んだように手続きします。お金は、カフネみたいに困っている人たちを手助けしている団体に寄付するつもりです」

春彦が遺言書を残していたわけは、何もわからない。ただそこに何かの想いがあったことは確かで、それをせつなが突っぱねた時は、なんて冷たい女なのかと憤慨した。

けれど今は、春彦は彼女が「いらない」と言えば、笑って頷いただろうと思う。弟はきっと、彼女の人の思惑に左右されず、自分の意思をつらぬくところこそを愛していたと思う。

薫子は口を開きかけ、すぐに閉じた。次に続ける言葉は、少しだけ勇気が要った。

「遺産の件が片付いたら、私とあなた、もう関わる必要はないと思うの。私とあなたは別に友達でもないし。それでも、チケットのお手伝いって、続けてもいいのかしら」

「それは私じゃなくて薫子さんが決めることです」

一切の甘さのない口調で言ったせつなは、少し声を落として続けた。

私は歓迎します、と。

3.

春彦の四十九日の法要は、曾祖父の代からの墓がある寺で行った。お経をあげてもらい、焼香を行い、住職の話を聞いたあと、実家の後飾り祭壇に安置していた春彦の遺骨を納骨した。喪服の母はうめくような声をもらして泣き、父も黒のハンカチで目もとを拭っていたが、薫子は涙が出なかった。白く乾いた骨がいつもほがらかだった春彦とうまく結びつかなかったのもあるし、そうとは気づかないうちに、自分が弟の死を受け止めていることを知った。

心当たりはある。

毎週土曜日のチケットが終わったあと、彼女が春彦のために作った料理を食べながら、彼女が知る春彦の話を聞き、自分が知る春彦の話を聞いてもらった。

彼女の作ってくれた料理と対話が、ゆっくりと痛みを癒してくれたのだ。供養の儀式をするように。

「ありがとうな、薫子。おまえも忙しいだろうに、手配も色々やってくれて」

正午過ぎ、タクシーで実家に向かっていると、助手席に座った父が声をかけてきた。後部座席に母と座った薫子は驚き、返事が遅れてしまった。

「ううん……そんな、たいしたことはしてないし」

「本当にあなたはしっかりしてるから助かるわ。ありがとう、薫子」

母までがそんなことを言ってほほえむので、動揺してしまった。お腹の底がじわりと温かくなる。微熱を持った頰に手の甲を当てながら、子供みたいだ、と思った。四十一歳にもなって親に褒めてもらえることが嬉しいなんて、いつまでも私は幼い子供みたいだ。

その日は、朝は晴れていたのにだんだん曇ってきて灰色の雲が空を覆っていた。納骨まで降らないでくれてよかったね、と父と母とタクシーの中で言い合った。

実家に到着し、母がタクシーを降りる時に手を貸すと、五十代の終わりにリウマチを発症した母の小さな手は、第二関節が屈曲していた。胸が締めつけられ、喪服を着た母の、肉付きが薄くなった背中にそっと手を当てる。自分が歳をとり、産む性としての期限を迎えようとしているように、両親もまた老いているのだ。これから、もっと老いていくのだ。

父と母は疲れてしまったようだったので、お茶を入れて少し休んだ。茶の間のすみに築かれた白い祭壇には、屈託なく笑う春彦の遺影が置かれており、それを三人で見つめた。下段に置かれた見事な純白の胡蝶蘭は、前日に公隆から届いたものだ。その隣の大輪の真っ白な百合と白いカーネーションのアレンジメントは、港航一《こういち》が送ってくれたのだという。部屋で息を引き取っていた春彦を見つけてくれた同僚だ。

一時間ほどゆっくりしたあと、母が作っていた湯葉のお吸い物を温め、近所の仕出しに頼んでいた半精進料理の弁当を食べた。三人で話すのは、やはり春彦のことだ。愛らしかった子供時代、何をやらせても上出来だった少年時代。勉強も遊びもおおらかに楽しんでいた学生時代、一人前の仕事をするようになったここ数年間。父と母が語る春彦は、単に出張か何かで少し遠くに行っているだけで、本当はまだ生きているのではないかと思えるほど生き生きとしている。薫子も相槌を打ち、両親と声を合わせて笑った。

両親に溺愛される春彦と自分の扱いの差に、傷ついたことは何度もあった。ただ両親に悪気はなく、自覚すらないことがほとんどで、傷ついてもそれを呑み込んで流してきた。敏感に気づいていたわってくれるのは、いつも春彦だった。

けれど今、愛する息子の思い出を語る両親を前にしていると、古傷のようなやるせなさが消えていく。もういい、と静かに思えた。自分が望んだ形だったとは言いがたい。それでもこの人たちが、自分を大人になるまで決して見放さず育ててくれたのは確かだ。それに感謝して、老いていくこの人たちの面倒を自分が見ていこう。春彦の分まで。

「じゃあ私、そろそろ帰るね」

片付けも終え、お茶をもう一杯飲んだところで薫子は腰を上げようとした。鋭い反応を見せたのは母だった。

「帰るって何？　泊まっていくんじゃないの？　お夕飯だって用意してるのよ。あなたの好きなすき焼きよ」

母の勢いに驚き、薫子は座り直してしまった。すき焼きが好物というのは母が思い込んでいるだけで、本当はそんなに好きではないというのは大人として呑み込んだ。

「ちゃんと伝えてなくてごめんなさい。今日は帰るわ。泊まる用意も何もしてこなかったし」

「用意なんて必要ないでしょう、ここはあなたの家なんだから。あるものはみんな好きに使えばいいのよ」

「そうだぞ。さびしいじゃないか、ここがおまえの家なのに『帰る』だなんて」

父までが同調するので、ますますとまどった。

母が身を乗り出してくる。老いても華やかさの失われない、小さな頃に憧れていた笑顔で。

「薫子、いっそのこと戻ってきたら？　あなたもマンションにひとりじゃさびしいでしょう。あの部屋、ひとりで暮らすには広すぎるもの」

「別に、そんなことは……」

「父さんも、それがいいんじゃないかと思うよ。おまえがひとりでさびしくしてるんじゃないかと思うと、かなしいからな。もう春彦もいない。三人きりの家族なんだから、みんなでここで暮らしたらいいじゃないか」

血のつながりはないはずなのにそっくりな顔で笑う父と母を、頭が追いつかないまま交互に見つめた。

「でも、公隆がくれたマンションだし」

「売っちゃえばいいわよ。あのお部屋、結構きれいだから、きっとそれなりのお金になるわ。そうしたらあなたも貯えておけるし、私やお父さんに何かあった時にも安心じゃない」

ざわりとした。胸の中を目の粗い刷毛でなぞられたように。

「それとな、薫子。おまえさえよかったら、もう一度結婚相手を探してやれるぞ。俺は顔だけは広いからな」

父は、まるでかつて春彦に向けていたような慈しみ深いまなざしでほほえむ。

「今どきおまえと同じ年頃の初婚の男なんてたくさんいるし、お互いバツイチでもいいということなら、もっと選択肢は広がる。おまえの年齢に目をつむってくれる男もその中にはきっといるさ。それに今からまた不妊治療をしたら、もしかしたらまだ孫だってできるかもしれないぞ。この前だって、四十五歳の女優が子供を産んだってニュースになってただろう。まだ十分チャンスはある」

神経を逆撫でされるような感覚が、今度ははっきりと体の中央をつらぬいた。

そうか。そうなのか。

この人たちは、春彦を失い、悲嘆に暮れ、悲嘆に暮れることにも疲れてふと我に返った時、自分たちにはもうひとり娘がいたことを思い出したのだ。いや、もう娘しかいないということを思い出した。この先自分たちを世話する娘。もう歳をくってしまったが、もしかしたらまだぎりぎり孫を産めるかもしれない娘。自分たちの身にもしものことがあっても丸投げできる、しっかりしていてそれなりの貯えもある娘。

悪意も自覚もなく、ただ無邪気に、娘を愛しているかのような気持ちで、この人たちはこう言っているのだ。

「――ごめんなさい、やっぱり今日は帰るわ」

どうしても声が低くなった。立ち上がった喪服の娘を見上げ、母が眉根を寄せた。

「薫子？　どうしたの」

「体調が良くないの。更年期かもね。悪いけど、今日は帰って休みたい。お父さんとお母さんも、体には気をつけて」

声は麺棒でのばしたように平坦になったが、これでも余計なことを言わないようにと全力で自制した結果だ。両親の顔を視界に入れないようにしながら薫子はバッグをつかんで戸口に急いだ。薫子、と父の声が聞こえたがふり返らず、襖を閉めた。

外に出ると、青い原っぱのような匂いのする風が頬を撫でた。薫子はずっと止めていた息を吐き出し、空を仰いだ。セメントを流したような曇り空はあいかわらずだが、西の方角に雲の切れ間があり、淡いオレンジ色の光が射しこんでいる。

八王子駅行のバス停までは歩くと二十分以上かかるが、かまわず歩き出した。パンプスの踵がカツカツとコンクリートの歩道を打つ。ゆるい傾斜の坂を上り切り、横断歩道を渡ると、川べりの道に出る。土手に茂った背の高い草たちが、風を受けて歌うようになびいていた。昔、幼い春彦と歩いた道で立ち止まり、薫子は鈍く光る川の水面をながめた。

両親に愛されたいと、あの家で暮らしていた頃、ずっと思っていた気がする。

だがそもそも、愛されるとはどういうことなのだろう。必要とされるという意味なら、今確かに自分は父と母に必要とされているはずだ。それなのに、こんなにもむなしい。

一緒に暮らそうと笑顔で言う親が二人もいる。それなのに、今はそれを重荷に感じ、こんなにも孤独になっている。

春彦、あなたはどうだった?

間違いなく彼らにこの世で一番愛されていたのはあなただ。でも絶え間なく注がれる愛を、重く感じたことはなかった? もっと自由になりたいとは思わなかった?

問いかけても、浮かんでくるのは弟の誰もを幸せにするような笑顔だけだ。笑顔しか思い出せないことが、今はさびしかった。

話がしたい。このさびしさを、切なさを聞いてもらい、そして彼女の言葉に耳を傾けたい。

薫子は黒いフォーマルバッグからスマートフォンをとり出した。

チケットは大丈夫だったのか気になって。お手伝いできなかったお詫びに食事でもどうかと思って。頭の中であれこれ言い訳を考えながら、連絡先を呼び出す。メッセージだと返信させることになる。だから賭けをする気持ちで通話ボタンをタップした。彼女には彼女の都合がある。出なければそこまで、もし出てくれたなら——

『はい』

「あ、どうも野宮薫子ですけれども」

ワンコールで相手が出るとは思わなくて声が裏返った。向こう側で、ふっと笑ったような気配がした。

『知ってます。法事、もう終わったんですか』

「ええ。あの、そっちはどうだった？　チケットは終わった？」

『ついさっき。今日はトキさんとだったので、今駅で別れたところで』

駅、と聞いた瞬間に早口で言っていた。

「私も三十分くらいで八王子駅に着くと思うの。一緒にごはんを食べない？」

彼女とは友人でも何でもないことだとか、春彦の遺産を受け取ることを彼女に承諾させるという理由すら今はなくなったことだとか、十二歳も離れていることだとかが、口を閉じてから押し寄せてきた。気になる男の子に無謀な告白をしてしまったような気持ちで息を詰めていると『いいですけど』と素っ気ない声がした。

『また春彦に作ったものでいいですか？』

「いえ……今日はそうじゃなくて、あの、私とあなたの食べたいものを食べましょう」

それに何の意味があるのか、うまく説明できない。ただ今、それが必要に思えた。

そうすることで、やっと本当に始められるのだという気がする。春彦のいない、公隆もいない、それでも善きものが何も残されていないわけではない、これからの自分の人生を。

『なら、餃子《ギョーザ》ですかね』

「餃子」

『午後のチケットのお宅で、腹がはち切れるほど餃子が食べたいってリクエストをもらったので、ひたすら包んで作ってたんです。焼き餃子、蒸し餃子、水餃子、おまけのスイーツ餃子。もう三ヵ月くらい餃子は見なくていい気分だったんですけど、なんか今、急に焼き立て熱々のやつが食べたくなってきました』

「あはは、いいね！　熱々の餃子、お腹がはち切れるくらい食べましょう。お店探しておくわ。私、ビール飲みたい」

『アルコールは』

「わかってる、ノンアルにするから。今日は大目に見て」

まあ、ノンアルならいいですけど。渋々という感じの彼女の声に笑い、三十分後に八王子駅で落ち合うことにして、薫子はスマートフォンをバッグに仕舞った。

バス停に向かって歩き出す。だんだん小走りになり、パンプスのヒールを鳴らしながら駆け足になる。

いつぶりだろう。誰かとの約束に、こんなにはしゃいだ気持ちになるのは。


土曜日の夕方の八王子駅は、普段に増して混み合っていた。

この人混みはあらかじめ予想していたから、せつなとの待ち合わせ場所は駅前に建つシティホテルの玄関前にしていた。そこなら人混みをかき分けて待ち合わせの相手を探すのに苦労することもない。

駆け足でホテル玄関前に到着すると、カーキ色のつなぎ服を着て、髪を頭のてっぺんでおだんごにした、背の高い後ろ姿があった。

「ごめんなさい、お待たせ――」

「平気だから」

語尾に重なった声に足を止めた時、薫子はやっと、せつなが耳にスマートフォンを当てていることに気づいた。

「知り合いだからトラブルとかそんなことにはならないし、トキさんはもう気にしないで」

きっと相手の返事も聞かずに通話を切ったのだろう、スマートフォンをつなぎ服のポケットに突っ込んだせつなは、薫子が来ていたことにすでに気づいていたような動作でふり向いた。

普段から感情表現が豊かとは言いがたい彼女が、輪をかけて表情を消している。

「すみません、急用ができたので帰ります。食事はまた今度」

「……それよりあなた、携帯鳴ってるわよ。常盤さん？　何かあったの？」

「気にしないでください」

せつながポケットに手を入れると、甲高い電子音が止まった。

ばねのきいた動きできびすを返し、雑踏に向かって歩いていくせつなの後ろ姿を動けないまま見つめていると、今度は薫子のバッグの中で電子音が鳴った。

スマートフォンをとり出すと、画面に『常盤斗季子』と表示されている。

『野宮さん、もしかして今せっちゃんとご一緒で⁉』

「は、はい」

『よかった、さっき少しだけ野宮さんらしき声が聞こえたから……すみません、せっちゃん、もしかしてというか絶対、どこか行こうとしてますよね』

「ええ、あの、急用ができたって」

『止めてもらえませんか。というか、止めてもまず聞く子じゃないので、本当に申し訳ありませんが、野宮さんも一緒に行ってもらえませんか。彼女が行こうとしてるの、家事代行の依頼者の家なんですが』

依頼者の家に行くのに、なぜ斗季子はそんなにあわてているのか。

『その方、若い男性なんですが、少々感情的になっていて危ない感じで……せっちゃんは知っている人だから平気だとは言うんですけど、ひとりで行かせるのは心配なんです。私もすぐには身動きがとれなくて、ほかのスタッフも今日は都合が……こんなことをお願いして本当に申し訳ありません、でもせっちゃんを――』

「ひとりにしません。同行し、もし何かあれば然《しか》るべき対処をします。おまかせを」

事情を把握したとは言いがたい。それでも迷いはなかった。

『いったいどうやってこのご恩をお返しすれば……』

「では今度、食事につれていってください。私も常盤さんとお話ししたいと思ってました」

通話を切るなり、薫子は走り出した。駅前にひしめく人々は、パンプスの踵を鳴らしながら猛然と走る喪服の女を見ると、ぎょっとしたようによけてくれる。構内に入ると、人混みの向こうにおだんご頭がかろうじて見えた。

改札を抜けたせつなは、中央線のホームへ向かっていく。薫子は人が多くて中々進めないことにやきもきしながら追いかけた。やっとのことでホームに出ると、すでに発車のベルが鳴り響いている。目覚めよ、陸上部時代の脚力。専門は走り高飛びだったものの走り込みを欠かしたことはなかった中学時代を思い出し、薫子は全力疾走で閉まりかけていたドアの隙間に体をねじ込んだ。

ドアの付近にいたせつなは、髪を振り乱して飛び込んできた薫子をぎょっとした顔で見たあと、眉を吊り上げた。

「ついてきたんですか？　急用ができたって言ったじゃないですか」

「常盤さんに、あなたをひとりにしないでほしいって言われたの」

息を切らしながら言うと、せつなは小さく顔をしかめた。

「余計なこと……トキさんがどう言ったか知らないですけど本当に何でもないですから、次の駅で薫子さんは降りてください」

「嫌です」

「嫌って」

「あなた、様子が変なのよ。何でもないと言われたって信用ならない。しかもあなたが行こうとしているところ、男性の家なんでしょう？　一緒に行くわ。断っておきますけど、あなたが何を言っても考えを変えるつもりはありませんから」

仁王立ちで凄んだのが効いたのだろうか、せつなは唇を引き結び、それ以上は何も言わなかった。

空は東の方角から藍色の薄闇に覆われつつあり、街並みのあちこちで星屑のような明かりが灯り始めている。ドア付近にもたれて車窓を流れていく景色をながめているせつなに、そっと声をかけた。

「家事代行の依頼って聞いたけど、でも今日はチケットもあったし、あなた本当はお休みの日なんじゃないの？」

せつなは腕組みしたまま答えない。

「常盤さん、依頼してきた男性の様子がおかしいって心配してたわ。知り合いだそうだけど、どういう――」

「港航一です」

語尾にかぶせるように言われた一拍後、え、と声がもれた。

「どうして」

彼女の口から、どうしてその名前が。

4.

三月十四日、誕生日の夜に春彦は息を引き取り、翌日の夕方、春彦が連絡もなしに欠勤したことを心配してマンションを訪れた同僚によって発見された。

彼は春彦とは同い年で、研究職と営業職と畑は違うものの、ずっと親しくしてきたという。彼、港航一と、薫子は弟が発見された日に初めて会った。薫子が刑事と話している間、彼も警察車両の中で事情を訊かれていたのだ。刑事から弟を見つけてくれた同僚のことを聞き、薫子がマンションの駐車場に行くと、ちょうど航一が車から降りてきた。仕立てのいいスーツを着た彼は、目が真っ赤で表情は憔悴しきっていた。

「すみません。俺がもっと早く気づいていたら、もっと早くここに来てたら――」

嗚咽しながら頭を下げる彼に、決してあなたのせいじゃない、弟を心配してくれてありがとう、と声をかけた。いったい何が起きたのかほとんど理解できていなかったが、弟を案じて駆けつけてきてくれた彼に、そんな風に自分を責めてほしくなかった。

航一は春彦と本当に仲が良かったのだろう。通夜にも告別式にも足を運び、抜け殻のようになった両親に悔やみの言葉をかけてくれた。薫子にも何度か心身を気遣うメッセージをくれた。今ではもうやり取りが途絶えていたが、今日の春彦の四十九日に、きれいな花を送ってきてもくれた。

その港航一が住んでいるという新宿の高層マンションに到着し、薫子はまだ混乱したまま、夕空にそびえる塔を見上げた。

「春彦と港くんは仲が良かったから、あなたも春彦を通して彼と知り合いだったってこと?」

問いかけに答えないまま、せつなはエントランス前のセキュリティボードを操作する。しばらくして自動ドアが開くと、いつもの大股歩きで中に入ってしまう。さっきからずっとこうなのだ。何を訊いても答えない。薫子も仕方なくあとに続いた。

せつなはエレベーターで三十七階に上がった。

やわらかいカーペットのおかげで歩いても足音の立たない内廊下を奥まで進む。

せつなは、とある焦げ茶色のドアの前で足を止めた。スライドドアに取り付けられた呼び鈴を押すが、応答がない。代わりに、せつなのスマートフォンがチリンと小さな電子音を鳴らした。通知を確認したせつなは、ドアを開けた。

せつなに続いて中に入った薫子は、思わず息を詰めた。

高級マンションらしく玄関ホールは開放的で美しく、廊下の向こうのガラスドアからバルコニーを有した広々としたリビングの様子が見える。

だが、リビングと玄関の間の廊下には壁に寄せられたごみ袋の列ができている。ガラスドアの向こうのリビングも、物が散乱して荒れているのが遠目にもわかった。

せつなは靴を脱ぐと、ためらいなくごみ袋の間を歩いてリビングに入った。薫子もあたりに漂う臭いをやり過ごしながらあとに続いた。

リビングは照明が点けられておらず、バルコニーのガラス戸から入ってくる外の光を頼りにかろうじて室内の様子が見て取れる状態だった。カーペットを敷いた床に足の踏み場もないほど落ちているのは、衣類と食品ごみだ。薫子が荒れ果てた雰囲気にひるんでいると、突然リビングが明るい光に照らされた。せつなが物で埋まったローテーブルからリモコンをとり上げ、照明を点けたのだ。

「遅《おせ》ぇ。おまえ家政婦やって金もらってんだろ、だったらさっさと来いよ」

低い声がして初めて、薫子はソファに人がいたことに気づいた。大人が三人は楽に座れそうなソファに、こちらに背中を向ける格好で男性が寝転んでいる。グレーのスウェットの上下に素足、黒い髪は一見して艶がない。驚きすぎて薫子は声を出せなかった。

「私は家事代行サービス提供者で、家政婦じゃない。それに私はリピーターとの契約で一週間が埋まってるから、新規のスポットは三週間以上前からの予約じゃないと受け付けてないし、土曜日は用があるから依頼は受けない。もうこういうことはしないで」

「は、使用人のくせに偉そうに。いいからさっさとこの部屋片付けろよ。金ならいくらでも払ってやるよ」

「酒臭い……奥さんは？　新婚なんでしょ」

「出てった。もう二週間？」

乾いた笑い声をあげながら男は気だるげに寝返りをうち、そこでやっと、せつなの後ろに立つ薫子に気づいた。本来は清潔感のある好青年なのに、今は無精ひげのせいですさんだ印象が強い。目を見開いた彼は、薫子を凝視したまま起き上がった。

「お姉さん……？　え、どうして、お姉さんが？」

「小野寺さんとは、ここのところ色々とお付き合いがあって――それより港くん、あなた、どうしちゃったの？　顔色も悪いし、第一このお部屋……何があったの？」

彼の足もとに転がる大量の酒の空き缶を見れば、健康に悪影響を及ぼす飲み方を長期間続けていることがわかる。頬の削げ方からして、食事もまともにしていないのではないか。薫子もアルコールに頼っていた頃はそうだった。

放心したように薫子を見つめていた航一は、かすれた声で呟く。

「そうかぁ、四十九日だもんなあ」

ふらつきながら空き缶の散乱する床に足をついた航一は、薫子の前まで歩いてきたかと思うと、いきなり膝をついて床に額を叩きつけた。

ただでさえ弟の友人の変わり果てた姿に衝撃を受けていたのに、いきなり土下座されて声も出ない薫子に、すみません、すみません、と航一は震える声で言う。

「すみません。俺が、春彦を死なせました」

意味が、少しもわからなかった。

「……待って、あなた、港くん、何を言ってるの？　死なせたって、何を」

「俺と春彦は、付き合ってました」

え、と声をもらしたきり、何も言葉が続かなかった。

何ひとつ理解できないまま、首をめぐらせた。せつなと目が合った。彼女は、かなり前からそうしてこちらを見ていたとわかる深いまなざしをしていた。

「春彦と付き合っていたのは、あなたでしょう？　何かあって別れちゃったみたいだけど、去年の夏には、実家に挨拶にも来たじゃない。結婚を考えてるって、春彦がそう言ったのよ。そうなのよね？」

「いいえ、私は春彦とは付き合ってません。恋人のふりをしていただけです」

淡々と紡がれた言葉は、すぐには頭に入らず、しばらく油に弾かれた水の粒のように意識の表面を漂うだけだった。

「ふりって、そんな、どうして」

「俺のせいです。みんな、俺が悪いんです」

床に額を押しつけた航一の声に涙が混じる。

「春彦とは、知り合ってすぐに仲良くなりました。一番の友達になって、それから、もっと特別になった。俺、知り合いが多くて、スマホにはストレージいっぱいになるくらいの連絡先が登録してあります。今ここで何人かに声かければ、一時間後には店一軒貸し切るくらいの飲み会を開けます。でも本当の友達っていないんです。ただのひとりもいないんです。本当に俺を理解してくれて、ありのままの俺を受け止めてくれるのは春彦だけだった。俺は春彦が世界で一番大事で、真剣に愛してました。春彦も同じだったはずです」

頭がくらくらする。酸欠の時のように。言葉が頭の中でもつれて、声を出すのにずいぶんかかった。

「でも、あなた、結婚してるでしょう？　さっき、新婚だって、それに、指輪も……」

左手の薬指に細い金の指輪をはめた航一は、緩慢に体を起こした。薫子を見つめ、泣き出しそうに顔をゆがめる。

「そうです、去年の十一月に式を挙げました。俺のうち、無理なんです。いくら世の中で多様性が大事だって言われるようになっても、自由に生きていいって風潮になっても、俺が生きてきたコミュニティには関係ないんです。俺はそれなりの歳になったらそれなりの家の女と結婚して、子供作って、それも二人か三人は作って、子供が小学校に上がる前にはこの親父のマンションを出て、実家の近くに家建てて、四十五歳くらいになったら今の会社は辞めて親父の会社継ぐんです。それ以外ないんです。親とか兄弟とか親戚の前では、俺は普通の男じゃなきゃいけないんです。男を好きになるとか、女とセックスするのが嫌だとか、そんなことは絶対に口が裂けても言えない。言ったらもう生きてく場所がなくなる」

うつむいた航一の目もとから、ぽつぽつと雨が降った。

「だから、婚約することになった時、春彦に話しました。俺は結婚する、でも好きなのは春彦ひとりだけだ、だから結婚したあとも今までどおりに俺といてほしい」

いてほしい、って。

「いえあなた……そんなのだめじゃない。あまりにも不誠実でしょう？　奥さんに対しても、春彦に対しても」

「わかってます、すみません、自分がどれだけ最低なのかは、俺が一番よくわかってます。でも俺、春彦がいなかったら生きてけない。春彦に見捨てられたら一秒もたずに死ぬ。だから、どんだけひどいこと言ってるかはわかってる、でも俺を捨てないでくれ、これからも俺のそばにいてくれって、土下座して頼みました。そうしたら春彦は笑って、『わかった』って言ってくれた」

その笑顔が、今目の前で見ているかのようにはっきりと浮かんだ。あの子はそういう時、本当に、春風のように笑うのだ。穏やかに目を細め、すべてゆるすようなやわらかい声で、わかった、と言うのだ。

「彼女と式の準備するのとか、親をこのマンションに呼んで食事会とか、若いうちに子供産んでおきたいからって言われて排卵日近くは毎晩そういうことするのとか、ほんと、しんどかった。春彦がいなかったら、俺、耐えられなかったです。春彦の部屋に行く時だけ本当の自分に戻れたし、春彦にさわってる時だけ、ちゃんと息ができた」

不意に、急死した春彦が発見された経緯を思い出した。連絡のとれない春彦を心配した航一が、合鍵で部屋に入り、すでに冷たくなっていた春彦を発見した。

彼が春彦の部屋の合鍵を持っていた、ということに当時も引っかかりを感じないわけではなかった。薫子の感覚では、どれほど仲が良くても友人に合鍵を渡すことはない。

だが、春彦には、彼に鍵を渡す理由があったのだ。

眩暈《めまい》がする。耳鳴りもしている。今まで堅固なコンクリートだと思い込んでいた足場が実は張りぼてだったというように、足もとがぐらついている。

「——じゃあ、あなたは何なの？」

荒れ果てた部屋の中でまっすぐに立っている、弟の元恋人ですらなくなった彼女に、かすれる声で問いかける。

「あなたは、春彦の何だったの。どうして、あの子と付き合ってるふりなんて」

「春彦とは友達でした」

口ごもる気配もなく、せつなは言う。

「恋人のふりをしていたのは、頼まれたからです。春彦はひとり暮らしを始めてから、ご両親に『誰か結婚を考えている人はいるのか』『いないならいい女性を紹介するから会ってみろ』としつこく言われて、少しまいってました。だから恋人のふりをして一緒に挨拶に行ってくれないかと頼まれて、引き受けました」

「春彦に提案したのは、俺です」

汚れた床に正座した航一が、苦しげに言う。

「俺と春彦の関係を打ち明けるわけにはいかないし、親がうるさいなら、この女にふりだけしてもらえばいいんじゃないかって言ったんです。春彦は、会社の女子にもすごく人気あったし、女の知り合いも多かったから、頼める相手はいくらでもいただろうけど、もし恋人のふりをさせてるうちに何かの間違いが起きたらって思うと嫌だった。でも金で雇ってる家政婦となら、別にそんなことにもならないだろうし」

「家政婦じゃなくて家事代行だって何度言えば覚えるの？」

「同じだろ、何が違うんだよ」

冷ややかな目を向けるせつなを、正座したままの航一がにらみ返す。――そうだ。この二人は初対面ではないのだ。

「あなたたちは、いったいどういう関係なの？　ずっと前からの知り合いなの？」

答えたのは、目を伏せた航一だ。

「関係というほどのものはないです。春彦のやつ、ひとり暮らしを始めたはいいけど食事に無頓着で、昼に社食でざるそば一枚だけ、みたいなことも平気でやってて、一時期どんどんやせちゃったんです。それで俺が家事代行を手配しました。ネットで検索したら、カフネっていう会社が一番口コミよかったから、金はいくらかかってもいいから、女で、一番料理の腕のいいやつを寄こしてくれって頼みました」

――そうして、せつなが春彦の部屋を訪れた。

「俺が契約したのは二週間だったけど、春彦はそれが終わった後、今度は自分でこの女の派遣を延長したみたいです。……どうやって取り入ったんだか知らねえけど、春彦の部屋に行くといつもおまえがいて、ほんと目障りだったよ」

吐き捨てる航一を、せつなは動じずに見返す。

「私は春彦の食事を作ることを依頼されて、引き換えに報酬をもらってた。だから週三で彼の部屋に通って午後七時から午後九時の二時間、仕事をしてた。それをあなたにどうこう言われる筋合いはないよ。あなたの邪魔をしたこともないはずだけど」

「は、よく言う。おまえさ、本当は春彦のこと好きだったんだろ？　見てればわかんだよ、かいがいしく世話焼いてよ。ふりしてるだけの分際でその気になってたんだろ？」

「私に恋人のふりをさせろって言ったのはあなたでしょ？　ほんとにあなたってお坊ちゃんだね、いつも自分の都合と感情優先で、満たされないと癇癪起こしてどうにかしろって周りの人間に要求する。八つ当たりするために私を呼んだのはわかったけど、私はあなたの使用人じゃないし、そこまでひまでもないんだよ。もう帰るよ」

動きかけたせつなの足もとに、音を立てて何かが投げつけられた。財布だ。黒い革製で、有名なブランドの刻印が入っている。

「なに勝手に帰ろうとしてんだよ、金もらって家事やるのがおまえの仕事なんだろ？　金ならいくらでも払ってやるよ、この部屋きれいにしろ」

「カフネは適正価格がポリシーだから既定の料金以上は受け取らないし、私は料理専門でやってる。あなたの依頼を受ける気はない」

一瞬、航一の顔が、薫子が危機感を抱くほど憎々しげにゆがんだ。だが危惧したような暴力を伴う事態にはならなかった。航一は、毛並みのいい風貌を裏切るような、下卑た笑みを浮かべて言った。

「おまえさ、春彦とセックスした？」

せつなは一瞥されただけで心臓が凍りつきそうな軽蔑の視線で応じる。

「どうしてあなたがそんなに勘繰ってるのか知らないけど、私と春彦は友達で、そんなもの必要なかった」

「友達友達って、さっきから嘘くさいんだよそれ。春彦とあんなしょっちゅうそばにいて、あいつを好きにならない女なんているわけない。それともおまえ、そっち?」

「あなたってほんとに自分以外の人間に対する想像力とデリカシーが欠片もないよね。なんで春彦もこんなやつに付き合ってやってたのかわかんないよ。結婚したあとも関係続けろとか、クソみたいなこと平気で言うし」

「平気じゃねえよ!」

いきなり爆発したように航一が叫び、薫子は思わず体を硬くした。

「平気なわけねえだろ、けど、ほかに、どうしようもなかったんだよ……!」

航一は立ち尽くしていた薫子に顔を向けた。すがるように見上げてくる目から、ぼろぼろと涙があふれ出す。弟の亡骸を見つけた青年は、ごみが散乱する床にまた額を押しつけた。

「すみません。俺が春彦を裏切って傷つけたから——だからあいつはきっと——本当に申し訳ありません」

「港くん、あなたにも連絡したでしょう。春彦は遺体の解剖までしたけど、不審な点は何もなかったの。どうして死んだのかはわからないまま終わってしまったけど、あなたが責任を感じることはないのよ。あれがきっと、あの子の寿命で」

「違う、違うんです。寿命なんかじゃない、春彦は俺のせいで、自分で自分を——」

「いい加減にしろよ」

不穏な声とともに投げつけられたものが航一の頬を打った。

いって、とうめいた航一は顔を押さえてうつむき、ビールの空き缶を投げつけたせつなは、氷のような目で彼を見下ろす。

「さっきから聞いてれば、あんた、春彦が死んだのは自分のせいであってほしいの？　春彦は自分のせいで思い詰めて自殺した、自分はそれだけ春彦に愛されてたって思いたいわけ？　あんたはどれだけ自己中なの、あんたの目の前にいるのは春彦のお姉さんなんだよ。そんなこと言われてどんな気持ちになるのか少しは考えた？　あんたはいつもそうだ、春彦のことも好きだ好きだって自分の気持ちを押しつけるばっかりで、春彦の気持ちは少しも考えてない。春彦が抱えてるものを知ろうともしない」

「はあ⁉　だったらおまえには何がわかるってんだよ！」

「わからないよ。家族だって、恋人だって、友達だって、同じ家に住んでたって、セックスしてたって、人間は自分以外の人間のことは何ひとつわかるわけないんだよ。わかったような気がしてもそれはただの思い込みだ」

ただ、と彼女はささやくように続けた。

「春彦は色んな人に愛されて、欲しがられて、それが二十九年間ずっと休みなく続いてて、笑っていても本当はすごく疲れてた。それは知ってる」

気持ちを静めようとするように息を吐いたせつなが、航一を見つめる。

「あんたが何を言っても、春彦はもう何も説明できないし弁解もできない。こんなのはフェアじゃない。これ以上勝手なことを言うのはやめて。ちゃんと春彦のことが好きだったっていうなら、もうそっとしておいて」

突き落とされたような表情をした航一が、唇を震わせ、口を閉じた。

けれど何かがせり上がってくるというように自分の喉をつかんだ彼は、頸椎が折れそうなほど深くうつむいたかと思うと、

「会社の、薬品が、盗まれたんだよ」

かすれ切った声で吐き出した。

「春彦と同じ研究開発課に俺の大学の後輩がいて、そいつから聞いたんだ。実験に使った動物を安楽死させる薬が、少量だけど、持ち出されたって」

薫子は息を吞んだ。

「本当なの？」

「本当です。表沙汰になったらかなりまずいので、内々に調査が行われてるんですけど、まだ誰が盗んだかはわかってません。ただ後輩の話だと、管理記録からして盗まれたのは、春彦の誕生日の前後なんじゃないかって」

航一が顔を覆う。

「関係者にはかなり厳しい聴取がされたそうです。でも春彦だけは誕生日に有休を取ってて、その後はあういうことになったから調べられてない。それに、俺も後輩から聞いて知ったんですけど、春彦は上司に退職の相談をしてたそうなんです」

——そんなことは知らない。何も聞いてない。

「何だよ、それ。俺の知らないところであいつ、そういうことしてたんです。それが、あいつ

が死んだあとでわかって……あいつはすごく評価されてたのになんで？　俺に黙ってなんで？　なんで、そんな、まるでいなくなる準備をするみたいに――」

耐えきれなくなったように航一は床に突っ伏した。嗚咽に震える彼の頭を、薫子は霞がかかったような意識のままながめた。

頭の中に勝手に映像が流れる。退職したいと上司に相談する春彦。身辺整理をしながら会社の薬品を盗む春彦。二十九歳の誕生日に東京法務局に作成していた遺言書を預け、姉の誕生日プレゼントと、せつなへの贈り物を日付指定で届ける手配をする。姉との夕食を終えたあと、部屋に帰った春彦は、ベッドに横たわり、盗んだ薬を飲む。

「本当に、もしそうだったとして、それはだめなことなの」

重苦しい沈黙を破ったのは静かな声だった。

濡れた顔を上げ、意味がわからないという表情を浮かべる航一を、せつなはビターチョコレート色の目で見据える。

「誰だって好きで生まれてくるわけじゃない。勝手に生まれさせられて、どこでどう育つかも、どんな目に遭うかも選べない。だったら死に方は自分で選んでもいいと私は思う。命も人生もその人だけのものなんだから、それくらいはゆるされていい」

航一は身動きも忘れ、放心したように、せつなを見上げていた。

マンションの高層階には外界の音もほとんど届かない。耳が痛くなるほどの静けさの中で、どれだけの時間が過ぎただろう。薫子が、自分の頭が白髪に覆われたような気がしてきた頃、ぽつりと声がした。

「春彦って、幸せだったのかなあ」

何もない宙を仰いで、航一は呟く。

「あいつ、いつ会っても笑っててさ、こんな俺のことまるごと肯定してくれるみたいに笑ってくれてさ……俺だけにじゃないんだよ。全員。会う人みんなにそうでさ。わかってたよ。俺があいつのこと好きだったみたいには、あいつは俺のこと好きだったわけじゃない。俺が必死で頼むから付き合ってただけだって、わかってたよ。それでもいいから、あいつにそばにいてほしかったんだよ。でもさ、そんなさ、他人にばっかりプレゼント配るサンタクロースみたいな生き方してて、あいつ、幸せだったのかなあ」

俺さ、と声が震える。

「好きだ好きだって言うばっかりで、あいつに、何をしてやれてたんだろう」

床に突っ伏した航一は、声をあげて泣き出した。

黙って彼を見ていたせつなが、きびすを返した。帰るのかと思いきや、そこら中に散乱する空き缶やスナック菓子の袋を拾い始める。彼女は家事代行サービスでも料理専門だと話していたのに。足もとのビールの空き缶にせつなが手を伸ばしてきた時、薫子は先にそれを拾い上げた。真新しいきれいなキッチンの戸棚を勝手に開けてまわり、見つけ出したごみ袋の一枚を自分が持ち、もう一枚をせつなに渡した。

そうして、一時間近くかけてごみだけを片付け、航一のマンションを出た。

帰り道のことは、あまり記憶がない。

ふと気づくともう駅の改札を抜けており、次に気づくと走行する電車の座席に座っていて、目の前には吊り革につかまったせつながいた。それから我に返ると八王子駅の雑踏を歩いていて、次には駐車場に停められていた軽トラの前にいた。「乗ってください」とせつなに言われてその通りにし、次に気づいた時には、自宅マンションの駐車場に軽トラが停まったところだった。闇に沈んだ空を背景にそびえるマンションの、あちこちの窓に明かりが灯っている。名前も知らない人たちの生活の光、生きている光に、なぜか胸がつまった。

「上がっていって」

助手席のドアを開けながら薫子が言うと、せつなは黙って軽トラを降りた。

エレベーターに乗り込んでもどちらも無言だった。九階で降り、内廊下を進んで、奥から二番目のドアを開ける。せつなは大人しくあとをついてきた。

一緒に暮らす人のいない部屋は静まり返って真っ暗だ。薫子はリビングの照明を点け、少しだけ寒い気がしたので弱く暖房を点けた。喪服のままソファに腰を下ろすと、ずっしりと体が重くなり、もう二度と立ち上がれないような気がした。

「あなたも座って」

戸口に立っていたせつながこちらへ歩いてくる。猫のように足音がしない。テレビに向き合うように置かれたソファの、薫子とは反対側の端に彼女は腰を下ろした。

「トキさんから新規の依頼を打診されたのが、去年の二月半ばでした」

くっきりとよく通る声で、間を置かずにせつなは話し出した。

「野宮春彦という男性のひとり暮らしの家で、二週間、週二で通って、三日分ずつ食事を作ってくる。できるだけ急ぎで、という内容でした。本当は新規の依頼は三週間以上前から予約してもらわないと受けられないんですけど、その時はたまたま常連のリピーターさんが遠方に引っ越して時間の空きがあったので、受けることにしました」

せつなに依頼が入る一ヵ月ほど前に、春彦は新宿のマンションでひとり暮らしを始めていた。父と母に反対されてなかなか実家を出られずにいた春彦だが、仕事が忙しくなったことで通勤に便利な物件を借りることになった。今にして思えば、航一と申し合わせたことでもあったのかもしれない。春彦と航一のマンションは、それほど遠くない距離にある。

「港くんが、カフネに依頼したのよね。あの子が食事をサボってるからって」

「そうです。初めてのユーザーだったので掃除の担当者と二人で訪問しましたが、正直そちらは必要ないくらい部屋の中はよく整頓されていてきれいでした。でもまともな食事をしていないのが、冷蔵庫を見てわかりました。栄養ゼリーやドリンク、サプリ、そういうものしか入ってない。実際、初めて会った時の春彦はかなりやせてました」

航一の話を聞いていた時は、とにかく予想もしていなかった情報の数々に混乱していた。だから改めて彼女の話を聞いた今、初めて強い違和感を持った。

「あの子、本当にそんなことになっていたの？　確かにうちの母、春彦のことは絶対に台所に入れなかったし、自炊の経験はほぼなかったと思うけど、自分の食事も考えられないほどずぼらな子じゃ――」

「そういうスキルや性格の問題ではなく、あの時の春彦は、セルフネグレクトに近い状態だったと思います」

言葉の意味は知っている。

けれど、それは、自分の知る春彦とはどうやっても結びつかなかった。

「そんなに珍しいことではないんです。私が担当してる顧客にも、仕事のストレスで自分を健康に生かす意欲を失ってしまって、売ってる総菜やインスタント食品すら食べることができなくなって、見かねた家族が依頼をしてきたという人がいます。本人が日常生活に支障が出るほど無気力になっていたりだとか、傍から見て何かおかしいとわかる兆候があればまわりの人も気づくんですけど、春彦の場合は、普通に会社に行って、ちゃんと仕事をして、友達付き合いも何も変わらずやっていた。港航一が心配してカフネに依頼しなければ、ずっとそのままだったんじゃないかと思う。春彦自身にもまったく自覚がなかったんです。初日に顔を合わせた時は、どうして家事代行サービスなんて頼まれたのかわからないという態度でした。危機感がまるでなかった」

春彦がひとり暮らしをすると聞いた時、何も心配はしなかった。弟は、小さな頃から何でもちゃんとできたからだ。自分で家事をしなければならない生活にもすぐに慣れて、ちゃんとやっていくだろうと思っていた。それが両親の自慢の息子、春彦だったはずだ。

そんな弟が自分で自分を生かす意欲を失い、自分がやせ細っていくことにも無自覚だったなんて、そんなのは、

「春彦らしくない」

声を絞り出すと、せつなはまっすぐにこちらを見つめてきた。まるで何かを見定めようとするように。

「薫子さんは、就職して実家を出てから春彦と同居したことはないんですよね。春彦と食事をする機会ってありましたか」

「ええ……就職してからもたまに実家に帰って家族でごはんを食べていたし、あの子の誕生日には、好きな焼肉につれて行ったりしていたし」

ふっとせつなの目が翳った。

それが何についてかはわからないが、彼女が何かを見極め、悲哀を伴いながら失望したことだけは直感でわかった。

「何なの。どうしてそんなことを訊くの。あなた何を知ってるの？　話して、全部」

短い沈黙をはさんでせつなは口を開き、

「春彦は味覚障害でした」

と静かに言った。

「初めて担当する人には、食物アレルギーの有無のほかにいつも訊いてるんです。好きなものは何か、嫌いなものは何か、どんなものが食べたいか。でも彼は『何でもいい』としか言いませんでした。それは、そこまで珍しいことじゃないです。ただ、それまでの食生活を考えると、食事への関心がかなり低いと思いました。味覚障害のことを知ったのは、通い始めて三度目の時です。冷蔵庫のドリンクが傷んでいたので、あとで捨てようと思ってテーブルに出していたら、仕事から帰ってきた春彦がそれを飲んだんです。止めるひまもなく、平気な顔してコップで一杯。それで、もしかしてと思いました。話を聞くと、辛い、甘い、苦い程度の判別はぼんやりできるけど、基本的に何を食べても味がほとんどしないということでした」

「……待って。それは、本当の話なの？　春彦の話なの？」

「私が知っている春彦の話をしています」

「味覚障害って――それは、いつから？　あの子、そんなこと私にひと言も」

「正確なことは本人にもわからないみたいでしたが、小学校に入学した頃にはもうそうだったと言ってました。もしかしたらこれはおかしいのかもしれないと中学生くらいから思い始めて、高校生になった時、一度ひとりで病院に行ったことがあるそうです。でも、調べてもらってもとくに原因がわからなくて、ストレス性のものじゃないかと言われたそうです。次は親も一緒に来るようにと言われたから、それきりもう病院には行ってない。そう話していました」

フローリングの床に亀裂が走り、足もとから崩れ落ちていく心地がした。

赤ん坊の春彦、よちよち歩きを始めた春彦、二歳の時にはすでに達者なおしゃべりと愛らしい笑顔で誰もを魅了していた幼児の春彦。小学生、中学生、高校生、大学生、そして社会人。たったふたりの姉弟として、どんな時代の春彦のことも見てきたはずだ。時にうらやみ、劣等感を味わいながらも、それ以上のあたたかい思いを何度ももたらしてくれた弟を見つめてきたはずだ。

それなのになぜ、そんな重大なことを自分は弟ではなく、彼女から聞かされているのか。

「あの子……小さな頃から好き嫌いがなかったのよ。ゴーヤも、ピーマンも、セロリも、何も嫌がらずに食べて『おいしいね』って笑うの。本当に天使みたいな顔で言うのよ、おいしいね、って。春彦がそう言って笑えば、父も母もどんなに不機嫌な時でもすぐに笑顔になった。ぎすぎすした空気もすぐにふんわりあたたかくなった。ねえ」

せつなの横顔を、すがるような思いで見つめる。

「それは全部、嘘だったの？　あの子は、そんな小さな頃から、私たちの前で本当は味もわからないのに『おいしいね』って笑ってたってこと？」

せつなはそれについては答えず、静かに続けた。

「契約期間の二週間が終わってから、定期契約をしたいと今度は春彦から直接カフネに連絡がありました。それで週三回、彼の部屋へ行って食事を作ることになりました。私のスケジュールが午前から夕方まで詰まっていたので、午後七時から彼のマンションへ行って料理をすることにして、自然と会社から帰ってきた彼と話すことが増えていきました」

土曜日のチケットで彼女が作り上げる料理を見てその意図に気づいたように、彼女が春彦に作ったという料理の数々が脳裏をよぎり、その意味がつながっていく。

最初に食べさせてもらったのは悲鳴をあげるほど激辛のペンネアラビアータと、喉が焼けるほど甘いトルコ菓子のバクラヴァ。辛さは舌への刺激が強く、実際、春彦は冷麺を食べる時はいつもキムチで真っ赤にするほど辛い物を好んでいた。彼女の作った激辛アラビアータは、味がよくわからない春彦を痛みと熱さで刺激しただろうし、そこから一転、デザートに出された激甘のお菓子は、春彦がなんとか認識できる「甘い」を増幅させただろう。

次に食べさせてもらったのは、アニメや漫画に出てくるような大きな骨付き肉だった。あれは味もさることながら、あの料理を出してもらうことそのものが興奮する体験だ。味による感動を知らない春彦を、彼女はそうして目と触覚で楽しませようとした。

視覚で楽しませるというなら、あの虹色のピザとカラフルなポップコーンもそうだろう。映画を観ながら一緒に食べたと、せつなは言っていた。きっとその時の春彦は、薫子もそうであったように、味覚以外の感覚でも食事を楽しめたはずだ。

「私はこんな性格なので友達はいませんが、春彦とは、なんだか馬が合いました。やたらとこっちに合わせようとするところは気に入らなかったけど、意見がぶつかっても受け止めて、どんな人間も尊重しようとするところはすごいと思った。私が彼の食事を作るのはお金をもらってやってる仕事なんだから、本当はそんな必要はないのに、春彦はいつもすごく喜んで『ありがとう』と言ってくれた。それは、わりと、うれしかった」

何もない空間を見つめるせつなの目が遠くなる。

「本当は顧客と個人的な関係を持つのは好ましくないことですが、トキさんに断りを入れて、休日に一緒に出かけたりするようになりました。植物園とか、激安野菜市場とか、山菜採りツアーとか。春彦は一緒にいても一切そういう空気を出すことがなくて、安心してそばにいられた。その頃、カフネで児童福祉施設の家事代行をする活動が始まったんです。それを話したら、春彦も手伝ってくれるようになりました。それだけじゃなく会社の総務の人に声をかけて、寄付金を取りつけてくれたりもした。そのうち活動が毎週土曜日のチケットになってからも、春彦はずっと手伝ってくれました。助かったし、彼と一緒に動くのは楽しかった。力になってもらった分を、いつか返したいとも思ってた。だから恋人のふりをして両親のところに挨拶に行くのに付き合ってもらえないかと頼まれた時、引き受けました。春彦が、誰かを紹介されることにも、早く結婚しろと言われることにも疲れてるのが見ていてわかったから。一度結婚前提に付き合っている相手がいると顔を見せておけば、少しはご両親の気持ちもおさまるんじゃないかと考えて、協力することにしました」

両親にそんなことをされていたとは、春彦は薫子にひと言も話したことはなかった。だが、父と母ならやるだろう。春彦が結婚して孫でもできれば、両親は春彦をまた呼び戻せると思っていたのではないか。

そうして、去年の真夏の七月、春彦がつれてきた彼女と会うことになった。

「嘘だらけね。春彦も、あなたも。もう何が何だかわからない」

笑いがもれた。別におかしくも何ともないのに、笑うのを止められなかった。

「私は確かに嘘をついたけど、春彦は違うと思います」

「何が違うの？　同僚の男の子と不倫してるわ、あなたと結婚を前提に付き合ってるなんて言って私たちを騙すわ、味覚障害のことも黙ってるわ。何なのこれ、本当に野宮春彦の話？　本当に私の弟の話？」

攻撃するように声を荒らげられても、せつなは、ただまっすぐに見つめてくる。

「春彦は騙していたわけじゃなくて、誰のことも傷つけたくなかったんだと思う。『おいしい』と笑っていればみんなも笑ってくれるから、ずっとそれを続けてた。港航一が自分を強く求めて、おまえがいなければ生きていけないとまで言うから、彼の気持ちが変わるまで付き合おうとしていた。サンタクロースって港航一は言ったけど、私から見た春彦は、もっと不器用でした。人の感情を感じすぎて、誰も喧嘩をしないように、泣かないように、苦しまないように、その場しのぎの手をいつでも何とか打ってる。それが長いあいだに積み重なって、結果的に嘘になってしまっただけです。少なくとも騙すなんてつもりはなかった」

「でもやっぱり私を騙していたのよ。春彦も、あなたも」

わかり合っていると思っていた弟のことを、本当は何ひとつわかっていなかったこと。自分は弟に信じられていなかったこと。そしてきっと、自分たちの誰ひとりとして春彦をわかってやれてはいなかったということ。家族にすらわかられないまま春彦は死んだということ。

いきなり突きつけられたいくつもの事実に感情がぐちゃぐちゃにつぶれ、手のつけようのない混乱状態からのがれるために、心は手っ取り早く怒りという手段をとる。騙された騙されたと被害者ぶることで、肝心なことに何ひとつ気づいていなかった自分から目を背け、痛みから逃れようとする。

自分のそんな卑怯《ひきょう》さを自覚しながら、なおも彼女と春彦が悪いかのように沈黙する。喪服のスカートの上で両手を握りしめていると、せつなが立ち上がる気配がした。

「薫子さんのことは、春彦からよく聞いてました」

静かに彼女は続ける。

「小さい頃からずっと面倒を見てくれたお姉さんで、両親に縛られそうになるといつも春彦の味方をしてくれたって。彼が一番よく話すのは、あなたのことでした。あなたが春彦を大好きだったみたいに、彼にとってもあなたは、世界で一番大切なお姉さんだったと思います」

失礼します。

最後の最後まで落ち着き払った声で言い、もう死んだ弟の元恋人という関係すらなくなった女は、足音も立てずに出ていった。

第四章

1.

五月に入った。説明書に書かれている通り肥料をあげて、土が乾いた時にたっぷりと水をやっていたアガベ・ベネズエラが、幾重にも重なった多肉の葉の間に、色の淡い小さな若葉をつけた。世話をしても何の変化も見せないと思っていた植物が突然発露させた生命の力を、薫子はしゃがみこんだまま食い入るように見つめた。

街路樹の葉も、すでに柔らかく儚《はかな》げな色をした若葉ではなく、すっきりと芯の強い翡翠色に変わっている。葉の隙間から絹糸のようにこぼれ落ちてくる陽の光も、皮膚を押し返すような熱と硬度を持つようになった。もうすっかり初夏だ。そしてきっと駆け足で厳しい夏へと変わっていく。

両親からは交代で何度も電話が入っていたが、出なかった。用件は察しがつくし、今は話したい気分ではない。

放っておくと、春彦のこと、そして彼女のことが意識を占領してしまう。考えたくなくて、薫子は供託官としての業務のかたわら、異動してきた後輩のために覚書やこれまでの供託事例をまとめたマニュアルを作ったりした。後輩には感激されたが、「気にしないで」とにこりともせず答えた。自分のためにやったことなのだから本当に感謝はいらない。

火曜日は、翌日から五連休に入ることもあって何かとあわただしく、退勤した時にはかなりくたびれていた。電車に揺られながら、これからマンションに帰って食事を作ることを考えるとげんなりしてしまい、今晩は総菜を買って済まそうと決める。こういう時、自分の都合しか考えなくていいひとり暮らしは楽だ。

みなみ野駅で降りた薫子は、駅前のスーパーに向かった。夜十時まで営業しているスーパーは夜空の下で煌々《こうこう》と明かりを灯してかがやいている。いつもは最初に青果売り場へ行って野菜や果物をチェックするのだが、今日は総菜売り場に直行した。いつもより時間が遅いことと、四十一歳の自分の体のことを考え、海草入りサラダ、きのこのあんかけ豆腐のパックをかごに入れる。最近少し体重が増えてしまったので、これだけにしておくのがいいとわかっているが、なんだか肉が食べたい。「半額」のシールが貼られた鶏の唐揚げのパックが目について、これにしておくか、と手に取りかけた時、手書きのメモがあざやかに脳裏によみがえった。

「電子レンジで半解凍したあと予熱したオーブントースターで三分間加熱（衣の表面に油がフツフツしてくるまで）。加熱終了後、トースター内に三分間置いて余熱で中心部まで温める」

薫子が食材管理のためにキッチンに置いている黄色の付箋に、けっこう渋い達筆でつづられた文章は、調理済みのフライドチキンを入れたタッパーのふたに貼りつけられている。フライドチキンを作ってもらったのはもう二週間以上前のことなのに、そのメモを見ると、なんだかもったいなくて食べられなかった。いつか特別な日に。あるいは彼女がまたうちに来て一緒に食事する時に。そう思って冷凍庫の中に大事にしまっていた。

結局、唐揚げはかごに入れずに総菜売り場を出た。迷子になったような気分で通路を歩いていると、色とりどりの缶が並んだ棚が目に入り、薫子は、吸い寄せられるように足を向けた。

発泡酒の缶が並んだ冷蔵ケースの周囲にはひんやりした空気が漂っている。ピンク、黄色、水色、オレンジ。カラフルな缶たちは何の罪もない顔をして、私たちを飲んだら楽しくなれるよと誘いかけているように見える。そう、楽しくなるのだ。頭がふわふわして、深く物を考えられなくなって、体の奥の破裂寸前だった風船から空気が抜ける。それが一時的なものに過ぎないなんてことはわかっている。だが一瞬でも、ほんの少しだけでも、嫌なことを忘れて楽になれるならそれの何が悪いのか。喉を滑る炭酸の感触を思い出し、唾が湧き出てくる。

大丈夫。やめようと決めたらすぐにやめられたんだから。もう一ヵ月近くも一滴も飲まずに過ごせたんだから。だから、今日くらい、少しだけ飲んだって平気だ。

それなのに、手は動かなかった。

色あざやかなモザイク画のような冷蔵ケースの前に立ち尽くしながら、思い浮かぶのは彼女の顔だ。ここにある缶を買って帰ったからといって、別に誰にも責められない。だが彼女から手渡されたもの、一緒に託された信頼のようなものを、裏切ることになる。

サラダとあんかけ豆腐のパックしか入っていない軽いエコバッグを持って、マンションに帰った。ハンドソープをつけて念入りに手を洗った薫子は、冷凍庫からフライドチキンの入ったタッパーを出した。ふたに貼りつけられたメモの指示どおり、電子レンジで半解凍したフライドチキン二個を、今度はオーブントースターで加熱する。じっと中をのぞきこみ、厚めの衣の表面で油がフツフツしてきたところで加熱を止め、そのまま余熱が仕上げをしてくれるのを待つ。タイマーできっちり三分間計り、オーブントースターの扉を開けると、えもいわれぬ匂いがキッチン中に広がった。

きつね色のフライドチキンがあまりにも美しかったので、ノリタケのシェールブランのスクエアプレートを引っぱり出し、ちぎったレタスとミニトマトを添えて盛りつけた。テーブルについた薫子は「いただきます」と声に出して手を合わせ、手づかみで熱々のフライドチキンにかぶりついた。ザクッとした衣、あふれ出してくる肉汁。鶏肉は旨みの塊を噛むようで、スパイスの鮮烈な香りが鼻に抜けていき、たったひとつの言葉しか浮かばない。

「おいしい」

誰もいないテーブルのあちら側に向けて声を発した瞬間、胸が焦げつくほど思った。

このまま終わってしまうのは嫌だ。

薫子は椅子を鳴らして立ち上がり、つんのめりながらリビングに走った。ウェットティッシュで手を拭き、ローテーブルに置いていたスマートフォンをとり上げる。どうする。何て言えばいい？　あれこれと思い悩んだが、今の気持ちを率直につづることにした。

『先日はあなたに対してひどいことを言いました。ごめんなさい。もう一度改めて話をさせてもらえないでしょうか』

何度も読み返し、誤字脱字も何らかの偽りもないことを確かめ、送信ボタンに指先を近づける。だが、なかなか押せない。騙されたと罵られた彼女は、これを読んでどう思うだろうか。

なにを都合のいいことをと腹を立てるだけではないか。

だけど、今動かなければきっと彼女とはこれきりになってしまう。

丹田に力を込め、送信ボタンをタップしようとした瞬間、いきなり高い電子音が鳴って薫子は心臓が止まるほど驚いた。

着信だ。画面には『常盤斗季子』と表示されている。

「はい、野宮ですが」

『あ、突然すみません、カフネの常盤です。メッセ打つのが七面倒臭くてすぐに電話かけちゃう昭和生まれの女でごめんなさい』

「いえ、私もそんな感じの昭和の女なのでお気になさらず。それで何か？」

『今週土曜日のチケットのことなんですが、野宮さんは、参加されますか？　ゴールデンウィークですし、もし何か予定があるようでしたら、そちらを優先していただきたいのですが』

チケット。そうだ、チケットがあったのだ。薫子は早口になりながら答えた。

「予定は一切ありません、ぜひ参加させていただきたいです」

『いやさか……！　喜んでごめんなさい、連休中はとくに人手が足りないので、とても助かります。それで今週の土曜日なのですが、せっちゃんが体調不良でお休みなので、私とペアを組んでいただいても大丈夫でしょうか』

え、と声がもれた。

「体調不良？　あの人でも体調を崩したりするんですか」

「野宮さん、せっちゃんっぽくなってきましたね。――本人が弱みを見せるのが大嫌いなので、わたし生まれてから一度も熱なんか出したことありません的な顔をしてますけど、たまに調子を崩しちゃうんですよ。でも深刻なものではありませんから」

あたたかい目で見てやってほしい、というようなニュアンスを斗季子の声から感じた。それで「たまに」体調を崩すことは、これまでにも何度もあったのだとわかった。

何かの病気なんですか、と喉から出かかったが、結局訊けないまま電話を切った。

今はもう、彼女は死んだ弟の元恋人ですらない。自分と彼女の間には何もない。

それなのに、そんな個人的なことに踏み込んでいいのかわからなかった。

五月最初の土曜日、薫子は斗季子と八王子駅前で落ち合い、バスに乗り込んだ。

午前に訪問したのは、実家を離れてひとり暮らしをしているという男子大学生のアパートだった。ただ、立ち会ったのは彼の母親だ。「本当に汚くて」と玄関で重々しく言われた通り、三月下旬に入居したばかりだというワンルームは、なかなかの状態になっていた。

ここに住んでいる青年がＡＤＨＤの診断を受けているということは、あらかじめ母親から申告されていた。「あの子、本当に片付けるということができなくて。私も先日ここに来て言葉を失ってしまって」とかぼそい声で話す母親に、薫子はなるべくやわらかく相槌を打ちながら部屋の中を片付けた。場数を踏んだせいか、二時間で部屋の中はだいぶきれいにすることができた。その間に斗季子も、一週間は持つであろう料理を作り置きしていた。

「なんだか釈然としない顔をなさってますね、野宮さん」

昼食のために近所のファミレスに入ると、斗季子がやわらかい笑みを浮かべて言った。

顔に出ていたのか。薫子はドリンクバーのウーロン茶を飲みながら気まずくなった。

「これまでの訪問先では、介護されてる方だとか、ひとり親で子供を育てている方が多かったんです。あとは常盤さんもご一緒された、双子をワンオペで育てているお母さんだとか。そういう方たちは、何というか、チケットを贈られることに納得できたんです。ただ今回の方は、見たところ経済的にそこまで困窮しているという感じでもないし、それならはじめから普通に家事代行を頼んでもよかったんじゃないか、とどうしても思ってしまって」

ただ、と続けながらため息をつく。

「介護している人やひとり親世帯はよくて今回のケースはだめ、というのは突き詰めると単なる私の好き嫌いでしかないというのもわかるんです。その人がどれだけ困っているかなんて、数値化できるわけでもないし、通りすがりの人間が外側から見てもわからないことですよね。自分の感情で物事を勝手に測って判断するのはいかがなものかと思うし、では、どう考えることが公平なのか、それもよくわからなくて」

こちらをつぶらな瞳で見つめていた斗季子が、しみじみとした口調で言った。

「野宮さん、まじめすぎて面倒くさいとか言われながら人生を送ってきた方ですね」

「ええ、母にすら言われましたね。恋人にもそれで結婚寸前に振られたりしましたし」

「私は好きですよ、面倒くさいまでにまじめな野宮さんのような人。それに野宮さんのおっしゃることは、実はチケットの根幹に関わることなんですよ。活動を初めて一年近くになりますが、私もいまだに悩んでいます。これでいいのか、自分は有志の人たちの善意を搾取しているんじゃないか、って」

彼女は迷いなく自分の道を突き進んでいるように見えていたので、驚いてしまった。斗季子は苦笑してみせ、ドリンクバーのメロンソーダをひと口飲んだ。

「今は長年ご愛顧いただいてるユーザーさんにチケットをお渡しして『お知り合いの中で家事に関して困っていらっしゃる方がいらしたらお渡しください』とお願いしています。でも最初は『家事代行を頼む経済的余裕のない方』という条件があったんです」

「でも、それをなくしたんですか？」

「はい。そういった条件をつけたら、きっと本当に力になりたい人たちは逆にチケットを使いづらくなる、と言われたんです」

春彦くんに。斗季子は、そっと続けた。

「目的が『本当に切迫して困っている人だけを対象にして力になりたい』ということだったら条件を厳しくするべきだと思う。でも『切迫して困っている人をなるべくとりこぼさずに力になりたい』ということだったら、グレーな人たちも受け入れたほうがいい。そうすれば困っている人もグレーの中に溶け込んで、助けを求めやすくなる。さり気なく、気安く、手を貸せるようになる、って」

うまく言葉が出ないまま、斗季子の話を聞いていた。

港航一とせつなから、自分がまったく知らなかった春彦の姿を知らされた。自分の弟が本当はどんな人間だったのかわからなくなり、姉なのに何も知らなかった事実に打ちのめされもした。けれど、斗季子の語る春彦は、とても春彦らしかった。

「なるほどその通りだと感じ入って、今の活動形態になりました。あの、弊社のカフネという社名、意味はご存じですか？」

「ポルトガル語で『愛しい人の髪に指を絡める仕草』をあらわす言葉ですよね。日本語に訳すのが難しいニュアンスの言葉だとありました」

「さすが。そういうことちゃんと調べている野宮さん、好きです。私、会社を立ち上げる前はダブルワークして無我夢中で働いていました。へとへとになって帰ってくると、娘たちは大抵寝ちゃってるんですけど、その顔を見ると、やっぱりほっとするんです。子供の髪って、すごくやわらかくて、さらさらしていて、あたたかいんですよね」

薫子も思わず笑みをこぼしながら頷いた。指先によみがえったさらさらの感触は、自分の子供ではなく、幼い春彦のそれだったけれど。

「愛しいんです。眠ってる娘たちの髪をさわりながら、忙しすぎて心を失くしかけているような人たちが、こんな時間を持てるようにする仕事がしたいと思いました。それで会社を立ち上げた時、社名にしたんです。その話をしたら春彦くん、素敵ですね、って笑ってくれて。あの子の笑顔は、なんだか天然記念物みたいでしたね」

ほほえんだ斗季子は、ぽつんと呟いた。

「会いたいなぁ」

薫子も、こみ上げるものをこらえながら頷いた。

今はもう、あなたがよくわからない。

それでも、もう一度会いたいよ、春彦。

ファミレスを出たあとは、またバスで移動した。車内は混んでおり、斗季子と二人掛けの席に肩をくっつけ合って座った。

「午後のお宅は、チケットでうかがうのが二度目なんです。奥様が認知症の旦那様を介護なさっているんですが」

「そうなんですね。うちも他人事じゃないですが、大変でしょうね」

「本当に。奥様がとても気丈な方で、ご自分も腰を痛められているのに何でも自分でやろうとなさるので、心配した弊社のユーザーさんが二度目のチケットを贈ったんです。それで、野宮さん。前回のチケットの時にお手伝いに来たのが、せっちゃんと、春彦くんなんです」

え、と驚く薫子に、斗季子は小さく笑った。

「せっちゃんと春彦くんの最強コンビは、すこぶる評判がよかったです。わざわざ奥様がお礼状を弊社にくださったくらいです。二回目を担当する我々はハードルが上がってしまい大変ですが、がんばりましょうね」

訪問先はこぢんまりした平屋だった。借家らしく、周囲に同じ箱型の家が三軒並んでいる。斗季子と薫子を出迎えたのは、きれいなホワイトヘアの初老の婦人だった。

「ごめんなさいね、二度もお世話になってしまって」

ことさら恐縮するわけでもなく、さっぱりとした口調で言った夫人が、薫子はせつなに似ていると感じた。たぶん姿勢がよくて立ち姿にパワーがあるからだ。

夫人が介護している男性は奥の部屋で休んでいるそうで、薫子は一階の茶の間部分を頼まれた。風呂やトイレはどうだと訊ねると「そんなところはいいわよ、自分でやりますから」と返される。痛そうに腰をさすっている夫人にだ。おせっかいは厳禁、と以前せつなに言われたのを覚えてはいたが、ついこらえきれず、言ってしまった。

「今日ぐらいは遠慮なさらないでください。それと、介護保険などはもう使われているとは思うんですが、ご自分もサービスを利用なさってもいいと思います。その状態では介護しながら家の中のことをするのは、本当に大変でしょうし」

夫人は目をまるくしてから、ほほえんだ。

「そうね、どうもありがとう。そういうサービスの利用も考えなくてはと思ってはいるんだけれど、なるべく自分の力で生活したいと、まだ思ってしまうのよ。私なんかよりもっと困っている人は、この国の中だけでももっとたくさんいるでしょうから。本当にどれだけ助けても、困っている人も、苦しんでいる人も、泣いている人も、いなくなりはしないから」

真に迫った言葉に驚いた薫子は、茶の間の壁に飾られた写真に気がついた。黒人の子供たちと笑顔で写る若い女性は夫人だ。隣に立っている東洋系の男性は彼女の夫だろうか。二人の写真はほかにも数枚あった。景色も、一緒に写る人々も、その肌の色や服装も、様々だ。

薫子の視線に気づいた夫人が説明してくれた。

「私と夫は、とある医療団体で働いていたの。私が助産師、彼が医師でね、アフリカ、インド、アフガニスタン、色んなところに行ったわ。東日本大震災が起きた時も、翌日には東北に駆けつけた」

彼女が名前を口にした人道支援医療団体は、薫子もよく知っていた。世界的に有名であるし、春彦が遺産による寄付を望んでいた団体だからだ。

「私たちはどの宗教、どの思想にも属さず、どんな信仰や思想、立場にある人でも命の危機に瀕《ひん》しているなら助けると表明してる。それでも紛争地域だと、病院施設や支援拠点が攻撃されることもあってね。私もテロで同僚を亡くしたことがあるわ。治安のよくない地域だと、誘拐のターゲットにされることもあり得る。だから自分にしかわからない暗号を記して封印したものを事務局に預けておいて、いざ誘拐された時、その暗号を伝えることで本人確認をしたりするの」

夫妻は若い頃から世界中を飛び回り、ほんの一年前までこの借家には短期間帰ってくるだけだったという。彼女の言葉に力があるのは、それがどれも彼女自身の体験から紡がれるものだからなのだ。薫子も、人の役に立ちたいという気持ちはある。しかし彼女たちのように時には自分自身の命にも関わる場所に赴いて力を尽くすのは、本当に覚悟の要ることだ。自分ができるかと問われれば、正直に言って自信がない。

「不躾《ぶしつけ》にすみません。どうしてその生き方を選ぶことができたんですか？　今おっしゃったように危険と隣り合わせの道ですよね。それなのに、なぜ」

気を悪くされるかもしれないと思ったが、夫人はほほえんだ。

「最初の最初はね、勤め先で知り合った夫にひと目惚《ぼ》れして、紛争地の子供たちを救いたいという夫を追いかけていったのよ」

「え」

「でもそこで、知識として知ってはいたけれど本当にはわかってはいなかった現実を見た。見てしまったからには、そこで自分の力を尽くすしかなかった。誰かが泣いている時、『助けたい』と願う気持ちは、誰もが持っていると私は思うのよ。そう信じてる。自分のその気持ちに従って、色んな場所の色んな母親と赤ちゃんに会ってきた。胸がつぶれるほどかなしいこともたくさんあったけど、いつでもどこでも、命は宝石だった。それで夢中になり過ぎて、自分の子供には会い損ねてしまったけど」

快活に笑う夫人に見入っていた。子供を持たなかったことは、自分も彼女も同じだ。それなのにこの人は、なんて澄み切った笑顔を見せるのだろう。

そんな薫子を、夫人はなんだか不思議そうな表情を浮かべて見つめ返してきた。あまりに見つめられるので、まごついてしまった。

「何か？」

「いえ……今年の二月の終わりだったかしらね、以前にもカフネさんのお手伝いの方たちが来てくださったんだけど、その時にお掃除をしてくれた男の子にも、同じことを訊ねられたのよ。その子とあなたが、なんだか似ているように思えたものだから」

春彦と似ていると言われたことは今までになかった。

春彦は母に似て容姿も魅力的だったし、ほがらかで素直な性格は誰からも愛された。そんな弟と自分は正反対だと、ずっと思っていた。

「――それは、私の弟です」

「まあ、そうなの？　弟さんにはとてもよくしていただいたのよ。元気にしてる？」

はい、と笑って答えればよかったのだと思う。もしかしたらこの先、もう会うこともないかもしれない人だ。それなら元気だと答えて、ほっとしてもらったほうがいい。

でも実際には薫子は口をつぐんでしまい、夫人はすぐに何かを察知したような表情を浮かべた。死を身近に感じてきた人なのだと思わせる一瞬の反応だった。だから三月の誕生日に春彦が亡くなったことを伝えた。

「そう……かなしいわ。でもあなたはなおさらでしょう。お悔やみ申し上げます」

「ありがとうございます。あの、すみません。前回、弟がうかがった時のことを教えていただけませんか？　何か弟に変わった様子はなかったでしょうか」

自分のせいで春彦は死んだのだと、港航一は泣きながら語った。彼と春彦が勤めていた製薬会社で盗まれたという薬品は、航一の言うとおり、研究職に就いていた春彦になら盗むことは可能だったかもしれない。

だが、調べ直そうにも春彦の遺体はすでに焼かれて骨となってしまった。春彦がなぜ死んだのか、それを知る手立てはもうない。そんなまさか、と否定しても、だけどまさか、と思考は堂々巡りをくり返す。もうずっと、よく眠れない日々が続いていた。

夫人は死ぬ前の春彦に会っている。その時、春彦はどんな様子だったのか。何を考えていたのか。どんなに小さなことでもいいから聞かせてほしいと、すがるように頼む薫子を、夫人は澄んだ目でじっと見つめた。

「弟さんには、この部屋をとてもきれいにしていただいたの。あなたみたいにお掃除をしながら私の思い出話を興味深そうに聞いてくれたわ。不思議な子だった。なんだか一緒にいるだけで心があたたかくなるようで。でも、なんというのかしらね、あまり心からの生き方ができていないような顔をしていたわ。色んな場所で色んな境遇の人と知り合ってきたから、何となくそういうことを感じるの。だから『おばあちゃんのお節介だけれど、あなたは自分に正直に生きている？　自分が望むこと、欲しいものを手に入れる生き方をしなくてはだめよ』、そんなことを言ったと思うわ」

「それで、弟は――？」

夫人は、遠いまなざしを薫子のかたわらの空間に向けた。

「彼、しばらく黙ったあとで、『自分の欲しいものがよくわからないんです』ってぽつりと言ったのよ。ずっと前からそうで、だからあれが欲しい、これをこうしたいって望みをはっきりと持っている人を見るとまぶしい、って。そういう人に弱いんだ、って最後は笑っていたわ。なんだかこう……たまらない気持ちにさせる笑顔でね、この子は、自分の欲しいものがよくわからなくなるほど、誰かの欲しいものに合わせて生きてきたのかもしれないと思ったわ」

――春彦は色んな人に愛されて、欲しがられて、それが二十九年間ずっと休みなく続いていて、笑っていても本当はすごく疲れてた。

せつなの声が耳の奥によみがえり、喉の奥が腫れたように苦しくなった。春彦がいつからそうなったのか覚えてはいない。けれどまだ小学校にも入らないほど幼い頃から、春彦はわがままを言わない子だった。いつも機嫌がよく、人々に笑顔を向け、それでなおさら愛され、必要とされ、こちらへ来てと伸ばされる手に、笑顔で応えていた。

「『欲しいものがわからないなら好きなことを考えてみたら？』と弟さんには言ったわ。そうしたら彼、しばらく考え込んでね。『でも自分のしたいことと、まわりの人たちが自分に望むことは食い違うことがありますよね』と言ったの」

「それで、なんとおっしゃったんですか」

『そういう時あなたが選ぶべきはあなたの心だ』と答えたわ。『あなたの人生も、あなたの命も、あなただけのもので、あなただけが使い道を決められる。たとえ誰が何を言おうとあなたが思うようにしていい』って。そうしたらね、弟さん、とっても透きとおった顔で笑ってくれたのよ。ありがとうございます、って」

その時、春彦は、いったい何を思っていたのだろう。

透きとおるような笑顔の裏で、何を決めたのだろう。

二時間が経過し、薫子と作り置き料理を冷蔵庫に仕舞い終えた斗季子が玄関で挨拶をすると、夫人は腰をさすりながら明るく笑った。

「お二人とも、どうもありがとう。今度、カフネさんの家事代行サービスをお願いしようと思います。またあとでご連絡しますから、どうぞよろしくね」

外に出ると、時間が止まっているような曇り空が頭上に広がっていた。時刻は四時過ぎだ。バス停までやって来たところで、斗季子が「すみません、野宮さん」と言った。

「私、せっちゃんのおうちに食料を届けてこようと思うんです。帰り道とは反対方向なので、野宮さん、ここからおひとりで帰っていただいて大丈夫ですか？」

斗季子は中身が詰まって膨らんだエコバッグを持ち上げてみせる。——買い出しに行くのもつらいほど、具合が悪いということなんだろうか。誰の世話にもならずに生きている、と言わんばかりの一匹狼の顔をした彼女が。

薫子はとっさに言っていた。

「私も、ご一緒させてもらえませんか」

せつなに訊いてみるけれど、もしかしたら断られるかもしれない、と斗季子には言われた。

「前にも言いましたけど、弱ってる姿を見られるのが嫌いな子なんです。具合が悪くても絶対にそんな素振り見せない野良ネコみたいな性格だから。野宮さんの前では背伸びしてるから、余計に嫌がるかもしれないです」

「背伸び？　そんなのしてるんですか？」

「してますよ、あれは明らかに。春彦くんの前だともうちょっと力抜いてたし、私の前だともう少し砕けてます」

歩道を進みながら斗季子はほほえんだ。

「それは小さな子がおねえさんを前にして、もじもじしちゃうような感じなんだと思います。せっちゃん、人見知りのひとりっ子なので、気になる人の前ではツンとしちゃうところがあって。小耳に挟んだんですけど、土曜日のチケットが終わったあと、せっちゃんは野宮さんのおうちでごはんを作ってたんですよね」

「はい。でもそれは、私に気を遣ってくれたんだと思います。私が春彦の姉だから」

「そうですね、確かにそれはあるかも。あの二人はマブダチだったから。でも、せっちゃんがそうやって自分から誰かに関わっていくことって、わりと貴重なことなんです。それは野宮さんの人となりを見て、好きになったからだと思います」

それから間もなく、斗季子のスマートフォンが電子音を鳴らした。新着のメッセージを確認した斗季子は、眉尻を下げてみせた。薫子は頷いた。

「やっぱり具合の悪い時にはよっぽど心をゆるした人じゃないと近寄ってほしくないと思います。私もそれはわかりますから。失礼します」

「あ、待ってください。もう本当にすぐそこなんです。野宮さん、すみませんが私がせっちゃんの様子を見てる間、これを冷蔵庫に入れておいてもらっていいですか？　それで、少し待っていてもらえませんか。野宮さんさえよければ、一緒にごはんを食べて帰りましょう。この前せっちゃんについていっていただいたお礼に、ごちそうさせてください」

確かに港航一の住まいに同行する時、今度食事につれていってくれと斗季子に言ったのだ。気を遣わせてしまっているのはわかったが、やはりせつなの様子が気にかかり、薫子は斗季子と一緒にアパートに向かった。

アパートは外壁がグレーとオフホワイトのツートンで塗られた二階建てで、せつなが住んでいるという部屋は二階の西側から二番目だった。斗季子が当たり前のように財布から鍵をとり出してドアを開錠したので、ひそかに薫子は驚いた。せつなと斗季子は、単なる仕事関係者というよりもっと親しい間柄に見える。

「せっちゃん、来たよ」

薄暗い玄関に入りながら、斗季子が落ち着いた声をかける。狭い玄関には、せつながいつも履いている黒のコンバットブーツが一足だけ出ていた。すぐ右手に洗濯機が置いてあり、その少し先にキッチンスペースがある。

「入るね」

そっと声をかけながらドアを開けた斗季子は、よろしく、というように薫子に小さく頭を下げて部屋に入っていった。ドアが閉まるまでのほんの一、二秒の間に、照明が点けられていないがらんとしたフローリングの空間と、申し訳程度に置かれたローテーブル、部屋の奥に設置されたベッドが見えた。ベッドで白い布団が横たわった人間の形に膨らんでいるのも。

「熱、測ってみた？　水分とってる？」

「……トキさん、来なくていいって言ったじゃん。平気だから、もう帰って」

「うん、すぐに帰るよ。でもその前に、ポカリ飲める？　茶碗蒸しとか、レトルトのおかゆとか、簡単に食べられるもの買ってきたから、冷蔵庫に入れとくからね」

漏れ聞こえる言葉どおり、使い込まれたエコバッグを開けると、電子レンジで温めるだけの茶碗蒸しや、パック入りのコーンポタージュ、卵と梅干と鮭入りのレトルトのおかゆ各種、プリンなどが入っていた。なるべく音を立てないように小型冷蔵庫の前に膝をつき、扉を開けた薫子は、一瞬息が止まった。

冷蔵庫の中はきれいに片付いていた。

というよりも、ほぼ物が入っていなかった。各段の棚の白さが目にまぶしいほどで、冷蔵庫の奥の壁まではっきりと見える。かろうじて入っているものといえば、パック入りの栄養ゼリーが三個ほど、ミネラルウォーターのペットボトルがドアポケットに一本、マルチビタミン、鉄分のサプリメントのボトル、それだけだ。醬油やマヨネーズ、どこの家にもあるはずのそんな調味料すらない。

心臓が乾いた音を立てていた。薫子はとりあえず、斗季子が買ってきた食料をなるべく静かに冷蔵庫に仕舞った。

息を殺して立ち上がり、キッチンスペースを見回す。シンクは濡れている。食器かごに無地の青いマグカップが置かれているから、きっとこれを洗ったのだろう。コンロは一口だ。汚れは一切ついていない。小さなキッチンスペースのすみからすみまでを確認しても、おたまや、フライパン、菜箸や包丁、そういうものは見当たらなかった。——いや、見えないところにきちんと収納してあるのかもしれない。だって、そうだろう。彼女が今までどれほど華麗な腕前を披露してきたと思う？

シンクと壁の小さな隙間にはめこむように置かれたごみ箱を見た瞬間、鼓動が乱れた。冷蔵庫に入っていたのと同じ栄養ゼリーの潰れた空きパックが、いくつも、いくつも入っていた。あとはティッシュや紙切れしか入っていない。食材を切った形跡はおろか、総菜を買ってきて食べたようなあとも見て取れなかった。

立ち尽くしていた薫子は、ごみ箱の足もとに何か小さな銀色のものが落ちていることに気づいた。膝を折って見てみると、薬の包装シートだ。元々はもっと大きなシートだったのだろうが、二錠分だけ切り取ってある。薬自体はもうなかった。飲み終えた殻をごみ箱に捨てた時、何かの拍子で落ちてしまったのだろう。

『イマチニブ　100』

銀色のシートに印刷された薬剤名は、まったく知らないものだ。

これは彼女のプライバシーだと理性が警告する。けれど知りたいという欲望のほうが強かった。焦燥に近い心地で薫子はスマートフォンをとり出した。検索はものの二秒で終わった。

——どうして。

最初に頭に浮かんだ言葉はそれだった。

どうして私は知らなかったのか？　当たり前だ。彼女とは赤の他人なのだから。

どうして彼女は教えてくれなかったのか？　それも当たり前だ。春彦と彼女は友達だったかもしれないが、自分と彼女はそこにすら及ばない関係でしかないのだから。

せつなから春彦の話を聞いた時と同じだ。ひっくり返り、崩れていく。今まで自分が見ていたものは何だったのか、わからなくなっていく。

「じゃあ、帰るね。何かあったら連絡して。何もなくても連絡して。また来るよ」

斗季子が部屋から出てきた。薫子はとっさにジャージのポケットに銀色のシートのかけらを突っ込んだ。いきましょう、と斗季子が唇の動きだけで言う。先に外に出た斗季子に続き、薫子もスニーカーを履き、足音を立てないようにドアから出た。

一度だけふり返ったが、ベッドに横になっているだろう彼女の姿は、ドアにはめこまれた曇りガラスに隠されて見えなかった。

外に出ると、夕方四時半の景色はまだ昼とさほど変わらない明るさだった。「日が長くなりましたねえ」と斗季子が空を見上げて言う。その平和な声音を聞いたらいきなり堪え切れなくなって、薫子は今さっき盗んできた銀色のシートのかけらをとり出した。

突然、手のひらに載せたそれを見せられた斗季子は目をみはった。

「落ちてたんです。ごみ箱のそばに」

言い訳にもならないことを言い、薫子は浅い呼吸のまま言葉を継いだ。

「調べたら、慢性骨髄性白血病の患者が飲む薬ということでした。――そうなんですか？」

斗季子は長いこと、黙ってこちらを見つめていた。

澄んだ目で何かを見て取ったように一度ゆっくりとまばたきして、言った。

「少し早いですけど、ごはん食べましょう。とっておきのお店があるんです」

2.

斗季子に案内されたのは、こぢんまりした定食屋だった。店先にビニール製の屋根がついている昔懐かしい外観で、引き戸には暖簾《のれん》がゆれている。「ここ、チケット活動に協賛してくれている方のお店なんです」と斗季子は言い、常連だとわかる気負いのなさで引き戸を開けて中に入った。チリン、と鈴の音が小さく響いた。

まだ五時前とあって、客の姿はほとんどない。天井や壁に経てきた年月の長さを感じはするが、掃除が行き届いていて清潔感があった。出てきたのはエプロンに三角巾をつけた初老の女性で、斗季子を笑顔で迎えた。

斗季子は一番奥のテーブル席に陣取ると、調理カウンターの上にたくさん貼られた短冊状のメニューを指した。

「野宮さんはどうしますか？　私は親子丼です。ここの親子丼は生まれてきた意味がわかる美味しさで、味を盗もうと長年通っているんですが、いまだに及ばないんですよ」

「じゃあ、私も同じものを」

親子丼ふたつお願いします、と声を張った斗季子は、お冷をひと口飲んだ。

「私、野宮さんと初めて会った時から、一緒に飲みに行きたくてたまらなくて」

「飲みに行こうって、あれ本気だったんですね」

「もちろん本気ですよ。私、シャイなのであんなこと本気じゃないと言えません。でもせっちゃんに釘を刺されてしまったんです。お茶やごはんならいいけど、野宮さんには絶対にお酒を飲ませるなって」

気まずい苦笑がもれた。

「私、弟が急死する前にも不妊治療がうまくいかなかったり、それが引き金になって離婚したりで、かなり荒れていたんです。それでお酒に逃げるようになっていたんですね。小野寺さんはそれを止めてくれたんです。冷蔵庫に買い置きしてたお酒、一本残らず捨てられました」

「……せっちゃんが、まことに申し訳のないことを。野宮さん、よくそんな暴挙にあいながらせっちゃんと付き合いを続けてくれましたね」

「まあ、あの時はとんでもない小娘だと思いましたけど……でもひさしぶりだったんです、あんな風に誰かに心配してもらったのは。あれ以来、飲まずに済んでいます」

会話が途切れ、まな板で何かを刻む音や、フライパンで何かを炒めている音、そんなものが聞こえてきた。斗季子はもうひと口お冷を飲んでから、話し始めた。

「せっちゃんの病気がわかったのは、三年近く前のことです。職場の健康診断で血液検査が引っかかって、再検査したら慢性骨髄性白血病――ＣＭＬって呼ぶことのほうが多いですが、それがわかったんです。治療のために休職したあと、一度は復帰したんですけど、その時せっちゃんが働いていたホテルのレストランはとにかく激務で、治療で弱っている体には酷だったたんですね。それで退職して、弊社で家事代行を始めたんですが」

「小野寺さんの前の職場というと？」

「ホテルRです」

驚いた。都心のラグジュアリーホテルではないか。

「せっちゃんは高校を卒業したあと四年制の専門学校で勉強して、調理師免許と栄養士免許を取得してるんです。普段はあんなクールな感じですけど、こうすると決めたら絶対にやり抜く子だから、学校でも職場でもいつもがんばってました。一度ね、私と娘たちをレストランに招待してくれたことがあるんですよ。きれいなところすぎてめちゃくちゃ緊張しましたけど、すごくうれしかったし、出てくる料理がみんな夢みたいに美味しかった」

少女みたいに笑みをこぼす斗季子につられ、薫子も口もとがゆるんだ。

「斗季子さんと小野寺さん、とてもお親しいんですね。お付き合いは長いんですか？」

「はい、もう二十年になりますね。私、娘たちを産んで駆け落ち相手にとんずらされたあと、家政婦紹介所に登録したんです。たいした学歴も職歴もなかったんですけど、家がレストランをやっていて、料理は少しだけできたんですね。これなら仕事にできるかもしれないと思ったのと、当時お世話になった紹介所が託児所もやっていて、娘たちを預かってもらえるのが大きかったです。それで、私が二十三歳の時、せっちゃんのお宅に派遣されました」

斗季子はまだその先を続けそうに唇を動かしかけたが、横一文字に引き結ぶと、薫子を見つめてほほえんだ。

「話が逸れちゃいましたが、とにかくせっちゃんがあの薬を飲んでいるのは、そういうわけです。私、せっちゃんから話を聞くまでは、慢性白血病って急性白血病が慢性化したもののことをいうんだと勘違いしてたんですが」

「恥ずかしながら私もです」

「一緒ですね。でもそうではなく二つは別物で、ＣＭＬに関しては進行が比較的ゆっくりなので、大部分の人は症状もほとんどないし、日常生活を送りながら薬を飲んで治していけます。現にせっちゃんも、定期的に病院に通いながら、普通に働いてますし。せっちゃん、実はうちの売れっ子なんですよ。せっちゃんのお料理に惚れ込んだリピーターさんの契約で一週間の朝昼夕はほぼ埋まっちゃって、新規は一ヵ月待ちなんです」

そこでエプロンがよく似合う初老の女性が親子丼を運んできてくれた。出汁の香りが立ちのぼるとろとろ卵に、鶏肉と飴色の玉ねぎがどっさり入っていて、さわやかな三つ葉がキリリと色彩を締めている。「さあ食べましょ、熱々がごちそうです」と斗季子が箸を渡してくれたので、薫子もいただきますと手を合わせてから、金色にかがやく親子丼をひと口食べた。硬めに炊かれた白米に甘めの出汁が絡み、すごく美味しい。やわらかい卵はあっという間に口の中で溶けてしまう。

「絶品ですね」

「でしょう。世界親子丼選手権があったら確実に世界を獲ると思うんですよ」

「常盤さん。今のお話は、私を心配させないようにかなりソフトに話してくださったんですよね。私も先ほど常盤さんが小野寺さんと話してる間にネットで調べただけなので、まだそこまできちんとは理解できてませんが、確かに小野寺さんの病気は画期的な薬の登場で日常生活を送りながらの治療が可能になったし、十年生存率も九割近いそうです。でもやっぱり飲んでいる薬は抗がん剤だし、副作用が出る人も少なくない。投薬の当初は副作用も軽くて治療効果も出ていたのに、薬が効かなくなったりすることも、急に副作用が出てくることもある」

箸を止めた斗季子は、目を大きくしていた。

「野宮さんが調べられた時間って、ほんの五、六分ですよね？　やっぱり春彦くんのお姉さんだなぁ。彼も、時々どきっとするくらい鋭くて賢かった」

「私は春彦に比べたら全然。あの子は、私とは世界の見え方が違ったんだと思います。あの子が小さい頃、朝のニュースで観光地が紹介された時、ぎゅうぎゅうに人が映っている画面の端っこの、ごま粒みたいな人を指して『この人すごくかなしいんだね』って泣きそうな顔で言ったことがあります」

「確かに少し浮世離れした、星の王子様みたいな子でしたね」

かなしげな笑みを浮かべた斗季子は、小さく息をついた。

「確かに、せっちゃんの治療は簡単なものではなかったです。薬に過敏に反応してしまう体質らしくて、副作用が強く出過ぎて薬の量を減らしたり、薬そのものを替えたり、休薬したり、そういうのをくり返して、やっと落ち着いてきたのが一年ちょっと前です。せっちゃんも負けん気が強いので、そんな中でも家事代行として働いてましたけど、かなりつらそうな時もありました。CMLは、寛解の状態を一定期間維持できたら、断薬できる可能性があるんです。でもせっちゃんは副作用が強く出てしまうので、薬の量を抑えていて、薬の要らない生活に戻るまでには、まだまだ時間がかかると思います」

「……あの薬を飲んでいる間は、妊娠もできないんですよね」

「ええ、流産や胎児に異常が出るかもしれないリスクがあるので。もともと色恋沙汰を避けてるところはありましたけど、発症してからは男性をブロックするようになりました。春彦くんは不思議だったな。あんなにリラックスして男の子と笑ってるせっちゃん、初めて見た」

――彼女の前で、何度子供の話をしただろう。

不妊治療がうまくいかなかったと泣きながら話し、子供を見るとさらう妄想をするんだと話した。ほかにも無自覚にやっていたことはきっといくつもあるだろう。子供が欲しいと思ったことは一度もない、と彼女は話していた。だが、だから問題はないという話ではない。勝手に彼女は健康で若くて何ひとつ問題を抱えていない人間だと決めつけ、配慮を怠っていた。それが、苦しかった。

「冷めちゃいますから、とりあえず食べましょう」と斗季子に言われ、箸を止めていた薫子は親子丼を口に運んだ。美味しい、とても。――けれど、春彦はこんな味もわからなかった。わからないことを二十九年間、隠していた。

そんな弟の、おそらく唯一の理解者だった彼女も、ゼリーやサプリから機械的に栄養を補給するだけで、自分自身のためには何も作らない。訪問先でたまたま知り合うだけの人々にはあれだけ寄り添い、彼らの必要としている料理を作る彼女が。

「小野寺さんが体調を崩した時は、さっきのように常盤さんが様子を見ているんですか？　彼女の親御さんや、ほかのご家族は？」

親子丼と味噌汁、ひじきの煮物とお新香の小鉢もすべてきれいにしてから、ずっと気にかかっていたことを切り出した。お冷を飲んでいた斗季子は、静かにコップをテーブルに戻してから、まっすぐに薫子を見つめた。

「野宮さん。私はせっちゃんと仲はいいけど、やっぱり他人なんです。さっきお話ししたところまでが、私に話せるぎりぎりのラインだと思います。これ以上のことは、せっちゃんのいないところで勝手に話すのは越権行為です」

「でも、私が小野寺さんに直接訊いても、きっと彼女は何も話してくれません。私、彼女にひどいことを言ったんです。彼女は何も悪くない、むしろ私にとてもよくしてくれていたのに、それを全部台無しにするようなことを言ったんです」

「野宮さんとせっちゃんの間に何かあったことは、私も知っています。実はせっちゃんから、野宮さんはもうチケットに参加しないかもしれない、参加するとしても相方は自分じゃなくて別の人にしてもらったほうがいい、と相談されていたんです。今回はたまたませっちゃんの体調不良が重なったので急遽私と組んでもらいましたが、本当は野宮さんにはしばらく私とやってもらいながら、相性の好さそうな人を検討しようと思っていました。それでももし野宮さんが参加されなくなるなら、仕方がないなと」

そうなっても無理はないことをせつなに言ったのに、実際に彼女から拒絶されていた事実を知ると、心臓のあたりがぎゅっとした。

斗季子が黒々とした瞳で見つめてくる。

「野宮さんは、どうしてせっちゃんのことが知りたいんですか？　気の毒に思ってらっしゃるなら、大丈夫ですよ。季節の変わり目で少し調子を崩してるだけだし、せっちゃんには私もついてます」

「……わかりません。うまく言えません。でも気の毒だとか、そういうことではないんです。私は」

言葉を探し、探し、見つけられたのはずいぶん稚拙なものだった。

だがそれが本心だ。

「彼女に何かをしたいんです。彼女が笑ってくれたり、喜んでくれたりするようなことを、したいんです。彼女が私にしてくれたように」

引き戸が開く音がして、いらっしゃいませ、と初老女性が愛想のいい声をかけた。

長い沈黙のあと、斗季子は小鉢にひと切れだけ残っていたきゅうりの糠漬《ぬかづ》けを口に運ぶと、腰を上げた。

「出ましょう」

やっぱりだめか。沈みかけた薫子に、斗季子はやわらかく笑いかけた。

「今度は、お茶しましょう」

どこかのカフェにでも入るのかと思ったが、斗季子が向かったのは食堂から数分歩いたところにある小さな公園だった。わんぱくな子供ならすぐに端から端まで走れてしまいそうな空間を生垣と金網が囲み、敷地の真ん中に円形の砂場、赤と青に塗られたブランコがあるだけの簡素な公園だ。小学校低学年くらいの女の子が三人、ブランコで遊んでいる。敷地のあちこちにあるベンチには、杖をついた老齢の男性と、本を読んでいる女性の姿があった。

「ここ、せっちゃんのおうちに通ってる時、帰りによく休憩してたんです」

斗季子はベンチの土埃を払って座り、少しスペースを空けて腰を下ろした薫子に、自販機で買った冷たい缶コーヒーをさし出した。

「お砂糖が多いから控えなきゃって思うんですけど、甘い缶コーヒー、大好きで」

「甘いものは心の栄養です」

「あは、せっちゃんの言いそうな台詞《せりふ》。——私がせっちゃんのお宅で働くようになった時には、もうお母さんはいませんでした。雇い主であるせっちゃんのお父さんには、もしせっちゃんの母親と名乗る女性が訪ねてきたら、日中でもいいからすぐに連絡を入れてくれ、と言われていました。それ以上の詳しいことはお聞きしてません」

斗季子が缶コーヒーを開けてひと口飲む。薫子も同じようにした。今日は朝からずっと曇りのせいか、温室の中のように蒸し暑くて、冷えた甘いコーヒーが美味しかった。

「せっちゃんのお父さんは、大きな会社にお勤めで、私が出産している間にとんずらした男に髪の毛一本でも食べさせてやりたいくらい、きちんとした人でした。東北の出身だそうで、寡黙ではあるけど、私のお休みやお給料についても配慮をもって対応してくれた思いやりのある人です。ただ、まじめなために疲れてしまっているようにも見えました。会社で重職に就いている多忙な人が、ひとりで家事と九歳の女の子のお世話をするのって、大変なことです。しかもそれまで家庭のことは妻が主体で、あまり娘と関わる時間を取ることができてなかったようなお父さんだったらなおさら。それでも何とかがんばろうとして、でも手が回らなくて、疲れ切ってしまって——そういうお父さんの努力の跡が、最初にお宅にうかがった時、あちこちに見えました。それと、すごくたくさんのお酒の空き瓶も」

逆さまにしたロング缶がシンクにずらりと並べられた光景が、一瞬脳裏をよぎった。

「せっちゃんは、一日おきに家にやって来る家政婦を、最初は遠くからうかがってました。知らない人間が来た時、猫が物陰からじっとこっちを見てる、あんな感じです。警戒してるけど、好奇心もあって、自分と合うか合わないか探る用心深さもある、面白いお嬢さんでした。あと九歳のせっちゃんは、とびきりかわいかった。プリンが好きだって言うから作ってあげたら『世界で一番おいしい』なんて殺し文句を言って、初めて笑ってくれたんですよ。好きになっちゃうのもやむなしでしょう？」

笑う斗季子につられて、薫子も笑った。

「本当に同一人物の話なんですよね？　私、つなぎ服にごついブーツ履いて仏頂面してるあの人しか知らないから」

「あのつれない感じがしびれるって、顧客のおねえさま方には好評なんですよ。――最初は遠巻きだったのが、だんだん私が家事をしてるところに近づいてくるようになりました。こう、気配を感じてふり向くとね、じっと私の手元をのぞきこんでるんですよ。かわいいなあ、って最初は思ってたんですけど、それは自分でもやり方を覚えようとしてたんだと、しばらくして気づきました。私が洗濯物を畳んでいると、黙って私の隣に座って、私の手元を見ながら一緒に作業するんです」

「それは、家政婦さん的にはいいんですか？」

「ふふ、全部やってもらってしまったら家政婦の立場がないですけどね。でもせっちゃんの場合は、結構微妙な年頃に同性であるお母様が不在だったし、身の回りのことのやり方を覚えるのはせっちゃんにも必要だろうと判断して、お父さんに相談しつつ色々と一緒にやりました。私、その日にしたことをノートに書いて置いていくようにしたんですよ。お父さんは毎日帰りが遅くて、私の勤務時間内に帰っていらっしゃることはほとんどなかったので、そういう方法で家のことやせっちゃんのことをお伝えしてました。今日はせっちゃんが洗濯物を半分畳んでくれました、とか、せっちゃんが夕食の盛り付けを手伝ってくれました、とか書いていくと、お父さんから『ご迷惑をおかけしてすみません』とか『娘がそんなことをできるとは驚きです』とか返事をもらえるようになりました。そのうち、せっちゃんは『お料理を教えて』とせがむようになって、ごはんの支度も一緒にするようになりましたです。呑み込みが早かったです。賢いというのもあるだろうけれど、何よりせっちゃんは一生懸命だった。一生懸命に料理を覚えて、食べさせてあげたい人がいたからだと思う。ひたむきなせっちゃんの姿を見ていてね、思ったんです。この子にとって何かを作って食べさせてあげることは、『好きだよ』って伝えることなんだなって」

缶コーヒーをまた一口飲み、斗季子は曇り空を見上げた。

「最初はサラダとかキャベツの浅漬けとか、簡単なところからスタートして、小学五年生になる頃には、茶碗蒸しも魚の煮つけも作れるようになりました。私が作った食事に、せっちゃんの作ったものを一品添えるのが決まりのようになってました。本当にゆっくりとだったんですけどね、せっちゃんのお料理を添えるようになってから、台所のすみに置かれるお酒の空き瓶は少なくなっていきました。夕食の時間にお父さんが帰ってくることも、本当に少しずつ増えていった。それで十月に入った頃、お父さんにぼそっと、お弁当の作り方を教えてもらえないか、と言われたんです」

「お弁当？」

目をまるくした薫子に、斗季子はほほえんだ。

「そう、せっちゃんの小学校の運動会のために。前の年は私がお弁当を作ったんです。お父さんは仕事があって参加できなくて、代わりに私が応援に行ったんですけど、その年は休みを取ったからってぼそぼそおっしゃって。もう私、張り切っちゃいましてね、おにぎりの握り方からビシバシやりました。当日はお弁当のレシピだけ渡して、私はお休みしたんですが、あとでせっちゃんがお弁当の写真を見せてくれました。お父さんと一緒に作ったおっきいおにぎりのお弁当。世界で一番幸せな女の子みたいに笑ってた」

なぜなのだろう。

ほほえましい話を聞いているのに、その先に待ち受けるものが怖い。暗い空から降る雨のような、拭いきれないかなしみが、斗季子の声にはまとわりついている。

「……本当に、わからないんです。色んなことが少しずつよくなっていっているように、私には見えていました。せっちゃんが六年生になった時には、お父さんの誕生日に初めてケーキを焼いて、お父さんはすごく喜んでいた。何がきっかけだったのか、それともそんなものはなかったのか――少なくとも私には何も見えませんでした。六月でした。せっちゃんが、二泊三日の移動教室でおうちを空けていた時です」

遠くを見つめる斗季子の目に、深いかなしみがよぎった。

「お父さんのことは、私が見つけました。せっちゃんがいなくてよかったって、それがあの時、一番強く思ったことだった。お父さんも、あえて移動教室の期間を選んだのかもしれない。移動教室の最終日は親が駅まで迎えに行くことになっていたんですけど、本当に色んなことがありすぎて、私が迎えに行けたのは、電車が到着してから三時間も経った頃でした。待ちくたびれちゃったんでしょうね、せっちゃんは駅のベンチでうたた寝していて、お父さんじゃなくて私が来たのを見ると、きょとんとしてた」

深く息を吐いた斗季子は、バッグからハンカチを取り出し、こちらにさし出した。薫子は首を横に振り、自分のバッグから出したハンカチで目もとを押さえた。

「せっちゃんは何でもしっかりできるお嬢さんに育ちましたけど、ひとつだけ、待ち合わせが苦手なんです。普段は時間をきっちり守るのに、誰かとどこかで何時に落ち合うっていうような時だけ遅刻しちゃう。——相手を待つのが怖いのかもしれないって、勝手に思ってます。あの時、せっちゃんは、何時間待っても来てもらえなかったから」

春彦が急死したことを彼女に知らせ、八王子駅前のカフェで待ち合わせた時のことを思い出す。二十分も遅刻してきた彼女は、無表情で席に着いた。そんな姿がふてぶてしく見えて、なんて小娘、といまいましく思った。

「せっちゃんは練馬に住んでいた母方の伯母さまに引き取られました。独身で飲食店を経営されてて、せっちゃんを本当に大事にしてくれました。専門学校を出たせっちゃんが有名なホテルに就職した時は、とっても喜んでた。せっちゃんがホテルのレストランに招待してくれたって話したでしょう？　あの時、伯母さまも私たちと一緒だったんです。ナイフとフォークを上品華麗に使いこなす方で。でも、一昨年にコロナで亡くなってしまったんです。まともに面会もできないし、せっちゃんも治療が一番しんどい時で、あれは、本当につらかった」

「それなら小野寺さんの身内は、もう母親だけ……？」

「はい。でもそのお母さんもどうしているのかまったくわかりません。せっちゃんは死んだと思ってると言ってます。私はもうせっちゃんのこと歳の離れた妹みたいに思っているけど、それでもやっぱり、いざという時は他人です。とても歯がゆいし、かなしいですが」

斗季子は深い目でこちらを見つめた。

「私が知ってるせっちゃんに関することは、これで全部です。ありがとう、野宮さん。せっちゃんのこと、笑ってほしいと言ってくれて」

＊

上の空で歩き、バスに乗り、電車に乗り、気づくとマンションに帰ってきていた。薫子は洗面所で手を洗ったあと、薄暗いリビングに照明を点け、ソファに座った。三人掛け用は、やはり一人で座ると大きすぎる。せつなとここに並んで、ポップコーンとピザを齧りながら映画を観た時はちょうどよかったのに。

ふと、ガラス戸のそばに置いた大きなテラコッタ鉢が目に入った。このところとみに艶とパワーをみなぎらせている、肉厚の中南米の植物が。

薫子は苦労して重たい鉢をリビングの照明の下に引っ張ってきて、何枚も角度を変えて撮った写真の内から、一番きれいなものをメッセージアプリにアップした。

『あなたのアガベ・ベネズエラ、新しい葉っぱが出てきました。生命の美しさを感じますね』

日々を丁寧に生きるセミナーの講師からのお便りみたいになっている、と思いつつ送信する。そのままソファで待ったが、返事はなかなか来なかった。よっぽど具合が悪いのだろうか。それとも、無視しているのだろうか。

ピコン、と電子音が鳴ったのは風呂上がりにキッチンで水を飲んでいた時だ。薫子は全速力でリビングに走り、ローテーブルに置いていたスマホをとり上げた。

『お世話してくださってありがとうございます。薫子さんのお宅ですくすくと育っているようなので、そのまま引き取っていただけると大変助かります』

遠ざかる背中が見えるような文章だった。

薫子は腹筋に力を込め、高速で返信を打った。

『これは春彦があなたに贈ったものなので私が引き取るわけにはまいりません。あくまでも、あなたのアガベ・ベネズエラに私の家の屋根を貸しているだけとお心得ください。ところで常盤さんから体調がよくない旨、お聞きしました。よろしければ食料や飲み物、その他ご希望のものがあればお持ちしますが？』

送信。息を止めていっきに打ったので、ため息をついて、もう一杯水を飲んでいると、ピコンと電子音が鳴った。

『長文読みづらいです』

ピコン、と間を空けずにまた鳴る。

『体調管理もできず恥ずかしく思います。今後のチケットについても参加できるかどうかが不明瞭なため、トキさんと相談のもと、トキさんあるいは別の方とペアを組んでいただきたいと思います。食料などは足りていますのでお気遣いは不要です』

さらに他人行儀に磨きをかけてきた。イラッとしながら打ち返す。

『あなた、ちゃんとごはんを食べていらっしゃるのでしょうか。まさか不肖の弟のように栄養ゼリーやサプリ等、味気ないものしか摂らず、食を怠っていらっしゃるようなことはないかと案じています』

今度は「ピコン」までに五分くらいかかった。

『まさかうちに来て何か見ましたか』

『何のことでしょうか』

『トキさんが来てる時、ゴソゴソ音がする気がしたけど、アレまさかあなたですか』

『何のことでしょうか』

ここで返事が来なくなった。まずかっただろうか。失敗したかもしれない。

喧嘩したいのではない。不快にさせたいのでもない。頭を冷やし、今もっとも必要な言葉を考えた。思い浮かんだのは、彼女がまいっている自分に訊ねてくれたことだった。

『何か食べたいものはない⁉』

すぐに既読マークがついた。けれど、返信はなかった。いくら待っても、ない。

もう返事は来ないかもしれないと思い始めた頃、ピコン、と小さな音が鳴った。

『もう私に関わらないでください』

ベッドに入っても、いつまでも眠れなかった。思考はすぐに袋小路に迷い込み、何の答えも出せないまま堂々巡りをくり返す。

関わるなと言われたら、黙って引き下がるのがスマートな大人の対応なのだろう。まとわりつくのは迷惑でしかない。追いすがろうとするのは、ただの自分勝手だ。

そんなことばかり考えながら、いつしかまどろんでいたらしかった。思考の断片がとりとめもなく閃《ひらめ》いては溶け、溶けてはまたちかりと光る寝入りばなの頭の中で、突然くっきりとその声は聞こえた。

「私も好き。おにぎりとプリンが、私のごちそう」

はっと目を開け、薫子は跳ね起きた。

ためらったのは一秒間だけだった。

私の人生、私の命の使い道は、私だけが決められる。望みがあるなら、ぐずぐずしていてはいけない。人間はいつどうなるかわからないのだから。春彦のことは何もわかってやれず、何もしてやれなかった。それを彼女ともくり返してはならないのだ。

サイドテーブルからスマートフォンをとり上げた。デジタル時計はもう夜十時過ぎを指していたが、すぐに発信した。コール音は四回でとぎれた。

『え？　野宮さん、どうされました？』

「夜分遅くに申し訳ありません。しかも電話で。メッセージ打つのが七面倒臭くてすぐに電話をかけてしまう昭和生まれの女なもので」

『いえそれは私も同じですから……』

「お願いしたいことがあるんです。どうしても」

電話の向こうで斗季子はとまどい切っている。それはそうだ、当たり前だ。けれど構わず、かくかくしかじかと頼み込む。

自分勝手なのだろう、余計なお世話なのだろう、黙って引き下がるのがスマートな大人の対応なのだろう。

でも、もういいのだ。自分がだめでみっともなくて情けないことなんて、もう嫌というほど思い知った。今さらそんなことは構いやしない。拒絶されたらそこまでだ。今はただ、思うとおりに走ろう。

彼女に伝えたい。

とても、ありがたかったということを。あなたのしてくれたことが、きっとこれからも私を生かしてくれるんだということを。

3.

もっと早く到着するつもりだったが、外壁がグレーとオフホワイトのツートンで塗られた二階建てアパートの前に薫子が立った時には、すでに正午を過ぎていた。

めざすはアパート二階の西側から二番目のドア。討ち入りするようにパンプスの踵を鳴らしながら階段を上り、ドアの前に仁王立ちした薫子は、深い紫の七分袖ワンピースに乱れがないことを確かめてから呼び鈴を押した。ピンポン、と気弱そうな音がドアの向こう側から聞こえた。しばらく待っても応答がないので、もう一度押すと、二十秒ほどしてかすかな足音が聞こえてきた。

「……はい」

ドアを開けたせつなはビターチョコレート色の目を見開き、すぐにドアを閉めようとしたが、薫子はパンプスの先を隙間にねじこんだ。

「お邪魔します」

「断ります」

「お邪魔します！」

「断ります！」

ドアの隙間に肩をねじこみ、せつなに体当たりするようにドアの内側に入り込んだ。薫子はほっと息をつき、ドアにこすってしまったワンピースの裾を払いながら自分よりも背の高い年下の女を見た。

「あなたね、ドアを開ける時はチェーンを掛けておきなさい、危ないじゃないの。それに女性のひとり暮らしには、カメラ付きのインターホンも必須。防犯意識が低いわよ」

「押し入った張本人が何言ってるんですか」

「磁石で取り付けられるドアホン、通販で簡単に買えるから今度持ってきてあげるわ」

「いりません。防犯とか、別にどうでもいいので」

薄手のトレーナーにパーカーを羽織り、スウェットズボンをはいたせつなは、いつもおだんごにしている髪を肩におろし、熱っぽい顔をしている。やはりまだ体調が悪いのだ。四十一歳の女に簡単に押し切られてしまうほど。

「朝ごはんとお昼、食べた？」

「……ええ食べましたよ。もう帰ってもらっていいですか、疲れてるんです」

「食べたってそれ、このごみ箱に入ってるゼリーのことよね。だったらまだお腹いっぱいじゃないでしょう」

薫子は持っていたミニクーラーボックスをずいと突き出した。

「一緒にごはんを食べましょう」

せつなは不愉快そうに眉を吊り上げた。

「私は帰ってほしいって言ってるんです」

「とりあえず中身を見てからおっしゃいよ。少しだけでもいいし、気が向かなかったら食べなくていいから」

「もしかして、トキさんから何か聞いたんですか」

切りつけるような声だ。薫子をにらみつけたせつなは、行儀悪く舌打ちした。

「オフィスの観葉植物、塩水かけて全滅させてやる」

「私が無理やり訊いたのよ。常盤さんはあなたの個人的なことだって何度も断った」

「何をどこまで聞いたんですか？　私が自死遺児だってことですか？　慢性骨髄性白血病とかいう面倒くさい名前の病気だってことですか？　それであなた、私がかわいそうになってお世話しにきてくれたんですか？」

せつながほほえむ。この上なくやわらかくて、とても冷たい笑みだった。

「薫子さんはやさしいですね、どうもありがとうございます。でもお気持ちだけで十分ですから帰ってください」

「別にかわいそうだなんて思ってないわ。ただ、あなたにちゃんとごはんを食べてほしいの。ただでさえ治療は大変でしょう。体調を崩した時は、しっかり食べて体をいたわらなきゃ」

「水分も栄養も必要なものは摂ってますよ。そのへんについては私は薫子さんより詳しいです。資格だって持ってますから」

「だけど食べることって、生きのびるのに必要な栄養を摂るだけのことじゃないでしょう。だからこそあなたは、食べ物の味がわからない春彦のために色んな料理を作ってくれていたんじゃないの？　おいしいって思うことが、楽しいって思うことが、うれしいって思うことが、生きていくためにどれだけ大事か、あなたこそよくわかっているんじゃないの」

せつなが口をつぐむ。会った時から彼女は不敵で、十二歳も年下だというのに頼もしくさえ思えていた。けれど今の、髪がくしゃくしゃで、くたびれた部屋着姿で立ち尽くす彼女は、とても心もとなく見える。——ああ。

こんな、放っておけないという気持ち。彼女が初めて春彦と会った時に感じたのも、こんなものだったのではないか。

「私は、ひとりで暮らすようになった途端に自分のことを構えなくなった春彦を知らないわ。でも今のあなたを見てるとわかる。きっと、あの子も、こんな風だったのね」

「——だったら何なんですか？」

狼がうなるように低い声で言ったせつなは、激しい目でにらんできた。

「何か目的を持って生きなきゃいけないんですか？　何も願いがないってそんなにおかしいですか？　別にいいじゃないですか。私も春彦も誰にも迷惑なんてかけてない。誰ともつながりたくないし自分の子供なんてぞっとするし生きてやりたいことなんて何もないけど、ちゃんと働いて税金おさめて誰にも文句言わずに毎日やってましたよ。それの何が悪いんですか」

「何も悪くないわ。私はただ、あなたにおいしいって思ってほしいだけ」

「だからそれが余計なお世話だって言ってるんですよ。そんなことしてくれって私がいつ頼みました？　遺産の件だって片が付いたんだから私とあなたは何の関係もないでしょう。もう私に関わるなって言ったじゃないですか。あなたが私をどう思ってるか知らないけど、私は父のことなんて何とも思ってないし、病気のことだってどうでもいい。どうせ死ねば全部終わるんだから」

大丈夫。人は必ずいつか死ぬし、死ねば全部終わるから。

以前にも、彼女は言っていた。

それが彼女のお守りだったのだろうか。

そう自分に言い聞かせることで、生きている限り何度でも容赦なく襲ってくる痛みに耐えてきたんだろうか。

「わかった」

手負いの獣のような彼女を見つめ、はっきりと言う。

「あなたの言いたいことはよくわかったから、とりあえずこれを食べて」

「話聞けって……！」

「鈴夏さんも一緒に作ってくれたのよ」

さらに鋭利な言葉を紡ごうとしていたに違いないせつなが、声を途切れさせ、眉をよせた。

「覚えてない？　最初にあなたと組んでチケット訪問した日、二軒目のお宅で知り合った小学生の女の子」

「……覚えてますけど、どうして彼女が」

「私ひとりじゃ難しかったから協力を頼んだの。彼女、あなたが調子崩してるって聞いたら、『大人のくせに体調管理もできないの？』って言いながら一緒に作ってくれたのよ」

いつも切れ味鋭い舌鋒で圧倒してくるせつなが何も言えないでいる。薫子は手ぶりで奥の部屋へと促し、自分もあとに続いた。部屋の真ん中のローテーブルと、コートを掛けるラック、チェスト、チェストの上の鏡と置時計、それからベッドだけがある殺風景な部屋だ。

薫子はミニクーラーボックスを開け、深型のタッパーをとり出した。

ふたを取れば、ガラス容器入りのプリンが四個、並んでいる。

「レシピは常盤さんのもの、作ったのは私よ」

よく冷えたプリンを一個、せつなの前に置き、持参したプラスチックスプーンも添える。

「こっちはさっき作ったばかりだから、まだ少しあたたかいけど」

もう一つのタッパーをとり出し、ふたを取る。

海苔をみっちり巻いて、三角形のてっぺんだけ白いご飯がのぞいているおにぎり。それが六個、ラップにくるまれて並んでいる。斗季子は小学生のせつなに見せてもらったお弁当の写真を、十数年がたった今もスマートフォンに大切に保存していた。だから当時のおにぎりがきちんと再現できているはずだ。海苔の巻き方も、ラップでくるんでいるところも。

ただ、その味だけは、目の前の彼女しか知らない。

「こっちの美しい三角形が私の握ったもの。こっちの愛嬌のあるのが鈴夏さんの。あなた、彼女に言ったでしょ。おにぎりを作れるようになると人生の戦闘力が上がるって。だからあの子、自分でご飯を炊いて、自分とお母さんの分のおにぎり、よく作ってるみたい」

チャーハンおにぎりに苦戦していた一ヵ月前に比べれば目をみはる上達を遂げた鈴夏のおにぎりを、プリンと並べてせつなの前に置く。薫子は自分で握った分を取った。せつなは、まるで意固地な子供のように唇を引き結び、おにぎりにふれようともしない。

薫子はパン！　と音を立てて手を合わせた。せつなが小さく肩をゆらした。

「いただきます」

丁寧にラップを剝がし、三角形おにぎりのてっぺんを齧る。つられたようにせつなもおにぎりを取り、のろのろとラップを剝がして、三角形のてっぺんを小さく齧った。ひと口、ふた口。ご飯を咀嚼《そしゃく》して、もうひと口頰張った時、彼女の瞳がゆれた。


あらかじめ斗季子から連絡を入れてもらっていたので、日曜日の朝八時前に薫子が訪ねてきても、千佳子はほがらかに迎えてくれた。

「おはようございます。私はもう出勤するので、あとは娘とやってください。家の中のものは自由にお使いいただいて大丈夫ですから」

「本当にすみません、休日のこんな時間からこんな非常識なお願いを――」

「ほんとだよー、日曜日なんだからもっと寝たいんですけど」

今日もツインテールがきまっている鈴夏が、腕組み仁王立ちで文句を言う。パンプスを履きながら千佳子が笑って娘を指さした。

「気にしないでくださいね。あれ、照れ隠しですから。本当は七時には起きて、私のお弁当のおにぎり作ってくれてましたから」

「そういうこと言うなし！」

母娘の掛け合いに薫子は笑った。心からこぼれた気持ちのいい笑いだった。以前に会った時よりも生気に満ちてきれいになった千佳子が「野宮さん」と改まって向き合ってきた。

「きちんとお礼を言えていないことが気になっていたので、今日お会いできてよかったです。前にここに来た時、部屋を見違えるくらいきれいにしてくださって、本当にありがとうございました。あんまりきれいになったので、散らかすのがもったいなくて、私も娘もしょっちゅう片付けと掃除をするようになったんです。すごくきれい、とはもう言えない状態ですけど、今は仕事から帰ってきたとたんに気が滅入ることもありません。家に帰ってきて娘と会うのが楽しみなんです。本当に、ありがとうございます」

深々と頭を下げる千佳子に「とんでもないです、そんなにたいしたことは」と薫子はあわてて手を振った。千佳子は、にっこり笑った。

「うまくいくといいですね。娘のことはもう遠慮なく、こき使ってください」

台所に上がらせてもらった薫子は、買ってきた米五キロ袋と膨らんだエコバッグを下ろし、まずはよく手を洗った。同じように手を洗ってペーパーで水滴を拭きとりながら、鈴夏が首を傾げた。

「卵味噌って、あのでかくて目つき悪い人がうちに来た時に作ったやつでしょ？　ネットで調べれば作り方出てくるんじゃない？」

「そうかもしれない。でも、彼女が作ったのとなるべく同じ味にしたいの。だから、彼女の卵味噌を食べたあなたの記憶力が頼りなのよ、鈴夏さん」

おにぎりとプリンが、私のごちそう。せつなが以前、鈴夏の前で口にしたことだ。プリンは斗季子にレシピを教えてもらうことができた。

だがしかし、彼女にとって「ごちそう」であるおにぎりとは、何なのか。

それは斗季子から話を聞いたばかりだったので、すぐに思い当たった。小学生のせつなが、父親と一緒に作った運動会のお弁当のおにぎり。せつなはわざわざ写真を残しており、斗季子に見せたという。その時のせつなは、世界で一番幸せな女の子のように笑っていた。

では、そのおにぎりの中身は何だったのか。

斗季子に送ってもらった写真からおにぎりの形や海苔の巻き方は知ることができても、まさか中身まで透視することはできない。だから考えた。歯ぎしりしながら脳みそが溶けそうなほど考えていた時、突然降ってきたように思い出した。せつなと二度目のチケットで母親の介護をしている八木さんの家を訪問した時、せつなの料理の数々に感激した彼女は、とある料理に目を留めて言ったのだ。

「あ、卵味噌！　私これ大好きなの、うちの母も以前はよく作ってたんですよ。あれ、青森出身の方ですか？」

そう、そうだ。せつなはどこの訪問先でも、必ず甘い味噌と卵を混ぜて煮詰めた卵味噌を添えていた。

なぜ訪問先の人々それぞれに合わせた料理を作っていた彼女が、その一品だけは毎回作っていたのか？　それは、彼女が訪問先の疲れた人々に食べてほしいもの、自分にとって宝物のようなものだからではないのか。

例の女性が「青森出身の方ですか？」と訊ねたということは、きっとあれは郷土料理のようなものなのだ。そう、斗季子は言っていた。せつなの父親は東北の出身だと。

だが薫子はレシピを知らない。せつなが作っているのを見ただけで、味見をしたこともないのだ。念のため斗季子に訊ねたが「私は作ったことないですね。それに作り方を見る限り、作る人によってだいぶアレンジのありそうな料理だし」と言われた。そこで、せつなが卵味噌を作り置きした家の誰かに協力を仰ぐことにした。千佳子には、斗季子が連絡を入れてくれた。

「んー……まあ、こんな味、だったような？」

「しっかりして、鈴夏さん！　あなたの若いぴかぴかの脳みそが頼りなのよ！」

「おばさん、圧が強いよー……」

砂糖や味噌、時にはみりんも加え、その分量を変えながら卵味噌を大量生産し続け、ある時やっと「あ、これかも」と鈴夏が言った。かなり砂糖の入った甘めの味噌と卵を合わせてフライパンで煮詰め、そこに細かく刻んだネギを風味付け程度にぱらりと入れる。甘くてやさしくて旨みたっぷりの味は、確かにあったかいご飯にも、そしておにぎりにも相性抜群だろう。

その後、台所に鈴夏と並んで立ち、炊き立てご飯でおにぎりを作った。この時、鈴夏のおにぎりの腕前がものすごい上達を見せていることに気づき、薫子はじんとしてしまった。

「え、おばさんなんで涙目なの？　キモ。あとおばさんが買ってきたご飯、ものすごいぴかぴかしてるんだけどこれ何？」

「魚沼《うおぬま》産コシヒカリ『雪椿《ゆきつばき》』よ。余ったお米はお母さんと食べて」

「三合しか炊かないのに、おばさんいっぱい買いすぎだよ。もっと小さい袋にすればよかったのに。これすごい高そうじゃん。国家公務員ってこんなの買えちゃうんだー」

「あなただってなれるわよ。あなたはこれから、願ったら何にだってなれるの。難しいと思ったら私を呼びなさい、必ずあなたをなりたいものにしてみせる」

「だからおばさん、圧強いし。……てかごめん、国家公務員はいいや。わたしね、なんか、料理する人になりたいかも」

鈴夏を凝視してしまい、またもや涙のこみあげた薫子に「あの目つきの悪い人には絶対言わないでよね！」と鈴夏は噛みつくように言った。そして自分が作ったおにぎりと薫子が握ったおにぎりを丁寧にラップでくるみ、タッパーに並べて、薫子に持たせてくれた。


せつなは黙々とおにぎりを食べた。ものすごい速さで一個目を平らげたかと思うと、二個目に手をのばし、ラップを剝いで大きく頰張った。薫子は驚きつつも、持参してきたペットボトルのお茶を台所から持ってきたコップに注ぎ、せつなの前に置いた。せつなはすぐにお茶を飲み干し、またおにぎりを齧る。

そして二個目を平らげ、三個目をつかみ取り、ラップを剝いでいる途中で、突然うつむいて動かなくなった。

「どうしたの、気持ち悪くなった？」

そうなっても不思議ではないスピードで食べていたから焦ったが、様子が違った。せつなの肩が、かすかに震えている。髪に隠された彼女の顔の、その目もとのあたりから、ぽつぽつと透明な雨が降る。

「ごめんなさい……」

かすれ切った声が言った。

「春彦のこと、ずっと隠してて、ごめんなさい」

「……あなたが謝ることなんてない。あなたは何も悪くないのよ。もう何も言えない春彦のために、あなたは黙ってくれてたんでしょう？　私こそひどいことを言ってごめんなさい。あなたは悪くないのよ」

「みんな、いなくなっちゃう」

頭をもたげた彼女の、涙で濡れた顔が、子供のようにゆがんだ。

「お母さんも、お父さんも、伯母さんも。春彦まで、いなくなっちゃった」

おにぎりを握ったまま腕で顔を押さえたせつなが、首が折れてしまいそうなほどうつむくので、とっさに薫子はテーブルの向こうにまわって背中をさすった。いつもふてぶてしくたくましく見えていた背中は、背骨がなだらかな山脈のように浮き出していて、思っていたよりも華奢《きゃしゃ》だった。

「誕生日に、一緒にお昼を食べた。おめでとうって言い合って、春彦は、夕ごはんはお姉さんが焼肉につれてってくれるって笑ってて——元気だったのに、どうして?」

「……そうね、どうしてかしら。私もずっと考えてる」

「『元気でね』って別れ際に言われて、遠くに行くみたいな言い方するなって思った。遺言書、あの時にはもう書いてたの? どうして? やっぱり、春彦もお父さんみたいに? 私、また気づけなかったの? あの時、私が何か言えてたら、まだここにいてくれたの?」

しゃくりあげ、声を詰まらせる姿があまりにも痛々しくて、彼女を抱きしめた。公隆のことさえ、こんなに力いっぱい抱きしめたことはなかった。

「あなたは悪くない。あなたはいつでもがんばってたじゃない。自分だって苦しいのに、一生懸命ひとを大切にしていたじゃない。お酒に逃げてた私のこと、助けようとしてくれたわよね。ごはんを作りに来てくれるたびに冷蔵庫をのぞいて、大丈夫って確認してくれてたわよね。そうよ、私もう大丈夫なのよ。あなたのおかげよ」

視界が水没していく。必死に彼女を抱きしめて、髪を撫で、背中をさする。

「ありがとう。春彦の分まで、ありがとうってあなたに伝えたかったの。そのために私、ここに来たのよ」

しばらくして、せつなが発熱していることに気づいた。薫子はあわててせつなの肩を支え、ベッドに寝かせた。水分補給をさせたほうがいいだろうか。昨日、斗季子がスポーツドリンクをさし入れしていたはずだ。ベッドから離れかけた時、ワンピースの裾を引っ張られた。

せつなの顔は枕に押しつけられて見えない。けれど裾を握りしめる指には、切実な力がこもっている。

いなくならないで。そう言っているように。

薫子はそっと薄手の毛布をめくり、ベッドに横たわって、せつなを抱きよせた。熱っぽい背中が震えている。大丈夫、大丈夫。ささやきながら、背中を一定のリズムでやさしく叩き、髪を撫でつづけた。

じょじょに腕の中でせつなは静かな呼吸をとり戻し、寝入ったようだった。かすかな息づかいに耳を澄ましていると、愛しさを痛みに近づくまで煮詰めたような、何かがこの子を害するならきっと自分は牙を剝いて戦うだろうと思うような、激しく切ないものが子宮の底から突き上げてきた。

私の赤ちゃん。

飢えることも、暴力を振るわれることも、命の危機にさらされることもなく、私はたぶん恵まれて生きてきた。それでも私はいつも、自分がここにいていいのか不安で、もっと愛してほしくて、何かが足りない気がしていた。しあわせになりたい、と思っていた。しあわせというのがどんなものかもわからないのに。

けれどあなたを授かることができたなら、私はずっと求めてきたものを手に入れられる気がしていたのだ。

これまで傷ついてきたことも、ずっとさびしかったことも、あなたが生まれればすべて報われて、あなたと公隆との三人で、私は私がずっといることをゆるされるあたたかい家を築けると思っていた。

あなたの意思なく生まれさせる罪をつぐなうために、用意していたものがたくさんあった。

あなたを乗せたベビーカーもらくらく通れる玄関のスライドドア。あなたがどんな夢を抱いても力いっぱい応援するための貯金。赤ちゃんを見るとほほえんでしまう私の頰。あなたを得るために何度も治療した私の卵巣、私の子宮。それでもあなたを得られずぼろぼろになっていった私の心。何があっても必ずあなたを守り抜くという誓い。どんな時でもあなたを愛し抜きたいという願い。

それをあなたに贈ることは、きっともうないのだろう。

代わりに、この子にあげてもいい？

本当は自分こそが倒れそうなのに、傷ついた人を見ると放っておけない、でもそんな素振りは少しも見せずにふてぶてしく振る舞う、しょうのないこの子に。

＊

夢を見ていた。

夢の中の自分はセーラー服を着ている。セーラー服は高校の制服だ。五歳くらいの小さな春彦と手をつないだ自分は、泣きながら実家近くの川沿いの道を歩いている。母にも父にも認めてもらえない、振り向いてもらえない。どこにも居場所のない気持ちで、弟の小さなもみじのような手のぬくもりだけをよりどころに、とぼとぼと歩いている。

しだいに日が暮れていく。白いすすきが揺れる川の向こうが、いっそ怖いほど美しいオレンジ色に燃え上がっている。ああ、もう帰らなければ。外が暗くなったのに春彦を連れ回していたら、また母に叱られてしまう。また父に失望されてしまう。

きびすを返そうとした時、手を引っぱられた。春彦が、つぶらな目で見上げてくる。

「あっちにいこう。おねえちゃん、一緒に帰ろう」

帰ろう、と春彦が指さすのは、活火山の火口のように燃えている夕空だ。とまどっていると、春彦は姉の手を引っぱって歩き出す。まだ世の中のことをほとんど知らないはずの弟が、あまりに迷いのない足取りでまっすぐに夕焼けに向かって歩いていくので、怖くなって足を踏ん張った。声は上擦って、少し震えた。

「はるちゃんがいなくなったら、お姉ちゃん、またお父さんとお母さんに怒られちゃうよ。早くおうちに帰ろう」

春彦は長いこと、澄んだ瞳で物言わずに見上げてきた。

不意に胸がいたむほどやさしく笑うと「うん」と子供らしく頷いた。どんな食べ物を出されても、おいしいねと天使のように笑っていたのと同じ顔で。

そこで目が覚めた。

まぶたを上げた時、自分のいる時と場所を見失い、薫子は身動きできずにいた。腕の中ではせつなが眠っている。その重みとあたたかさが、ここが現実だという実感をゆっくりと与えてくれる。急にたまらなくなり、薫子は涙のあふれ出した目もとを押さえた。

あの子には、どこか遠くの、行きたい場所があったのだろうか。生きたい場所があったのだろうか。

それを自分たちが、愛情というラベルを貼った束縛で邪魔してきたのだろうか。あの子はいったいどんな思いで、ふとしたことでひびが走り、心臓を押しつぶされそうになる家族というしがらみの中で、味もわからないものを食べ続け、おいしいねと笑顔で話しかけ、みんなをつないでいたのだろうか。

春彦。私はあの時、あなたをつれて、あなたが行こうと指さした美しく自由な場所へ踏み出すべきだった。

それだけの勇気と強さを持ち、あなたを何も偽る必要のない、演じる必要もないところへつれていってあげるべきだった。私は、あなたのたったひとりのお姉ちゃんなのだから。

せつなを起こさないよう、しゃくりあげそうになるのを必死にこらえながら、息を殺してベッドを出た。音を立てないようにローテーブルにあったティッシュを数枚とり、目もとに押しつけて何とか息を整える。胸が痛い。肺も痛い。生きていることは、こんなにも痛い。

ブー、とバイブレーションの音が聞こえたのは、しばらくたったあとだった。

バッグに手を入れて、探り当てたスマートフォンを見ると、デジタル時計は午後三時二分を指していた。メッセージが入っている。

『突然ごめん。話したいことがあるんだけど、少し時間を取ってもらえないか』

薫子は驚きながら、返信を打った。

4.

急用ができたため今日は帰ります。冷蔵庫におにぎりの残りとプリンが入っています。コンロの鍋はお味噌汁です。しっかり食べて休んでください。夜にまた連絡します。

手帳を破いてメモを残し、寝入っているせつなを起こさないように薫子はアパートを出た。

指定された場所へは、バスを使って行ける。時間の十分前に着いてみると、そこは薫子好みの上品なカフェだった。知り合った時から、こういう細やかな配慮がある人だった。

「薫子」

店内を見渡していると、奥のテーブル席で公隆が手を挙げた。日曜日だというのに仕事だったのだろうか、チャコールグレーのスーツ姿だ。

「日曜日にごめん。……今日、何かあった？　それ、君の戦闘服だよね」

公隆はテーブルの向かいに腰を下ろした薫子の、七分袖のワンピースを見て目をまるくした。この深いパープルのAラインドレスはお気に入りの一着で、いつもここぞという時に着るのだと、お見合いの食事の席で公隆に話した記憶がある。

「あなた、よく覚えてるね」

「会話の糸口に服を褒めたら、真顔で『これ、私の戦闘服なんです』って言われたのが強烈で。そのあと聞いた、幼稚園児の時に毎朝生ピーマンを齧ってピーマン嫌いを克服した話も面白過ぎたけど。あと、高校の時に水泳部の久野木《くのぎ》くんに恋をして、彼に認めてもらうために練習に励んでたらインターハイに出場した話も」

「私としてはあれらは自分のたゆまぬ努力の物語であって、笑い話ではないのですが。あなた、ほかのお客さんがこっち見るくらい笑ってたよね」

「ん、無難に終わらせようと思ってた食事会に、まさかあんなに面白い話をいくつも持った女の人が来るとは思わなかったから、余計におかしかった」

え、と声をこぼしたところで、スタッフが薫子の注文した紅茶を運んできた。

公隆はコーヒーをひと口飲むと、明瞭な口調で切り出した。

「話したいのは、西川拓斗くんのことなんだ」

ローテーブルの下でまるくなって眠ってしまった妹を困った顔でながめる、大人びた少年を思い出した。

「先週、彼が僕に電話をかけてきてくれた。とても緊張している様子だったけど、君に……野宮薫子さんに名刺をもらいましたと、きちんと話してくれた。まず彼と会って話を聞いて、その後、児相や行政のスタッフを交えて、彼のお母さんと話し合いを重ねた。結論から言うと、彼とののかさんは、しばらく児童養護施設で暮らすことになる」

とっさに言葉が出ず、かろうじて薫子は頷いた。

「彼のお母さんは、休息と精神的なケアが必要な状態だ。今まで本当に、力をふり絞って子供たちを育ててきたんだと思う。きちんと態勢を整えて、また三人で暮らせる日を迎えるために、そういう措置が最善だということになった。児相の介入を警戒する親御さんも少なくないけど、今回は拓斗くんが僕たちの間に立ってくれて、それが本当に助けになった。お母さんにも納得してもらえた。まだ小さいののかさんのことをとても心配していたけど、拓斗くんと一緒の施設に行けると聞いて、安心したようだった」

よかった、と軽率に言っていいのかわからない。それでも、助けを求めた子供たちと母親がきちんと受け止められたことに、苦しいほどの安堵を感じた。

「ありがとう」

あふれ出るように口にすると、公隆は、テーブルの上で手を組んだ。

「それは、こちらの台詞なんだけど」

「私は何もしてないよ。あなたの名刺を渡しただけで、あとは彼とあなたたちが」

「最初に彼と会った時、君が彼に話してくれたことを聞いた。何日、何ヵ月、何年たっても相談していい、これは社交辞令じゃないって。彼はそれで信じる気になってくれたんだと思う。信じようと思ってもらえなければ、助けを求めてもらうこともできないんだ」

ありがとう。同じ言葉を口にした公隆の声は、真摯だった。その真摯さで人と向き合う彼のことが、好きだった。

「それと」と公隆は、今度はなんだか少しとまどったような顔をしながらテーブルの下に置いていた紙袋を持ち上げた。

「ちょっとよくわからないんだけど……これを、小野寺せつなさんに返してほしいと頼まれた。小野寺さんって、春彦くんが結婚を考えてるって紹介してくれた人だよね？」

さし出された大きな紙袋を、薫子も目をまるくしながら受け取ると、ずっしりと重かった。膝に置いた袋の口を開いてみて、あ、と声がこぼれた。

年季の入った、大きな鉄製のフライパンだ。

こちらも同じく鉄製のふたの下から、白い紙がはみ出している。少しふたを持ち上げて抜きとってみると、それは色鉛筆で絵の描かれた画用紙だった。

『ピザおいしかったです　ありがとう』

のびのびと緑の色鉛筆で書かれた字の下に、イラストが描かれている。頭のてっぺんにおだんごを作って、にっこり笑っている女の人だ。

目の奥が熱くなった。──ねえ、見て。

ごはんを作り、食べてもらい、好きだよと伝えたいひとを失ったはずのあなたは、それでも作ることをやめなかった。真摯に、信じるように、作り続けてきた。

あなたが出会った人たちのために一品一品に込めてきたものは、こうして誰かの喜びになっている。おいしいと笑顔にさせ、生きる力をもたらしている。

「薫子、小野寺さんと親しくしてるの？」

「……うん。色々あって、今、毎週一緒に色んな人のお宅に行ってお掃除したり、お料理したりしてるの」

「そうか。それで君、雰囲気が変わったのかな」

思わず目がまるくなった。

「そう？」

「うん。パワーアップしたというか、結婚したての頃の感じに戻ったというか」

コーヒーを飲んだ公隆は、目を伏せた。

「こんなこと僕が言えた義理じゃないけど、君が元気そうでよかった」

こうして公隆と向かい合って座るのは、五ヵ月ぶりのことだ。以前よりも少しやせた気のする顔を、薫子は見つめた。

「元気じゃなかったよ。あなたが出てって、おまけに春彦も死んだあとは、酒に溺れてマンションもごみ溜めにして、だめ人間になってたよ」

「……そうか。本当にごめん」

「今日あなたに会うのも怖かった。どんな顔すればいいんだろうとか、どんな顔されるんだろうとか、ぐるぐるしながらここまで来た。――公隆」

漠然と、けれど確かに、彼と会うのはこれが最後だとわかった。

訊けるのは今だけだ。聞いてどうにかなるとは思わない。それでも、ちゃんと知るための努力をしなければ、自分の一部はずっと時間が止まったままだ。

「私と別れたいと思ったのは、どうしてだったの？」

「――何度も言ったけど、君には何も非はないんだ。全部僕の責任で」

「それはもう、いい。聞きたいのはそういうことじゃないの。私ね、あなたに離婚したいって切り出されてから、探偵を雇ってあなたのこと調べたよ。どこかの女と浮気してるんじゃないかと思って」

公隆は心底びっくりした顔をする。

「でもあなたには何も問題なくて、毎日ちゃんと仕事してるだけだった。浮気されてるほうがずっとマシだった。でもそれだけ、あなたは私に愛想を尽かしてたのかも。私、不妊治療でずっとピリピリしてたし、夫婦の営みもほとんどなくなってたし、流産してからはぐちゃぐちゃになってあなたにもよく当たってたし、それであなたは嫌になっちゃったんだって、色々考えて――でも私、結局あなたの言葉では何も聞いてなかったんだって、あなたと離れてから気づいたの」

やり直すことなどもう望んでいないし、謝ってほしいとも思っていない。

ただ、夫婦でありながら本当は何も理解できていなかった彼の、せめて本当の気持ちを聞きたい。それがどれほど鋭く心をつらぬくようなものでも、懸命に受け止める。そうしてやっと、これから始めていける気がするのだ。

公隆は黙ってこちらを見つめていた。かすかに目を細めた表情は、どこかまぶしげでもあった。目を伏せてからの沈黙は長かった。

「子供の頃、犬を飼ってたんだ」

面食らいながらも、薫子は「そうなの」と相槌を打った。

「柴犬に似てたけど、雑種だと思う。情操教育のために両親が保護犬を引き取ってきて、僕に世話をさせたんだ。人懐っこすぎて番犬には全然向かなかった。あんまり賢くもなかったし。ただ、僕を見るとしっぽをぶんぶん振って大好きだって言ってくれるその犬が、僕は本当に好きだった」

だけど、と公隆の目が翳った。

「小学五年生の時、その犬は父が遠くの山に捨ててきてしまった。僕が彼の課した成績を取ることができなかったからだ」

声を出せないまま、膝の上の手を握りしめた。

「……お義父さん、毎年お正月にお会いするだけだったけど、そんな印象はなかったわ」

「そうだね、歳をとってまるくなったとは思う。本人はそんなことをしたのも覚えてないだろうし、ほかに僕にしたことも、きっとたいしたことだとは思ってない。だけど僕は、一生彼をゆるさない」

ゆるさないという声があまりにも静かで、だから、その思いは公隆の中で凍土のように硬く残り続けているものなのだとわかった。

「ああいう方法をしつけや教育だと思っている親もまだ少なくなかった時代だから、自分が特別ひどい目に遭っていたとは思わない。ただ、成人しても結婚願望や自分の家庭を持ちたいという気持ちはみじんもなかった。むしろ一生そういうものには近づきたくなかった。僕は僕の家族を、いいものだと思えたことは一度もなかった」

公隆は息を整えるように、コーヒーをひと口だけ含む。

「だけど三十過ぎても独身でいると、まわりから色々言われるようになった。自分でも情けないと思うんだ。いらないとはっきり思っているのに、その一方で、結婚もしていない、家庭を持たない自分は、まだ一人前になれていない気もする。僕は見栄っ張りだから、そういう社会的外圧に弱い。それで——先生の友人経由で同い年の女性に会ってみないかと言われて、断り切れなくて、食事をすることにした」

断ろうと思ってたんだ、と公隆は呟いた。

「先生の顔を立てて会うだけだって。でも、戦闘服を着て現れた君は、予想もしなかった熱血努力物語を語るし、『私は結婚相手を探していますし、子供も欲しいと思っています。その気がないようでしたらご遠慮なくおっしゃってください』ってデザートを食べながらてきぱき言うし、なんだかそれで——」

言葉を探すような数秒間のあと、公隆はそっと続けた。

「試してみたいって、君には本当に失礼だけど、そう思ったんだ。君となら、僕が嫌で仕方なかったあの家族とは、別の形のものが作れるかもしれないって」

結婚式でタキシードを着た、気絶しそうなほどかっこよかった公隆を思い出す。それからマンションで二人暮らしを始め、当初は家事分担で少しばかり揉めたことも、何を作っても公隆は「おいしい、ありがとう」と笑って食べてくれたことも。いつも公隆には配慮があった。試すつもりで始めた生活だったとしても、尊重されていた。

「君と暮らすのは楽しかった。ただ、不妊治療を始めてしばらくすると、夜に眠れないようになった」

え、と見つめると、公隆は目を伏せた。

「はじめは仕事のストレスかと思ってた。でもだんだん、君とそういう——セックスをする時に苦痛を感じるようにもなって、これは何なんだと自分でも混乱して、やっと気づいた。僕は子供を持ちたくないんだって」

言葉が出なかった。

「……でもあなたは、そんなこと言わなかった」

「君はとてもがんばっていたし、女性の君は僕よりもずっと肉体的にも精神的にも大変な思いをしながら通院していた。その君に子供は欲しくないとは、言えなかった。いつか気持ちも変わるかもしれない。君がこんなに努力しているんだから、僕も変わるかもしれない。そう思いながら何年も過ぎて——でも、君が妊娠して、八週目で流産した時」

公隆は一度唇を引き結び、言った。

「ほっとしたんだ。君があんなに打ちのめされていたのに、命がひとつ消えたのに、ほっとしている自分がいて、全部間違いだったと気づいた。僕のような男が君と結婚したことも、子供を作ろうとしたことも、最初から何もかも間違ってた」

カフェの穏やかなざわめきが、鼓膜をやわらかく撫でた。

流産の診断が確定して泣き崩れた時、公隆は背をさすり、抱きしめてくれた。手術が終わってからも、ベッドでいつまでも手を握ってくれていた。今思い返しても、記憶の中の公隆は、深いかなしみを宿した目をして自分をいたわってくれた。

「間違ってたってわかったから、離婚したいって言ったの？」

「うん」

「罪滅ぼしに、マンションをくれたの？」

「あんなもので、君への償いにはならないけど」

「そういうこと、あなたが思ってたこと、離婚する前に、話してくれたら」

話してくれていたら、どうなっただろうか。

本当は子供は持ちたくないんだと言われて、あの時の自分はそれを受け止められただろうか。半狂乱になって、どうして、どうして、と公隆を責めるばかりだったのではないか。そして自分もろとも公隆をズタズタにしたのではないか。公隆もそれがわかるから、何も言わず、ただ自分が悪いの一点張りで、離婚を求めたのではないか。

こうして彼が本音で話すことができるのも、自分がそれを受け止めることができるのも、もう、夫婦という関係が終わった他人同士だからだ。

かなしかった。他人に戻ってやっと本当の話ができる自分たちが、とても、かなしかった。

「ひとつ、訊いてもいい」

「うん」

「何度も何度もだめで、やっと妊娠できた時、あなたお昼休みに電話をかけてきて、すごいね、こんなに小さいのに生きてるんだねって言ってくれたでしょ。あれは……私のために、嘘を言ってたの？　本当はうれしくなんかないのに、うれしそうなふりを、してくれてたの？」

公隆の目に、ひどくつらそうな光がよぎった。

「自分でも、矛盾してると思う。だけど君が『子供ができた』って泣きながら教えてくれた時、あの時から、よく想像するようになった。君が赤ちゃんを抱いてしあわせそうに笑ってるところ。それを僕は、君の隣で見てる。——僕は、生まれてくることも、生きていくことも、苦しいことだと思う。すべての子供は親の欲望から生まれて、生まれたあとも親に虐げられる子供がたくさんいる。保護しても、支えても、追いつかないくらいたくさん。僕にはどうしても、子供を持つということは、またひとり不幸な思いをする人間をこの世に生み出すことに思えてしまう」

だけど——

「もし無事に君と僕の子が生まれてきたら、その子は、こんな僕の考えを根こそぎひっくり返してくれるんじゃないか。その子を愛することができたら、僕はこれまでにあったことなんて全部どうでもよくなって、何もかも新しく始められるんじゃないか。そう思ってた。そうなることを、僕は待っていた」

ゆっくりと公隆の姿がにじみ、あふれたしずくが頰を伝い落ちていった。

同じことを思っていた。あの子が生まれていたら、自分は過去から自由になり、幸福な未来だけを見つめて歩んでいける気がしていた。そうなることを、待っていた。

けれどあの子は生まれなかったし、誰かに自分を救ってもらうことなど、できないのだ。

自分で過去の自分を救いながら、なんとか生きていくしかないのだ。斗季子が日々の営みに窒息しそうになっている人たちを助けようとしているように、公隆が傷ついた子供たちをすくい上げることを自分の使命としたように。

「ごめん、こんな男で。君の時間を奪った挙句に、取り返しがつかないほど傷つけてしまった」

「謝らないで。あなたといることを選んだのは私だし、それに私、今もずっとあなたに捨てられた時のまま傷ついてるわけじゃないよ」

本当だった。彼を失った上に春彦まで失ったのに、自分は今、毎日きちんと三度の食事をとり、仕事をして、笑うこともできている。

そうできるように手を貸してくれた人がいた。親でもきょうだいでも友人でもないのに、素っ気ない態度で、何度も手をさしのべてくれた。

「ちゃんと話してくれて、ありがとう。このフライパンも彼女に渡すわ。じゃあ私――」

「待って、薫子。もうひとつあるんだ」

腰を上げようとしたら、公隆に手のひらを向けて制された。薫子が座り直すと、公隆は隣の椅子に置いていたビジネスバッグから大判の封筒をとり出した。

テーブルに置かれた薄茶色の封筒の、下部に印刷された団体名を見て薫子は驚いた。

「これって――」

「春彦くんに頼まれて手配していた資料。彼が亡くなったから宛先不明になって、色々迷子になった挙句に僕のところに来たんだ。形見というわけじゃないけど、君に渡すのが一番いいと思って」

封筒に、そっと手を置く。

「頼んだの？　春彦が、あなたに？」

「うちの事務所もここの団体の事業パートナーで、遺贈での寄付を広報したり、法的な協力が必要な時に弁護士を派遣したりしてるから……春彦くんから、何も聞いてない？」

声もないまま頷く。思考が、めまぐるしく動いている。今までは意味をなさなかった、バラバラに見えた断片が、形を取ろうとしている。

「みなみ野のマンションを出てからしばらくして、春彦くんから『相談したいことがある』と連絡をもらったんだ。資料と申請書の手配を頼まれて、会社を辞めようと思っていることも聞いた。準備があるから、君とご両親には全部きちんとしてから話すと言ってた。そういえば春彦くん、その時はまだ僕と君が離婚したことを知らなかったみたいで、すごくショックを受けていたよ。彼が腹を立てるところ、初めて見た」

「腹を立てる？　春彦が？　うそでしょ、私だってそんなの見たことないよ」

「怒っていたよ、僕が君を傷つけたことを」

離婚したことは、春彦にはどうしても言えなかった。心配させたくなかったし、姉の見栄もあった。けれど春彦は、すべて知っていたのだ。知っていながら、何も変わらない笑顔で寄り添っていてくれたのだ。

「この資料も『自分でやるからもういい』って断られたんだけど、春彦くんのマンションに届くように手配だけはしておいたんだ。まさかあんなことになるなんて、思わなかった」

かなしげに目を伏せる公隆を見て思い出す。公隆は春彦のことを本当の弟のように可愛がってくれていたし、春彦も公隆と会うと楽しそうだった。二人は、少し似ていたかもしれない。人の目にふれる時、自分の生々しさを隠し、そうあるべき姿、人が自分に望む姿を見せようとするところが。

「ありがとう、本当に。知れてよかった」

噛みしめるように伝え、薫子は大判封筒を手に取って立ち上がった。

「私、もう行くね。元気で」

「うん、君も」

持っていこうとした伝票を押さえながら、公隆はほほえんだ。小娘のように心臓がはねる。もうこの胸に深く根を張ってしまった恋心は、一生このままなのだろう。

「公隆。私と離婚してよかったって言えるように生きて」

かつて伴侶だった男性が、面食らった表情を浮かべる。もう会うことはないだろう彼の目を見つめて、願いを込めながら言う。

「元気に、後悔しないように、生きて」

春彦の分まで。それは胸の中だけでささやいた。

あとはもうふり返らず、重たい鉄製のフライパンが入った袋を右手に持ち、受け取った封筒を胸に抱いて外へ出た。

＊

連絡もなしに訪ねていったが、父と母は実家にいた。父は自分の書斎に、母は自分の布団を運び込んだらしい春彦の部屋にいた。二人はあまり言葉を交わしていないのではないかと、娘が訪ねてくるまで互いの姿の見えないところに引きこもっていた両親の姿から思った。

「どうしたのよ、突然。ちゃんと連絡くれれば、何か準備しておけたのに」

茶の間で腰を下ろしながら言う母は、春彦の四十九日の時とは打って変わって不機嫌だ。今日の母は部屋着姿だし、化粧もしていない。母は薫子を前にするといつも女になる。戦闘服のワンピースを着た娘から顔をそむけ、苦虫をかみつぶしたような顔をしている。

「いいじゃないか、連絡なんて。家族なんだから。薫子も思い立って俺たちの顔を見に来てくれたんだろう」

対して父は上機嫌で、薫子はしわが増えた父の顔を見つめながら思い出した。なぜこの人は、父や弟を挟んだ見えない女の張り合いに無理やり参加させられていることに気づいてくれないのだろうと思っていたこと。なぜ肝心なことは伝えてくれず、傷つく余計なひと言ばかりを口にするのだろうと思っていたこと。それとも本当にこの人は私なんてどうでもいいのかもしれないと思っていたこと。

「もしかして同居のことか？　住所を変えるとなると色々と手続きもあるだろうから、早いほうがいいと思うな。マンションを売るとなるとその手間もあるだろうし――」

「そのことだけど、私はこの家に戻るつもりはありません。この先、お父さんとお母さんのどちらかが亡くなったとしても、戻りません」

父は自分に懐き切っていた犬に突然手を噛まれたかのような顔をしていた。

そっぽを向いていた母は、小さく息を吐き、ちろりとこちらを見る。

「そう。あなたはそう言うんじゃないかって思ってたわ。あなた、薄情なところがあるから」

「そうね。それは自分でもわかってる」

この話題に時間をかけるつもりはなかったから、薫子は公隆にもらった大判封筒をテーブルに置いた。

父と母は、怪訝そうに眉をよせたそっくりな顔をする。

「何だ、これは?」

「春彦が公隆に頼んで取り寄せてもらっていた申請書と資料。春彦の同僚の港くん、わかるよね? 彼から聞いたけど、春彦は近いうちに退職したいと上司に相談していたそうなの。会社を辞めたあとは、ここで働きたいと思っていたんだと思う」

母は目を見開いている。父は言葉もなく封筒を見つめている。

封筒に印刷されているのは、春彦がチケット活動でせつなと共に訪れた家に暮らす老婦人、彼女が夫とともに人生をかけて働いていた人道支援医療団体の名だ。また、春彦が遺言書に、自分の死後に自分の遺産の一部を寄付する旨を記していた団体でもある。

いかなる宗教、思想にも属さず、どんな人種や信仰、立場にあろうとも関係なく、命の危機に瀕する人々、苦しみにあえぐ人々を助ける活動を行う団体に、春彦がどういう形で関わろうとしていたかは定かではない。ただ薫子が資料に目を通した限り、夫人のような助産師、彼女の夫のような医師以外にも、薬学の知識を持つ人材も募集されていた。春彦は大学で薬学を学び、薬剤師免許も持っている。それを活かそうとしたのではないか。

ただ、夫人が言っていたように、団体で働く者は自身の命の危機に直面することもある。治安の悪化した地域で誘拐される可能性、紛争地域で攻撃を受ける可能性もある。現に夫人は、テロで同僚を亡くしたと言っていた。

もし春彦が、ここで働きたいと家族に打ち明けたとして、どうなっただろうか。

父と母は猛反対しただろう。決してゆるさないと半狂乱になって言っただろう。二人のその想いは、たぶん愛と名をつけてもいいものだ。そして、長年春彦を縛りつけてきたものだ。

それでも春彦は行こうとしたのだ。

笑顔で軋轢《あつれき》を受け流すことをやめ、好ましい姿を演じることをやめ、本当の自分として生きるために踏み出そうとしていた。

あの遺言書は、その意思表明だ。

遺言書を法務局に預けておけば、もし自分がどこかの土地で死亡した時、家族に通知され、遺産が支払われる。手切れ金のつもりだったのだろうか。それとも、これから老いていく、それでも置いていく両親にできる精いっぱいのことをしたかったのか。春彦の心は、春彦にしかわからない。けれどひとつだけ確かに言える。

春彦は自らの意思で生きることをやめたのでは決してない。

「こういうことがしたいって、素直に話せる家族じゃなかったのね。少なくとも春彦にとっては、私たちは」

それを、とてもかなしく思う。そしてやり直すこともできない。春彦はもう逝ってしまった。あまりにも突然に。

突然、わっと声をあげて母が顔を覆った。

はるちゃん、はるちゃん、はるちゃん。幼い頃の呼び方をくり返しながら、母は泣く。今初めて知ったことに衝撃を受けたようには、薫子には見えなかった。母も春彦が窒息寸前だったことに、その首を絞めていたのは自分たちが愛と思っていたものだったことに、本当は気づいていた。

父が母の名を呼びながら肩をさする。父の目も濡れている。昔に比べてずいぶん細くなってしまった二人の姿を見つめて、薫子も視界がにじんだ。

胸は痛むのだ。何度も失望し、傷つき、あんなにももう諦めようと自分に言い聞かせたのに、父と母が泣いている、ただそれだけで、こんなにも胸は痛むのだ。

失望と諦めが、愛情を根こそぎ消し去ってくれたなら、いっそどんなに楽なのか。けれど、愛しさはしぶとい雑草のように胸に根付いて、毟《むし》られても、毟られても、ほんのわずかな雨さえ降れば、こうして息を吹き返す。

風の音が怖いと泣きながら母のベッドに行くと、こっちにおいで、と母は娘を抱きしめて眠ってくれた。無断でピアスを開けた時、激怒して頰を打った父は、次の日に娘の好物のケーキを買ってきて黙ってさし出した。小さな春彦が熱を出してうなされている時、心配でベッドに張りついていたら、やさしい子ね、と母はささやいてくれた。弟のベッドに伏せて眠ってしまった自分を、父が運んでくれた。本当は目が覚めていたのに、父に抱かれているのがうれしくて、眠ったふりをしていた。

自分にこの人たちを断ち切ることはできない。

捨てられないなら抱いていく。春彦の分まで。

「私は、ここにはもう帰らない。でも、お父さんとお母さんに何かあったらすぐに来るから。お父さんとお母さんがお墓に入るまで、私が春彦の分まで面倒を見るから。とにかく、元気でいてください。お父さんとお母さんのためにも、私のためにも」

言うべきことは言った、必要なことはすべて伝えた。もう胸をのぞいても、何も残っていない。だから薫子は立ち上がり、生まれ育った家を出た。

夕暮れの空を行く鳥の声が聞こえる。オレンジ色の光が降る川沿いの道には、涼やかな風が吹いていた。風に乱された髪を押さえながら西の方角を見た薫子は、小さく声をこぼした。

夕焼けが空を染め上げていた。まるで活火山の火口をのぞいたように赤い空が、こわいほど美しかった。

おねえちゃん、一緒に帰ろう。

舌足らずな、幼い弟の声を思い出す。美しい空の向こうを指す、細い指も。こちらを見上げる澄んだ瞳も。胸が引き裂かれるように苦しくなり、涙があふれた。

おねえちゃんは、こっちにいるよ。

ひとりにしたくない人がいるから、ここで生きるよ。

終章

有休を取った水曜日の昼、皮膚科クリニックから出てきた薫子は、よく晴れた空を見上げて、気持ちよく伸びをした。一昨日、昨日とぐずついた天気が続いていたから、光がことさらまぶしい。今日は暑すぎもせず、心地よい風が吹いている。

歩きながら、そっと耳たぶに指をやった。医療用チタンで作られた穴あけ専用ピアスの形を確かめる。いざ穴を開けてもらうという時は緊張したが、本当に一瞬だったし、想像していたような痛みもなかった。それにしても今振り返ると、氷と安全ピンで耳たぶに穴を貫通させた高校生の自分は根性があった。

ただ、ピアスホールが完成するまでは一ヵ月くらいかかるそうだ。あのエメラルドのピアスをはめられるのは、もう少し先のことになる。

八王子駅前に向かって歩きながらスマートフォンをとり出すと、メッセージが入っていた。

『少しだるいので、今日はキャンセルさせていただきます』

送信時間はついさっきだ。イラッとして薫子は通話ボタンを押した。コール音はたっぷり七回鳴ってから、やっと途切れた。

『……メッセに電話かけてくるのやめてもらえませんか』

「ごめんなさいね、どれだけお加減が悪いのかと心配になったもので。大丈夫？　突然キャンセルするほど具合が悪いなんて、枕も上がらない状態なのかしら？　それならお見舞いにうかがいますけど」

『結構です、絶対来ないでください』

「常盤さんに昨日から仕事に復帰したと聞いたけど、また具合が悪くなってしまうなんて心配ね。病名は何かしら、仮病？」

回線の向こう側に沈黙が降りる。彼女の渋面が見えるようだった。

『だいたい話って何ですか？　もう薫子さんと私、関係ないですよね。遺産のことだって片付いたんだし――』

「うるさい小娘ね、いいから黙って顔貸しな」

通話を切り、薫子はパンプスの踵を景気よく鳴らしながら歩き出した。じわじわとおかしくなってきて笑みをもらす。顔貸しな、って人生で初めて言った。

これは密かにはまって立て続けに観ている、やくざ映画の影響かもしれない。


八王子駅北口のカフェは、平日にもかかわらず明るいざわめきに満ちていた。奥のソファ席では若い女性の二人づれがクリームとベリーをたっぷり盛ったパンケーキを楽しんでいる。四人掛けのテーブル席では、中年の女性数人のグループが本日のランチの八王子ナポリタンとエビフライのセットを食べながらひっきりなしに笑い声をあげている。二人掛けのこぢんまりしたテーブルでは、スーツ姿の紳士が文庫本を読んでいる。

薫子は、以前にも座った窓際のテーブルに着いた。豊かに射しこんでくる陽光が、運ばれてきたハーブティーの水面に光の粒を浮かべる。

待ち合わせは午後一時ということにしてあった。何時に現れるかはわからないが、薫子はゆったりと椅子にもたれ、お茶の華やかな香りを楽しんだ。それからスマートフォンをとり出し、昨日送られてきたメッセージを見返す。

『ありがとうございます。とりあえず生きます』

港航一から『会ってお話しできませんか』と連絡があったのは昨日、職場の昼休憩の時間だった。薫子のほうはとくに予定がなかったし、航一も休職中だというので、退勤後、八王子まで出てきた航一と駅前のレストランで会った。

こけた頬にまだ憔悴は見えるものの、ひげを剃って清潔な身なりをした航一は、運ばれてきた料理にも手をつけず、会社の薬品を盗んだ犯人が発覚した、と話した。春彦と同じ課に勤める若い女性職員で、末期がんの愛犬がかわいそうでたまらず、楽にしてやりたかったと涙ながらに語ったという。

「あの女の言うとおり、春彦は俺のせいで死んだとか自惚《うぬぼ》れだったし、お姉さんにも本当に無神経なことを言ってしまったと思います。すみませんでした」

深く頭を下げた航一に、公隆から渡されたあの封筒のことを話そうかと考えた。だが結局、薫子は黙っていた。すでにこれだけ打ちのめされている彼に、さらに春彦が隠していたことを明かすのはためらわれた。

代わりに、マンションに帰ったあと、悩んだ末に彼にメッセージを送った。

『弟は、いい加減な気持ちで人と付き合う人間ではありませんでした。春彦はあの子なりに、あなたを大切にしていたと思います』

航一から返事があったのは、薫子がもう寝ようとベッドに入った頃だった。ピコン、と電子音がしてスマートフォンを見てみると、短い言葉がつづられていた。

とりあえず。それでいいと思う。少なくとも今は、それで十分だと思う。

店内にバイオリンジャズが流れ出した。薫子は目を閉じ、ほがらかな音色に耳を澄ました。

やはり春彦の死は、弟自身にすら思いがけない出来事だったのだ。

遺言書はいつか来るかもしれない自分のその日に備えて預けていたものであり、こんなにも早く開示されることになるとは、春彦自身も思っていなかっただろう。

きっと春彦の計画では、薫子の誕生日に送られてきたエメラルドのピアスと、アガベ・ベネズエラから、物語は始まるはずだったのだ。

姉の誕生日には、自分はもう連絡がとれないか、行き先を知らせずにどこかへ行くような腹積もりだったのだろう。そして弟から誕生日プレゼントが届く。ついでに大きな鉢植えまで送りつけられてきて、『こっちはせつなさんに渡してください』とカードが添えてあれば、姉はその通りにしてくれると春彦は踏んだ。

自分とせつなを引き合わせた春彦の思惑は、どんなものだったのだろう。

子供も得られず、夫にも捨てられ、離婚されたことも口にできないような姉を案じ、せつなに託そうとしたのか。

それとも、自分の未来を信じていない彼女のことを、姉に頼みたかったのか。

どちらにせよ、姉はちゃんと自分の言うことを聞いてくれると確信していたに違いない。あの弟は、自分が愛されていることをわかっていたし、面倒ごとはちゃっかり姉に押しつけるような調子のよさも、ちゃんとあった。

「いらっしゃいませ」

カフェのドアが開き、薫子はそちらに顔を向けた。

今日もカーキ色のつなぎ服にごつい黒のコンバットブーツで、戦闘機の整備士がふらっと基地から出てきたように見える。背が高い上に姿勢がいいから、やたらと迫力があるのもあいかわらずだ。十分の遅刻、思っていたよりも早かった。手を挙げた薫子に気づくと、彼女は肩で風を切るような大股でこちらにやってきた。

「話って何ですか」

せつなはテーブルの向かいに腰を下ろすなり、愛想の欠片もない表情と声で言った。薫子はメニューをさし出した。

「何か頼んだら?」

せつなは何か言い返しそうに口を開いたが、そこで「ご注文はお決まりでしょうか」と女性スタッフがやって来たので、不機嫌そうな顔のまま「ミルクティーを」と頼んだ。

「食べるものはいいの? 新メニューの『苺だらけパフェ』、美味しそうよ」

「話というのは何でしょうか」

相手を自分の内側に入れまいとするような硬い口調と、表情を消した顔。一ヵ月と少し前に彼女とこのカフェで会った日のことを思い出す。あの時は、彼女はふてぶてしくて冷たい人間にしか見えなかった。けれど今は、あの時の彼女がどんな気持ちでいたのか想像できる。今、目の前にいる彼女が、時間が巻き戻ったように感情を殺した顔でいる理由も。

「実は昨日、港くんと会ったの」

航一から聞いたことを伝える間、せつなはひと言も発さなかった。固く唇を引き結んだ表情は、三日前、春彦が遺言書を残したわけを聞いていた時のそれと同じだ。

日曜日の夕方、実家を出た薫子は、その足でせつなのアパートに戻った。ドアを開けたせつなはまだ熱っぽい顔をしていて、おろした髪の毛先がはねていて、やはり心もとなく見えた。

薫子は公隆から預かった封筒を見せ、両親にしたのと同じ話を伝えた。春彦は自分の意思で死んだのではない、むしろ逆だったと聞いたせつなは、安堵の表情を見せてくれるのではないかと思っていた。薫子がひとかけらではあるが救われる思いがしたように。

けれど予想に反してせつなは、すべてに疲れたような表情のままだった。テーブルの上の封筒を、本当は何も映していないような目でながめながら、ぽつりと言った。

「でも、春彦がもういないのは変わらない」

薫子が航一とのことを話し終えると、せつなは腕組みを解き、ビターチョコレート色の目を向けてきた。

「それくらいのことならわざわざ呼び出さないでほしかったですけど、薬品が盗まれたままじゃ物騒ですから、誰がやったのかがはっきりしたのはよかったです。じゃあ――」

「待って、本題はこれから。座って」

手ぶりで促すと、腰を浮かせたせつなは眉をひそめながらも座り直した。本人は自覚がないだろうが、彼女は気心が知れた年上の前ではわりと素直になる。

「今日はあなたにご相談があってお運びいただきました、小野寺せつなさん」

八王子支局を訪れた相談者にそうするように、クリアな発音と柔和な口調を心がけながら、薫子は二通の大判封筒をテーブルに置いた。八王子市役所からもらってきたものだ。

双方の封筒から資料をとり出し、せつなに見えるように方向をそろえて置いてみせる。資料に視線を落としたせつなは、眉間にくっきりと線を刻んだ。

「何ですか、これ」

「こちらが東京都パートナーシップ宣誓制度についての資料、こちらは養子縁組についての資料です」

「それは見ればわかります。そういうことじゃなくて、何ですかこれは」

ますます眉間を険しくする彼女に、困惑はごもっとも、という意味で薫子は丁寧に頷いた。これから誠心誠意ご説明させていただきます、という意味を込めてほほえみかける。

「まずはパートナーシップ宣誓制度について。あなたもご存じとは思いますけど、こちらの制度は条件を満たした届出によって、パートナーシップ宣誓制度受理証明書というものを発行してもらうことができます。婚姻関係ほどの法的効果はないけど、それに準じた権利が認められる。この点においては養子縁組も同じだけど、法的効力では養子縁組のほうがずっと上ね。戸籍上では親子になるので、私が死んだ場合、あなたが私の財産を相続することも可能です。ただ、養子縁組を結ぶ場合は、年下のほうが年長者の名字を使わなければならないのよ。私とあなただと自動的にあなたの名字が変わることになってしまう。それはあなたが色々と大変だと思うし、野宮せつなって、いまいち戦闘力が下がる感じよね。そうなるとやっぱり――」

「ふざけてるんですか」

あまり感情をあらわにしない彼女の顔に、今は苛立ちが色濃く浮かんでいる。鋭い眼光とあいまってものすごい迫力だが、不思議と、怖くはない。

「さっきから何なんですか。パートナーシップとか養子縁組とか、わけわかんないことばっかり。私、仕事があるんです。あなたの遊びに付き合うほどひまじゃない」

「遊んでなんかいないし、ふざけてもいない。私はこれ以上ないほど真剣よ」

その気迫は真っ向から見据えた彼女にも伝わったのだろう。せつなが唇を引き結ぶ。

薫子は二つの資料の上に、左右の手を置いた。

「あなたには、私といずれかの制度を利用することを検討してほしい。それによって私が実現したいのは、あなたにもしものことが起きた場合、私が真っ先に連絡を受けられる立場となること。そして、あなたのサポートをすることを公的に認められた、家族に相当する立場となることです」

彼女の瞳が当惑をのせ、ゆれる。

「あなたは今、闘病中です。もちろん仕事もできているし、日常生活も支障なく送ることができている。でも時には、この前のように体調を崩すこともあるでしょう。いつか治療について再検討しなければならない局面になることも、もしかしたらあるかもしれない。もちろん病気に限らず、不測の事態に見舞われる可能性もないわけじゃないわ。そういう時、あなたが急に病院に運ばれたとしても、赤の他人のままじゃ私にできることはほとんどないの。またコロナ禍のような状況になったら、あなたの様子を見ることすら叶わなくなる。だから私に、あなたを支えることを社会的にも認められた立場を持たせてほしいのよ」

せつなの顔に浮かぶ困惑はさらに濃くなる一方だ。

「意味わかんない」

かすれた声を落とした彼女は、凛々《りり》しい眉を思いきり吊り上げた。

「どうすればそんなぶっ飛んだ考えが出てくるんですか？　どうしてあなたがそんなことをする必要があるんですか。そもそも養子縁組とかパートナーシップというのは、軽々しく使っていい制度じゃないですよ。私の担当してるお宅にもパートナーシップを結んで一緒に暮らしてる女性カップルがいますけど、あの人たちは真剣に愛し合っていて、そういう人たちのために存在している制度で――」

「言ったでしょう、私だってこれ以上ないほど真剣です。真剣に考え抜いて、そして今、あなたに相談している」

口をつぐむせつなを見つめ、語りかける。

「常盤さんに聞いたわ。あなたが今受けている治療は、深い寛解状態を一定期間維持できたら、薬の服用をやめることができるのよね。毎日忘れないように薬を飲むことも、副作用で体調を崩すこともない、本来のあなたの生活に戻ることができる。その日を迎えられるように、私にあなたを手伝わせてほしい。あなたは私が一番だめだった時に立ち直るきっかけをくれた。だから今度は、私にあなたへ手を貸させてほしい」

せつなが唇を開くが、隙間ができただけで言葉は出てこない。混乱させているし、困らせているだろう。わかっている。ただ、わかった上で決めたので、続ける。

「突然こんなことを言ってごめんなさい。ただ、これだけはわかっていてほしいけれど、どの方法を取るとしても、あなたは何も変える必要はないの。今までどおりにあなたはあなたの家に住んで、あなたの仕事をして、あなたのペースで暮らしてくれたらいい。無理に私と一緒にいる必要はないし、ましてや恋人みたいになる必要もない。もし、いつかあなたに大切に思う人ができたら、私との関係は解消して、その人と本当の関係を築けばいい」

最後は少しだけ、口にしながら胸が痛んだ。だが、四十一歳のバツイチ社会人は強いのだ。

薫子は用意してきたものをテーブルに置いた。

銀色の鍵を見たせつなは、それがどこのものかわかったのだろう、表情をゆらした。

「私の部屋の鍵。あなたのアガベの様子が見たくなった時や、ひとりでいたくない気分の時には、この鍵を使って。もちろん、使わなくてもいい」

鍵を彼女の手もとまで滑らせると、せつなは顔をゆがめ、絞り出すように言った。

「――何なんですか？　同情？　家族もいなくて病気持ちの女がかわいそうだから？　余計なお世話だって言ったじゃないですか。もう私に関わるなって、何回もあなたには言ったじゃないですか。どうしてこんなことするんですか。あなた、何がしたいんですか」

噛みつくような目で声を尖らせる、必死でさえあるような彼女を見つめていると、ほほえみが浮かんだ。

胸に白い花が咲くような、あたたかい風が吹き抜けていくような、こんな気持ちを、愛しいというのだろう。

「今週の土曜日のチケット、またあなたとペアを組みたい。それであなたがお料理している間に、私は訪問先のお宅をびっくりされるくらいピカピカにしたい」

せつなが瞳をゆらす。

「チケットが終わったら、あなたとごはんが食べたい。この前食べ損ねちゃった熱々の餃子がいいわね。そうじゃなかったら私があなたの食べたいものを作る。あなたには及ばないけど、私だってひとり立ちしてからずっと自炊してきて、それなりの腕なのよ」

さえぎろうとするように唇を開いた彼女を、まっすぐに見つめる。

「私はこれからもあなたといたい」

答えはそれだけだ。ただ、それだけだ。

「春彦がもういないのは変わらないって、あなた言ったわね。そのとおりよ。たとえあの子がちゃんと自分らしく生きようとしていたんだとしても、突然いなくなっちゃって、もう戻ってきてくれない。きっと生きていれば、こういうことは何度もある。あなたが私の前からいなくなることも、私があなたの前からいなくなることも、あるかもしれない」

自分たちの足もとにあるのはそんな不確かな世界であり、そこで生きる自分たちは、もっと頼りない存在だ。そのかなしさを、彼女は嫌というほど知っている。

「それでも、私はあなたと一緒にいたい。いざという時にあなたの力になるための努力をしたい。だからその方法を考えてこういう書類をもらってきたけど、重荷になるならどっちも選ばなくてもいい。また考えるから。何でもいいの。あなたが苦しい時、あなたをひとりにせずに済むなら」

テーブルの向こうで心もとない顔をしている彼女に、そっと語りかける。

「何も願いがなくてもいい。誰ともつながりたくなくてもいい。どんなあなただっていいの。何十年か経って、春彦がくれたアガベの花が咲く時、私はあなたと一緒にそれを見たい」

春彦。ずっと遠い未来で花を咲かせる植物を彼女に贈ったあなたも、きっと私と同じことを彼女に伝えたかったのだろう。

一緒に生きよう、と。

「小野寺せつなさん。あなたはどう?」

「……何がですか」

「今のが私のしたいことの全部。今度はあなたの気持ちを聞かせてほしい。それが一番大切なことだから。あなたはどうしたい?」

いつもは打てば響くように言い返してくる彼女が、今は声の出し方を忘れてしまったように沈黙する。途方に暮れた顔の彼女に、薫子は小さく頷きかけた。大丈夫だから。どれだけ時間がかかってもかまわないから。

やがてせつなが、小さく唇を開いた。

かと思うと、薫子の後ろに視線をやるなり肩をはねさせた。

「……おそれいります、ミルクティーをお持ちいたしました」

タイミングが悪くて申し訳ございません、といわんばかりに恐縮した女性スタッフがテーブルに花柄のティーカップを置く。もしかしてしばらく待たせてしまっていたのだろうか。「ごめんなさいね、ありがとうございます」と薫子が礼を言うのにかぶさって、椅子の脚が乱暴に床を擦る音がした。

立ち上がったせつなは、薫子とは目を合わせないまま、狼がうなるように低い声で言う。

「同情してるだけですよ、あなたは。それで人生棒に振るとか、どうかしてる」

そうして、来た時と同じく風を切るような大股歩きでカフェを出て行ってしまった。

薫子は困惑しているスタッフに笑いかけ、手つかずのミルクティーをゆっくりと味わいながら飲んだ。——同情ではないし、人生を棒に振るなんてこともないのだけれど。

けれど、簡単には伝わらないのは当たり前だ。人間は自分以外の人間のことは何ひとつわからない。わかったような気がしても、それは思い込みに過ぎない。

テーブルの向こうの空っぽの椅子をながめる。もしそこにいれば「行っちゃったねぇ」とほがらかに笑っているに違いない弟の姿を思い浮かべ、痛みを胸に刻む。

笑顔の下に隠されていた弟の気持ちを、ひとつも気づいてやれなかった。その過ちをくり返さないために、彼女に言葉をかけ続け、彼女の言葉を聴き続けよう。何度でも、何度でも。

大丈夫、やり抜いてみせる。私は努力によって人生を切り開いてきた女、薫子だから。

ミルクティーを飲み終えた薫子は、支払いをしてカフェを出た。緑の匂いを孕んだ清々しい風が吹きつけてきて、乱される髪を押さえながら心地よく目を細める。青空に浮かんだ真っ白な雲を見ていたら、急に無垢な雪原のような豆乳スープとそこに沈んだ素麺が思い浮かび、自分の食欲に笑ってしまった。カフェでお昼を食べるのを忘れたから、みるみるお腹がへってきた。家に帰ったら、彼女が初めて作ってくれた、あのやさしい味の豆乳素麺を作ってみよう。ルビーのようなトマトも散らして、淡い茶色のすりごまもたっぷりとかけて。

楽しみに考えながら歩き出したところで、薫子はしばらく先の電柱のそばに見える人影に気がついた。カーキ色のつなぎ服に、ごつい黒のコンバットブーツ。おだんご頭をうつむけて、ぽつんと立っている。

カフェを出て行ってから十分近くは経っているはずだ。戻ってきたのだろうか？　まさか、ずっとここに立っていたわけじゃないだろうな。薫子は小走りで近づいた。

「どうしたの。もしかして本当に具合が悪かったの？」

せつなが緩慢に顔を上げた。目が赤い。小さく目もとが震えて、唇が開かれるが、しばらく経っても何の言葉も出てこないまま、また閉じられる。

風に乱されたのだろうか、彼女の前髪がくしゃくしゃになっていたので、薫子は自然と手をのばした。

斗季子の声が、耳の奥によみがえった。

「愛しいんです。眠ってる娘たちの髪をさわりながら、忙しすぎて心を失くしかけているような人たちが、こんな時間を持てるようにする仕事がしたいと思いました。それで会社を立ち上げた時、社名にしたんです」

カフネ。

ほのかに体温をおびた前髪に指をとおし、やさしく、胸を満たす想いを込めて梳《す》く。

こどものように顔をゆがめたせつなも、ためらいがちに手をのばし、薫子の髪にふれた。

言葉にならないものを伝えるように、そっと、髪に指を絡めた。

初出　「小説現代」２０２４年４月号
単行本化にあたり、加筆改稿しています。

カフネ

二〇二四年五月二十日　第一刷発行

著者……阿部《あべ》暁子《あきこ》
発行者……森田浩章
発行所……株式会社講談社
〒一一二―八〇〇一　東京都文京区音羽二―一二―二一
出版　〇三―五三九五―三五〇四
販売　〇三―五三九五―五八一七
業務　〇三―五三九五―三六一五
本文データ制作……講談社デジタル製作
印刷所……株式会社ＫＰＳプロダクツ
製本所……株式会社国宝社

ISBN978-4-06-535026-3
N.D.C.913　303p　19cm

KODANSHA

阿部暁子（あべあきこ）

岩手県出身、在住。2008年『屋上ボーイズ』（応募時タイトルは「いつまでも」）で第17回ロマン大賞を受賞しデビュー。著書に『どこよりも遠い場所にいる君へ』『また君と出会う未来のために』『パラ・スター〈Side 百花〉』『パラ・スター〈Side 宝良〉』『金環日蝕』『カラフル』などがある。